MARIE-CHRISTIN SPITZNAGEL

DIE APOKALYPSE IST NICHT DAS ENDE DER WELT

NEUAUFLAGE

Bibliografische Information der Deutschen Nationalbibliothek:
Die Deutsche Nationalbibliothek verzeichnet diese Publikation in
der Deutschen Nationalbibliografie; detaillierte bibliografische
Daten sind im Internet über dnb.dnb.de abrufbar. Die automatisierte
Analyse des Werkes, um daraus Informationen insbesondere über
Muster, Trends und Korrelationen gemäß §44b UrhG
(«Text und Data Mining») zu gewinnen, ist untersagt.

Herstellung und Verlag: BoD - Books on Demand, Norderstedt

ISBN: 978-3-758-375-057

WARUM EINE NEUAUFLAGE?

Als ich diese Geschichte 2018 veröffentlichte, hatte ich das Ziel vor Augen, vor meinem 35. Geburtstag endlich mein erstes Buch in die Welt geschickt zu haben. Natürlich sollte es gut sein, natürlich wollte ich mein Bestes geben, aber ich setzte mich auch unter einen nicht unerheblichen Zeitdruck.

Ich wusste viele Dinge nicht, nahm mir kaum Zeit sie zu lernen und verfolgte weiter das Ziel «einfach fertig werden».

2023 hatte ich meine, zuvor im Selfpublishing veröffentlichte, Bücher bei einem Kleinverlag untergebracht, der dann leider den Weg vieler kleinen Verlage ging – er stellte seinen Betrieb ein. Da ich nun eine neue ISBN brauchte, nahm ich dies als Anlass, mich endlich wieder an meinen Erstling zu setzen und ihn etwas aufzupolieren.

Dies wollte ich in zwei Monaten erledigt haben.

Es sagt eine Menge über mich aus, dass ich erst jetzt fertig werde, da ich EIGENTLICH meine Bachelorarbeit in Literaturwissenschaft schreiben sollte.

Mein Gehirn funktioniert seltsam.

WIDMUNG

Dieses Buch ist weiterhin nicht dazu geschrieben religiöse Gefühle zu verletzen. Christliche Mythologie ist einfach sehr reich an spannenden Geschichten, die sich gut für Horrorkomödien eignen!

Wie auch die Vorgängerversion, widme ich dieses Buch meiner Stütze, meiner Inspiration, meinem besten Freund. Danke Markus, dass du in meinem Leben bist. Ein weiterer Dank geht an meine beiden zauberhaften Kinder, meine drei Nichten und meine Patenkinder. Ich hoffe, ich kann euch ein gutes Vorbild sein. Ich gebe mir Mühe!

Danke außerdem, an all die Menschen um mich herum, die meine Träume und Ziele nie kleingeredet haben, mich ermutigen und einen oder anderen «Ich bin so dumm und kann gar nichts»-Anfall mit mir durchgestanden haben. Meine Freunde, meine Familie, mein Tribe.

Danke an Lea, für dein hervorragendes Lektorat, an Felix für dein hervorragendes Coverdesign und an Kathrin für die hervorragenden Fotos!

Ihr seid toll.

Danke, fertig, los jetzt!

1   JÜRGEN

Jürgen Hinze bewegte sich bisher durch die Welt wie ein Käfer auf dem Wasser. Immer darauf gefasst, beim nächsten Tritt unterzugehen. Vorsichtig. Fast unsichtbar. Immer mit dem Schlimmsten rechnend. Er schlich durch die Turbulenzen seines Lebens, überdachte jeden seiner Schritte lange und bewegte sich im Zweifelsfall lieber gar nicht. Es war ihm lieber, sich nicht gegen eine Entscheidung, die jemand für ihn traf, zu wehren, als eine Entscheidung selbst zu treffen. So war er 29 Jahre gut durchs Leben gekommen. Na ja, vielleicht nicht immer gut, aber wenigstens ‹okay›. Na ja, vielleicht nicht ‹okay›, aber wenigstens ‹nicht schlecht›. Na ja, möglicherweise nicht nur ‹nicht schlecht›, sondern sogar ziemlich schlecht und vollkommen genervt von seinem Dasein.

Aber er war noch da.

Noch.

Da.

Als er langsam wieder zu sich kam und verwirrt fragte, wo er denn da war, als er zu sich kam, aber sich ganz außer sich fühlte, nahm er den metallischen Geschmack von Blut in seinem Mund wahr. Bevor er nur überlegen konnte, ob es sinnvoll wäre, die Augen zu öffnen, roch er den Qualm. Beißend. Brennend. In seiner Lunge. In seiner Nase. Der Geruch von brennendem Holz, brennender Erde, brennendem ... Nein. Er weigerte sich, weiterzudenken. Manche Gedanken sind zu schwer, zu folgenreich, zu viel, um sie zu denken. Dies war nicht das Umfeld, in dem Jürgen sich normalerweise bewegte. Seine Finger ertasteten den staubigen Untergrund, auf dem er lag und, ohne zu wissen warum, war er sich schlagartig bewusst, dass er dieses Mal um eine Entscheidung nicht herumkommen würde. Heute war alles anders. Sein Leben würde sehr wahrscheinlich zeitnah vorbei sein. Es galt, noch etwas herauszuholen. Die Frage ‹Warum nicht früher?› tauchte in seinem Kopf auf und wurde schnell und vehement zur Seite geschoben. Nicht jetzt.

Nicht denken.

Zu schwer.

Zu folgenreich.

Zu viel.

Jetzt war Zeit zu handeln.

Dieses Mal würde er sich wehren müssen. Er schluckte, öffnete langsam die Augen und begann sich aufzurichten. Bis auf eine zerrissene Jeans war er nackt, er blutete an der Lippe und an den Händen. Sein Rücken brannte wie Feuer, und es dauerte, bis sich seine Augen an die Dunkelheit gewöhnten. Er stand in den rauchenden Überresten einer Waldlichtung, die vor wenigen Stunden im Tageslicht so idyllisch gewirkt hatte. Es musste Nacht sein, aber weder Mond noch Sterne standen am Himmel. Nur das rote Flackern kleiner Brände um ihn herum erhellte den Ort. Als er versuchte, sich zu orientieren, hörte er einen Schrei hinter einem umgestürzten Baum. Dort musste er hin.

2 MICHAEL

Die himmlischen Engelschöre unterlagen einer strikten Ordnung. Es gab eine klare Hierarchie, in der die Unteren den Oberen antworten mussten - in der die Unteren nie wussten, was die Oberen taten. Pyramidenförmig gab es eine Menge Infanterie und eine kleine Spitze. An höchster Stelle dieser Pyramide, direkt nach dem Chef, standen die Seraphim, Cherubim und Thronoi. Sie waren die mächtigsten Wesen der Schöpfung. Unter ihnen rangierten die Kyriotetes, Dynameis und Exusiai. Sie waren für die korrekten Abläufe, das Einhalten der Regeln, das Verwalten himmlischer Aufgaben verantwortlich. Alles ein Haufen Papierschieber, wenn man Michael fragte.

Aber niemand fragte ihn.

Die Erzengel standen in der Himmelsordnung zwar unter den Seraphim und Exusiai, doch sie waren Sprachrohr und Boten der Chefetage. Sie hatten die Spezialaufträge auf Erden erledigt und waren somit die Bekanntesten aller Engel geworden. Zu Recht! Sie waren die Klügsten und Nützlichsten der Engel. Fand Michael. Unter ihnen kamen Angeloi, die gemeinen Engel. Sie waren nur Fußvolk. Es waren die Erzengel, die ausführten, was die Schreibtischstuhlpupser sich ausdachten. Die sich in Gefahr zwischen den Menschen begaben. Die wahren Macher. Michael war einst DER Star unter den Erzengeln gewesen. Ein Krieger und eines der ältesten Wesen göttlicher

Schöpfung. Nun saß er trotzig wie ein Kind in einer Ecke des Himmels und schmollte. Ihm war langweilig. Unbeschreiblich langweilig. Es war nicht etwa diese gemütliche ‹Was-fange-ich-heute-nur-mit-mir-an›-Langeweile. Es war auch nicht die ‹Ich-bin-zu-müde-für-Sachen-aber-zu-fit-zum-Schlafen› oder die ‹Mir-fällt-nicht-ein-was-ich-gerade-machen-könnte›- Langeweile. Nein, seine Form der Langeweile war allumfassend und verzehrend. Sie lähmte ihn und trieb ihn zugleich fast in den Wahnsinn. Die Erzengel sollten dem Erdenpfuhl fernbleiben, hatte man ausrichten lassen. ‹Auf unbestimmte Zeit›, hieß es. Seit 2000 Jahren. Schließlich hätte man nun einen neuen Status quo, ein Zeitalter der Liebe und des Friedens, und somit wären Krieger unnötig. Michael war unnötig. Die Angeloi hingegen waren heute noch auf der Erde eingesetzt. Als Schutzengel. Sie mussten die haarlosen Affen vor sich selbst schützen. Den Job hätte Michael nicht übernommen, wenn man ihn darum gebeten hätte. Nicht, dass ihn jemand gebeten hätte. Er wünschte sich, jemand hätte ihn gebeten, damit er abfällig ‹Nein› hätte sagen können. Aber es hat ihn niemand gebeten. Waren die Schutzengel nicht im Dienst, hingen sie in ihrem Teil des Himmels herum und erzählten sich, wie sie Kinder vor Bussen oder Hunden retteten. Manchmal ging Michael an diesem Himmelsteil vorbei, um laut verächtlich zu schnauben. Mitunter musste er sogar mehrmals daran vorbei laufen und schnauben, damit man ihn bemerkte. Aber er hatte ja auch sonst nichts zu tun. Die Engel der ersten und zweiten Stufe, wie Cherubim und Seraphim, hatte er schon seit gefühlten (oder tatsächlichen) Ewigkeiten nicht mehr gesehen. Dabei sahen die Cherubim mit ihren Tierkörpern und die Seraphim mit ihren sechs Flügeln wirklich lustig aus. Allerdings sollte man in ihrer Gegenwart nicht lachen. Humor hatten sie nicht und konnten schon mal einen Körper in Staub verwandeln. Das war auch für andere Engel unangenehm und immer ein Theater, bis das wieder ausgewachsen war. Die Seraphim waren machtvolle Krieger und wussten das. Leider waren sie sich schon früher zu fein gewesen, an Schlachten teilzunehmen, außer die Kacke war richtig am Dampfen.

Unruhig und frustriert erhob sich Michael, griff nach einer Hand voll Blitzen, die an der Kante seines knallroten Sofas lehnten. Ohne zu zielen, warf er sie alle zusammen mit Wucht durch die dicke Wolkendecke Richtung Erde. Den Trick hatte ihm einer der alten Götter gezeigt, der schon lange in Rente war. Ein großer Typ mit Bart, einer fatalen Schwäche für Frauen und einem grandiosen Unverständnis vom Konzept des beidseitigen Einverständnisses, der mit seiner Familie auf einer Bergspitze lebte.

Ohne Bedauern betrachtete er den Gewittersturm, den er beinahe über ganz Mitteleuropa entfacht hatte. Ein heller Blitz durchzuckte den Nachthimmel und schlug krachend in das Dach des Kölner Doms ein. Michael lauschte dem Donnergrollen mit Genugtuung. Eigentlich hatte er nichts gegen Dome oder gar gegen Europäer. Im Gegenteil: Er bewunderte sie für ihre grausame Konsequenz, die sie in den letzten Jahrtausenden gezeigt hatten. Folter, Inquisition, Hexenverbrennung, das Konzept der Christianisierung an sich. All das zeugte von einer beeindruckenden Verachtung für Menschen, die Michael durchaus teilte. Er hatte ihnen einfach schon zu lange dabei zugesehen, mit welcher Arroganz sie das Geschenk seines Vaters als selbstverständlich betrachteten. Sie waren zwar auf dem komplett falschen Dampfer, was ihre Grundidee von ‹Gottes Werk› betraf, – denn ‹macht Euch die Erde untertan› beruhte lediglich auf einem Verständnisfehler – aber darin waren sie wenigstens konsequent, fleißig und zielstrebig.

Er sah sich keineswegs als Fan des neuen, reformierten Kurses, des so genannten Neuen Testaments. Diese Meinung behielt er allerdings tunlichst für sich. Leider wurden die Werte der alten Herren mit Füßen getreten, wenn die jüngere Generation das Ruder übernahm. Michael schüttelte den Kopf, als er die Geschichte der Menschheit Revue passieren ließ. Nach fast 1500 Jahren permanenten Massakrierens waren selbst die Europäer in den letzten paar Jahrhunderten verachtenswert weich geworden. Was waren es einst für Kerle gewesen, was konnten die massakrieren! Sie waren sogar über die Meere gefahren, um neue Menschen zum Massakrieren zu finden. Aber damit war es leider auch seit ein paar Jahrhunderten vorbei. Jetzt wurde nur noch missioniert. Und das nicht mehr wie früher, mit Schwertern und Zwang. Nun predigte man Liebe. Auch wenn sich natürlich nicht alle daran hielten. Für Michael und die anderen Erzengel gab es nichts mehr zu tun. Nachdem die letzten Blitze verklungen und die Wolken im nachtschwarzen Himmel versunken waren, ließ sich Michael wieder auf sein Sofa fallen, streckte sich lang aus, seine nackten Füße baumelten über die Lehne. Er hatte sich seinen Platz als gefürchtetster Krieger des Herren hart erarbeitet, hatte Luzifer bezwungen, Städte in Schutt und Asche gelegt und war seinem Herren blind und treu gefolgt. Ein Erzengel alter Schule, ein Soldat. Es war auch nicht nur die Langeweile, die an ihm nagte. Das grausame Gefühl, überflüssig zu sein, ein Anachronismus, quälte ihn mehr, als er sich eingestehen wollte. Er schloss die Augen und versuchte, seine dunklen Gedanken in andere Bahnen zu lenken, da hörte er plötzlich eine Stimme hinter sich, die dort nicht hätte sein dürfen.

«Hallo, Engelchen!»

Er fuhr auf. «Schlange! Was tust du hier und wie kommst du überhaupt herein?»

3 GABRIEL

In einer riesigen Halle von überirdischer Perfektion und Schönheit saß Gabriel in einem schneeweißen Ledersessel und dachte nach. Wände und Boden der Halle waren so weiß, dass man nicht sehen konnte, wo das eine begann und das andere endete. Keine Fuge oder Kante zerstörte das perfekte Gesamtbild. Er saß in seinem Sessel mit geschlossenen Augen und probierte etwas aus, das ihm ein Neuzugang beigebracht hatte. Me-di-ta-tion hieß es. Jeder Engel hatte im Himmel seinen eigenen Raum, der seiner Natur entsprach. Michael machte sich immer darüber lustig, dass Gabriels Bereich so weiß und leer war. Sein Vorstellungsvermögen gäbe nicht mehr her, sagte Michael. Gabriel hingegen war sich sicher, dass dieser Raum der Reinheit und Klarheit seines Geistes entsprach. Er war kein Krieger wie seine Brüder, sondern ein Verkünder, ein Sprachrohr und die Kontaktperson für die Propheten.

Gewesen.

Früher.

Vielleicht war das auch der Grund, warum Gabriel etwas anders aussah als seine Erzengelbrüder. Sein Äußeres war der Aufgabe angepasst mit Propheten, Heiligen oder anderweitig wichtigen Menschen zu kommunizieren. Seine langen, blonden Haare fielen in weichen Locken über seine Schultern. Sein Gesicht war markant und schön, auf eine unaufdringliche Weise. Bei seinen letzten Besuchen auf der Erde war er mit 1,90 Meter größer als die meisten Menschen. Jetzt würde ihn niemand mehr automatisch als überirdisch erkennen. Gabriel behauptete, dass ihn das überhaupt nicht störe. Aber ein bisschen störte es ihn doch. Michael war schon vor geraumer Zeit in das Zimmer gekommen, was sowohl Jahre als auch nur wenige Minuten her gewesen sein konnte. Zeit war im Himmel ein eher fließendes Konzept. Wortlos hatte er einen Köcher mit Blitzen neben den weißen Sessel geworfen, der Gabriel gegenüber stand, und sich in Selbigen fallen lassen,

11

um dann wortlos vor sich hinzustarren. Michael kam häufig in sein Zimmer gepoltert, schmollend wegen eingebildeter Kränkungen und gähnender Langeweile. Mal laut schimpfend, mal still grollend, bis Gabriel ihn endlich ansprach, und fragte, was denn los sei. Allmählich war dieser das Spiel leid. Aber für seinen Lieblingsbruder spielte er mit. Zudem hatte er nichts Besseres zu tun. So ein Besuch, egal wie trivial, bedeutete doch Abwechslung. Heute war sein Bruder anders. Eine Unruhe umgab ihn. Mehr als sonst. Er war aufgewühlter. Drängender. Forscher. Diese Unruhe brodelte unter seiner, nach außen zur Schau gestellten, ruhigen Oberfläche und drängte aus jeder Pore. Gabriel konnte fast die Luft um seinen Bruder herum vibrieren sehen. Das machte ihn ganz nervös. «Michael, was grummelst du schon wieder?», milde lächelnd blickte Gabriel ihn an. Noch fläzte sich Michael in den Sessel. Seine Beine hatte er über die linke Armlehne geschwungen, seinen Rücken an die Rechte gelehnt und seinen Ellenbogen gegen die Rückenlehne gestützt, um sein Kinn auf der Handfläche ablegen zu können. Er blickte angestrengt von seinem Bruder weg und prustete, betont gelangweilt, Luft durch die Lippen. «Michael!», Gabriel legte etwas Strenge in seine Stimme. Seiner Meinung nach stand ihm diese Haltung ganz ausgezeichnet. «Solch ein Verhalten schickt sich nicht für Engel! Ich frage mich, wieso es ausgerechnet mir seit abertausenden von Jahren auferlegt ist, deine Jammermiene ertragen zu müssen.»

Gabriel hatte sich eine Reaktion erhofft, eine Kleine wenigstens. Oder besser: einen klärenden Streit, eine epische Schlacht der Worte. Er mochte epische Schlachten der Worte. Er mochte den Ausspruch ‹eine epische Schlacht der Worte› – schließlich war er der Verkünder und besonders gut in epischen Schlachten der Worte.

‹Ich bin der Verkünder, das Sprachrohr Gottes. Meine Worte können Speerspitzen sein, die Heere in die Knie zwingen, oder sanfte Wellen, auf denen Menschen getragen werden›, formulierte er lautlos in seinem Kopf vor. Das war ein solider und unaufdringlicher Einstieg, befand Gabriel. Sein Bruder schwieg und starrte wütend vor sich hin. «Bruder! Ich bin der Verkünder, das Sprachrohr Gottes. Meine Worte können Speerspitzen sein, die Heere in die Knie zwingen, oder sanfte Wellen, auf denen Menschen getragen werden!» – Seine Worte hatten nicht den gewünschten Effekt. Michael schien unbeeindruckt. «Lass ab von deinem Zorn, beende dein kindisches Treiben! Sei endlich deiner selbst würdig, verdammte Hacke!» Manchmal entglitt sogar ihm die Zunge. Gabriel tröstete sich damit, dass es, außer Michael, keiner gehört hatte, und diesem hatte er schon schlimmere verbale Ausfälle um die Ohren gehauen. «Seit von oberster Etage eine neue Richtung vorgegeben wurde und die guten Tage des Alten Testaments abgelöst wurden von Vergebung, Nächstenliebe und Toleranz, hast du schlechte Laune und benimmst dich wie ein Kleinkind. Das ist eines Engels unwürdig! Schäme dich und besinne dich neu.» Gabriel hatte sich in Fahrt gebracht. «Du wurdest erschaffen, um Gottes Armee anzuführen», fuhr er fort. «Du hast gegen unseren gefallenen Bruder Luzifer und seine Gefolgschaft abtrünniger Engel gekämpft. Du hast Städte voller Sünder in einem Flammenmeer versengt, die Plagen erschaffen und über die Ägypter gebracht, riesige Heere mit einem einzigen Schlag deines Feuerschwerts in die Knie gezwungen. Die Menschen haben in Ehrfurcht ihre Gesichter abgewandt und dich angebettelt, verschont zu werden. Jetzt sitzt du hier herum und lässt kleine Fluten und Unwetter auf die Erde niederprasseln. Es ist beschämend.» Oh ja, epische Worte. Jetzt fehlte nur noch die Schlacht. Er hoffte, sein Bruder wäre bereit!

Michael hob seinen Kopf, blitzte seinen Bruder mit stechenden Augen an. Er konnte wirklich furchteinflößend aussehen. «Weißt du, was wirklich beschämend ist?», fuhr er auf, «Wir! – Wir sind in die Belanglosigkeit abgerutscht und alle tun so, als ob dem nicht so wäre. Wir sind Kitschfiguren in den Augen der Menschen. Putzige Glücksbringer. Sie stellen kleine, nackte, dicke Figuren mit Flügelchen auf ihre Fensterbretter. Das sollen wir sein!» Er erhob sich aus dem weißen Sessel und ging energisch auf seinen Bruder zu. «Wir sind bedeutungslos, bestenfalls ein Witz, ein Kindermärchen. Kein Mensch achtet oder fürchtet uns mehr. Warum auch? Wir hatten seit Jahrtausenden keinen Einsatz mehr auf Erden, es gibt nichts zu tun, nichts zu rächen, nichts zu verkünden. Wir sitzen herum und warten auf was-weiß-ich-was!»

Das war ein neuer Ton. Normalerweise quengelte Michael lediglich, dieser Zorn war neu. Wo kam der denn her? Gabriel ließ sich nicht aus dem Konzept bringen, schüttelte kurz den Kopf und antwortete auf Michaels Tirade lediglich mit einer abwehrenden Geste. Langsam erhob er sich aus seinem Sessel. Auf diesen neuen Ton musste er sich erst einstellen. Betont langsam spazierte er um seinen Bruder herum, nahm den Köcher mit den restlichen Blitzen, bevor Michael die Chance hatte, etwas damit anzustellen. Mit einer winkenden Handbewegung erschien ein Wandschrank aus hellem Holz, den Gabriel nun öffnete und die Blitze samt Köcher darin verstaute. Während er aufräumte, musste er nicht reden und konnte sich seine nächsten Worte gut überlegen. Er entschied sich fürs Beschwichtigen.

«Sei doch nicht so eine Drama Queen. Und vor allen Dingen, wirf nicht wieder von diesen Blitzen. Nicht, dass du wieder ‹ganz aus Versehen› Erdbeben und Feuersbrünste in Gang setzt. Such dir lieber eine vernünftige Beschäftigung. Dann ist dir auch nicht mehr so langweilig.» Mit einem kräftigen Schwung knallte er den Schrank zu, so dass darin ein kleines Gewitter losbrach. Michael schlurfte zu seinem Sessel zurück und ließ sich kraftlos in das Polster sinken.

«Ewig ist eine furchtbar lange Zeit, wenn man nichts tun kann, außer zuzusehen, wie diese haarlosen Affen, auf die Vater so stolz ist, sich gegenseitig abschlachten», sagte Michael leise. «Und das Schlimmste ist: Wir dürfen nicht einmal mitmachen!»

Gabriel lehnte seinen Kopf gegen die Tür des Blitzschranks. Es war ja nicht so, dass er nicht verstehen würde, warum Michael so frustriert war. Es ging ihm ja genauso. Und wenn Michael in der Nähe war, musste er sich richtig zusammenreißen, dass dieser nicht merkte, dass er an demselben Überdruss litt. Sein Bruder hatte ja Recht. Was blieb ihnen denn übrig, außer manchmal – heimlich, damit es keiner merkt, dass sie es sind – in kleinen Schutzengeljobs ein paar Idioten vor sich selbst zu retten, um nicht vor Langeweile wahnsinnig zu werden? Gabriel war sich sicher, dass sein Bruder dies auch tat. Ebenso heimlich, damit niemand merkte, dass er es war, der sich sonst so laut darüber lustig machte. Michael flüsterte: «Was bleibt uns denn übrig außer, heimlich, damit es keiner merkt, dass wir es sind, ein paar kleinere Schutzengeljobs zu übernehmen und ein paar Idioten vor sich selbst zu retten, um nicht wahnsinnig zu werden?» Gabriel stockte kurz. Hatte er eben laut gedacht? Er räusperte sich und ging wieder zurück zum Sessel, um sich seinem Bruder gegenüber zu setzen. «Die anderen Engel sind der neuen Marschrichtung mit Begeisterung gefolgt. Warum kannst du das nicht?» «Die folgen doch der Chefetage immer mit Begeisterung wie ein Haufen degenerierter Labradore.» Michael seufzte. «Aber die anderen Engel sind ja nicht das Hauptproblem! Die Menschen sind es. Sie halten sich für so einzigartig. Sie werden immer arroganter und dreister. Es ist erst wenige Jahrhunderte her, da haben sie sich ehrfürchtig, vor den Reliquien vermeintlicher Heiliger, in den Staub geworfen und ähnlich possierliche Dinge getan. Sie halten sich für schrecklich zivilisiert, weil sie verfaulte Dinosaurierreste als Energiequelle nutzen können.» Er rappelte sich hoch, sprang wieder aus dem Sessel und warf aufgebracht die Hände in die Luft. «Einige von ihnen sind paradoxerweise zudem davon überzeugt, dass es Dinosaurier nie gegeben hat. Ganze Gruppen glauben unbeirrt, während sie in riesigen, dinosaurierflüssigkeitsbetriebenen Fortbewegungsmitteln unterwegs sind, dass es Dinosaurier nie gegeben hätte und Vater die Menschheit mit einem Fingerschnipsen – Puff – aus einem humanoid geformten Lehmklumpen zum Leben erweckt hat. Das sind die Allerschlimmsten! Die sind arrogant und noch dümmer als der Rest. Erinnerst du dich daran, wie Vater die Evolution in Gang gebracht hat? Wie wunderbar das gewesen ist? Wie viel Hoffnung er für diese Menschen hatte! Nun sieh, was sie machen. Und wir dürfen nicht mal eingreifen. Und Vater? Vater ist gegangen. Von wegen ‹kleiner Urlaub›. Der dauert schon 2000 Jahre, und wir sitzen hier fest.» Gabriel erinnerte sich genau an den Moment, an dem die Erde begann. Er hatte neben seinem Vater und all den anderen Göttern gestanden, als die Evolution ihren Anfang nahm, er hatte das Wunder der Entwicklung vom ersten Einzeller miterleben dürfen. Immer wieder jagte ihm der Gedanke an diese erste, einfache Zeit voller Hoffnungen für diese junge Welt Schauer über den Rücken. Nachdem Gott die Engel geschaffen hatte, war er auf der Suche nach einer Herausforderung gewesen. Freier Wille.

Engeln war er nur teilweise vergönnt. Die Erzengel waren in der Lage, auch selbst zu denken, anders als das gemeine Fußvolk. Trotzdem mussten sie in allem folgen. Nur ein fast freier Wille. Selbst entscheiden mit Stützrädern. Echte Freiheit hatte Vater ausschließlich diesen haarlosen Affen zugestanden. Weil er sehen wollte, was sie damit machten, hatte er gesagt. Die Antwort war: hauptsächlich Schwachsinn. Michael war seinerzeit damit beauftragt, die Plagen vorzusortieren, und war in dieser Aufgabe vollkommen aufgegangen. Er hatte sich keine Gedanken über die Entwicklung auf der Erde gemacht. Zwar wunderte er sich, was sein Vater mit den Plagen wollte, aber zu diesem Zeitpunkt war das Hinterfragen von Anweisungen noch nicht bei den Erzengeln angekommen. Gabriel erinnerte sich an die Unterhaltungen, die er mit ihm geführt hatte, als seien sie gestern gewesen. Seit Jahrhunderten regte dieser sich auf und schimpfte auf die Menschen. Der Ärger seines Bruders war für Gabriel auch immer nachvollziehbar gewesen, aber heute schwang zusätzlich etwas Anderes in seinen Worten mit.

Etwas, das Gabriel einen kalten Schauer über den Rücken jagte.

Etwas Neues.

«Gabriel –», im Flüsterton riss Michael seinen Bruder aus den Gedanken.

«Ja?», fragte Gabriel leise.

«Mir ist langweilig!», Michaels Stimme war ein Flüstern.

«Ich will nicht mehr hier festsitzen! Wie lange ist es her, dass ich eine Stadt verwüsten durfte, oder Feuer regnen lassen? Ich will einfach nicht mehr herum sitzen und nichts tun!» Gabriel nickte augenrollend und blickte aufwärts, als gäbe es einen weiteren Himmel über ihnen.

«Michael», erwiderte er gebetsmühlenartig, während er sich Mühe gab, die zuckenden Lichter, die noch immer aus dem Blitzeschrank stoben, zu ignorieren, «Wir sind Diener Gottes. Uns ist nicht langweilig, und wir sitzen nicht herum und meckern. Wir sind weise, würdevoll und tun, was unser Vater uns gesagt hat, bevor er ging! Ohne zu mäkeln und ohne zu motzen.» Er machte eine kurze Pause. «Du weißt, was passiert, wenn einer von uns anfängt, mit derlei ... derlei ... Zeug!», sagte er schließlich, als ihm das richtige Wort nicht einfallen wollte. Verweise auf ihren gefallenen Bruder Luzifer halfen immer, Michael in seine Schranken zu weisen. Diese beiden waren sich so ähnlich. Allerdings war der Morgenstern noch dickköpfiger und impulsiver. Seine Trotzanfälle waren schließlich legendär.

«Trotzdem. Ich will nicht mehr eingesperrt sein, Gabriel!», wiederholte Michael ganz leise, ohne seinen Bruder dabei anzusehen. «Wir hängen fest, ich habe sogar Hausarrest, nur weil ich ein einziges blödes Memo nicht gelesen habe ...»

«Ein blödes Memo? Du hast zwei komplette Städte ausgelöscht, tausende Menschen verbrannt und das Meer überkochen lassen. Obwohl in dem Memo stand, dass wir ab der Geburt des Sohnes einen neuen Kurs einschlagen. Wir haben vier Propheten verschlissen, bis wir die Verweise darauf aus allen Geschichtsbüchern getilgt hatten!»

«Ich habe das Memo auf meinem Schreibtisch nicht gesehen. Es lag unter dem Feuerschwerterkatalog!» Michael unterbrach Gabriel mit lauter Stimme. Etwas leiser fügte er hinzu: «Ich liebe Feuerschwerter.»

Als Gabriel seinen Bruder ansah, konnte er sein schmerzverzerrtes Gesicht sehen. Seine Wut verrauchte augenblicklich. Er fühlte sich schlecht, dass er seinen kleinen Bruder so angefahren hatte. Schnell stand er auf, ging zu ihm hinüber und legte Michael beruhigend die Hand auf die Schulter. «Ist schon gut.» Michael schüttelte den Kopf. «Nein. Nein, Gabriel. Gar nichts ist gut. Vater ist weg, keiner weiß, wo er ist, wir sitzen hier fest, ohne echte Aufgabe. Der Sohn spielt Poker mit seinen Kumpels oder sitzt mit diesem fetten Kerl mit den großen Ohrlöchern seit Jahren unter einem Feigenbaum und meditiert. Neulich erzählte er stundenlang, dass er fast das Nirwana erreicht hätte! Er ist schon im Himmel, wozu braucht er ein Nirwana? Gabriel, es passiert nichts, und der Sohn, den wir anbeten sollen, ist ein verfluchter Hippie! Ich dreh' noch durch!»

Gabriel fiel nichts ein, was er als Trost hätte sagen können. Er konnte seinen Bruder viel zu gut verstehen. «Ich wünschte auch, ich wüsste, wo er ist! Das wünschte ich wirklich. Er soll doch zurückkommen.» Mit diesen Worten lehnte Michael seinen Kopf an die Brust des Bruders, der ihm sanft über den Rücken strich. Trotz aller Streitereien, trotz ihrer

Unterschiede – Michael war sein Lieblingsbruder und es brach ihm das Herz, ihn unglücklich zu sehen.

«Ja, das wünschte ich auch», sagte Gabriel leise. «Aber du weißt, dass wir ihn nicht finden können, wenn er nicht gefunden werden will.»

«Vielleicht sollten wir dafür sorgen, dass er zu uns kommt.»

«Hm, das wäre natürlich super. Aber wie?»

Michael machte eine Pause. Dann begann er zu sprechen. Zu erzählen. Zu erklären. Gabriel wäre der Atem gestockt, wenn er denn atmen würde. Der Plan war Wahnsinn und Gabriel war sich sicher, dass es nicht Michaels Plan war. Doch wer konnte seinem Bruder nur diese katastrophale Dummheit eingeredet haben?

4 ALEX

Die Kasseler Innenstadt, halb Erinnerungen alter Grandeur, halb (nach)kriegsverschandelte 0815 deutsche Mittelstadt, lag bedeckt unter dicken Wolken und kalter, grauer Luft. Ein feuchter Sonntagnachmittag im Januar in einer kalten, grauen, feuchten Stadt. Die Königsstraße, die Obere und Untere, verbunden durch den Königsplatz. Der schon am Vormittag gefallene Schnee war von aufmerksamen Schneeschiebermaschinenfahrern am Rand zu kleinen Schneematschbergen aufgetürmt worden. Die Abgase der vorbeifahrenden Autos hatten sie schon schmutzig eingefärbt. Jetzt befand sich ein Teil des Schnees in Alexandras Schuh. Sie überlegte kurz, ob sie sich ärgern sollte, entschied sich

21

dann aber dagegen. Es hätte nichts geändert, wozu also Energie verschwenden. Der neue Schnee knarzte unter ihren Schuhen, den alten Schnee in ihrem Schuh versuchte sie zu ignorieren. Sie lächelte, als ihr eine Schneeflocke auf der Nase landete, so schlenderte sie weiter. Friedrichsplatz – Königsgalerie – Opernplatz. Achtung, Straßenbahn! Dann nach rechts in die Wilhelmsstraße. Eine nicht oft geteilte Meinung: Sie liebte Kassel. Wahrscheinlich, weil sich die Schönheit dieser Stadt nicht sofort jedermann erschloss. Daniel hatte einmal gesagt, es sei kein Wunder, dass sie sich in Kassel so wohl fühle. «Ihr seid beide langweilig und habt eure besten Zeiten hinter euch», hatte er ihr eines Morgens gesagt, als sie versuchte, ihn zu einem Spaziergang durch ihre Lieblingsgegend zu motivieren. Ihre Entrüstung hatte er als Humorlosigkeit abgetan. «War doch nur ein Witz!», hatte er gesagt und dass sie sich nicht so anstellen solle. Schade, dass ihr da noch nicht auffiel, dass Daniel ein Idiot war. Jetzt wusste sie es.

Kassel war eine egale Stadt. Auf den ersten Blick. Man musste schon die Augen offen halten, nach dem Besonderen schauen. Dann belohnte diese Stadt den Suchenden mit Schönheiten. Bergpark, Herkules, Kirchweg. Daniel hatte sogar Recht, Alex und ihre Stadt waren sich ähnlich. Dass sie noch immer in Kassel lebte, war eine bewusste Entscheidung. Wie ihre Stadt erschloss sie sich nicht jedem auf den ersten Blick, fand sie. Man musste sich Zeit lassen und etwas genauer hinschauen, um das Besondere und Schöne zu finden.

Scharfer Wind zischte die Wilhelmsstraße hinunter, durch den Mantel auf die Haut. Ein Zittern, ein Seufzen, die Erwartung baldiger Wärme. Sie zog ihre Winterjacke enger um sich und griff in ihre Tasche, um ihr Handy samt In-Ear Kopfhörern hervorzukramen. Wie immer waren die Kabel furchtbar verknotet und sie nahm sich vor, diese in Zukunft nicht einfach in die Tasche zu stopfen, sondern ordentlich zusammen zu rollen. Das nahm sie sich jedes Mal vor. Vergeblich bisher. Sie könnte sich auch kabellose Kopfhörer besorgen, doch sie war sicher, dass sie diese schnell verlieren würde. Mit einem zufriedenen Seufzen schob sie sich endlich die Kopfhörer in die Ohren und startete leise Musik, während sie versuchte, nicht in andere Passanten zu laufen. An der Ecke endlich ein Kaffeeladen, gegenüber das Stadtmuseum mit großen Ankündigungen. Ausstellungen verlorener Zeiten. Caféhousemusik und warme Luft schlugen Alex entgegen, als sie die Tür öffnete. Sie nickte der emsigen Barista zu, einen Cappuccino mit Haselnusssirup To Go, bitte. Sie pustete warme Luft auf ihre kalten Hände und wartete an einem der freien Stehtische, bis ihre Bestellung fertig war. Der Duft von frisch gebrühtem Kaffee stieg ihr in die Nase. Flyer und Heftchen lagen vor ihr auf der breiten Fensterbank. **Kinderyoga! Das junge Stadtmagazin!** Eine langweilige Broschüre der örtlichen Golfschule – **jetzt anmelden und einen Einstiegskurs ermäßigt bekommen!** Zwischen den Seiten des Heftes steckte etwas. **Diese Golfschläger!** Alex zog an einer kleinen, pinken Papierecke, bis sich das

Gesamtwerk zeigte. **Was trägt die Frau von Welt diesen Sommer auf dem Golfplatz?** Es war eine außergewöhnlich geschmacklose Visitenkarte, die sie plötzlich zwischen den Fingern hielt. *Madame Destiny – Professionelles Zukunftsauswahlconsulting* in großen, grünen Buchstaben. Was zur Hölle sollte denn das sein? Geistesabwesend steckte sie dieses Meisterwerk der Hässlichkeit in ihre Hosentasche. Als die Barista ihre fertige Bestellung aufrief, hätte sie diese fast nicht gehört, denn ihr Smartphone hatte sie über ein neues Lego Star Wars Set benachrichtigt. Alex liebte Star Wars. Auch das hatte Daniel nie verstanden. Sie nahm sich ihren Thermobecher mit dem heißen Kaffee vom Tresen. «Findest du dich nicht etwas zu alt, um auf Science-Fiction zu stehen? Dass dir das nicht peinlich ist!», hatte er zu ihr gesagt, als sie das letzte Mal in seinem Beisein laut darüber nachdachte, ein Lego Star Wars Set zu kaufen. Das war nicht lange her. Egal, sie hatte sich vorgenommen, keinen Gedanken mehr an ihn zu verschwenden. Vom Ständeplatz nach Westen, auf die Friedrich-Ebert-Straße. Die hatte jede Stadt, oder? Sie nahm sich vor, zuhause nachzulesen, wer Friedrich Ebert war. Bevor Kassel im Zweiten Weltkrieg, und zusätzlich von den Stadtplanern während des Wiederaufbaus, zerstört wurde, war der Ständeplatz der Eckpunkt einer alten Prachtstraße. Heute gab es dort keine Pracht mehr. Nur eine große Kreuzung und daneben einen Parkplatz. Die Friedrich-Ebert-Straße führte weg von der Einkaufsmeile, die aussah wie alle anderen Einkaufsmeilen, weg von so wie alle anderen, hin zu

24

einzigartig. Parallel zur Wilhelmshöher Allee, geradewegs nach Westen, hoch zum Schloss und zum Bergpark, über dem die Herkulesstatue auf seinem Oktogon thronte. Zehn Minuten von der Innenstadt entfernt zeigte Kassel sein anderes, eigenes Gesicht. Hochgewachsene Bäume säumten die Straße. Im Winter waren sie kahl und kurzgestutzt, so dass man jedes Detail an den Häusern erkannte. So konnte man etwas von der ursprünglichen Schönheit Kassels erkennen, die man sonst aus Bildbänden kannte, die sie früher in der Schulbücherei gewälzt hatte. Diese Stadt war einst so schön. Gewesen. Hier im vorderen Westen fand sich ein kleiner Rest davon. Insbesondere die Gesichter und Figuren an den Mauern hatten es ihr angetan. Kleine Geschäfte in den Ladenfronten. Handgemachte Pralinen. Antiquitäten. Sushi. **Heute geschlossen.** Am Schaufenster der kleinen Boutique mit den Rüschenkleidern blieb sie stehen. Nie würde sie so etwas tragen. Jeans und T-Shirt oder Pullover waren ihre bevorzugten Kleidungsstücke. Wie sie in diesen Kleidern wohl aussehen würde? Seltsam. Deplatziert – wahrscheinlich. Ihre Schultern waren etwas zu breit, ihre Arme etwas zu muskulös, als dass man sie schlank finden würde. Nicht der Typ für diese Kleidchen. «Du könntest dich ruhig mal weiblicher kleiden! Du siehst aus wie ein Kerl», hatte Daniel einmal zu ihr gesagt. Schnell ging sie ein paar Schritte weiter. Direkt neben dem Mädchen-Modeladen war ein Tattoo Studio. Glitzernde Totenköpfe, Piercingschmuck und Poster für eine anstehende Messe. Daneben Fotos mit verschiedenen

25

Tattoomotiven in bunten Bilderrahmen. Sie seufzte. Sie würde sich nie trauen, sich ein Tattoo stechen zu lassen. Wahrscheinlich sähe es an ihr auch albern aus. Das nächste Schaufenster. Art Deco Schmuck der 20er Jahre, so schön, aber auch nichts für sie. Zu opulent, zu auffällig, zu unpraktisch. Sie hatte es mit künstlichen Fingernägeln versucht, um femininer zu wirken, aber durch den Sport und ihren Job waren sie so schnell abgebrochen, dass sie es nach zwei Wochen wieder aufgab und alles runterfeilen ließ.

Es war kalt. Der Thermobecher wärmte ihre Finger, sie hatte es nicht eilig nachhause zu kommen. Lieber bog sie ab und machte einen kleinen Umweg. Die Querallee hinunter, die Goethestraße entlang und eine steile Nebenstraße hinauf, zurück zur Friedrich-Ebert-Straße. Hin und her. Die bekannten Wege entlang, immer Ausschau haltend nach ihren Lieblingsdetails. Dort eine Reihe Häuser, an denen besonders schöne Stuckengel zu sehen waren. Sie blieb stehen und betrachtete die Hausfassade. Wie immer. Doch heute war es anders. Ein Frösteln, nicht vom Winterwind, sondern aus ihr heraus, ließ sie zittern. Das wohlige Gefühl, das sie sonst an dieser Stelle hatte, wollte sich einfach nicht einstellen. Etwas war anders. Es zog im Nacken, Härchen stellten sich auf und sie erschauerte. Jemand beobachtete sie. Genau spürte sie, wie Blicke sich förmlich in ihren Rücken bohrten. LAUF, brüllte es in ihrem Echsenhirn, ganz unten, Instinkte vergraben unter Schichten unnützem Wissen. Sie wollte sich umdrehen. Sie wollte sich nicht umdrehen. Langsam brachte sie ihre Augen

26

vom einen Rand des Sichtfeldes zum anderen. Eine Bewegung, vielleicht, hinter ihr? Sie schluckte und wand den Kopf. Hinter ihr war nur das große Steingesicht in der Fassade des Hauses auf der anderen Seite der Straße. Es blickte an ihr vorbei. Sie atmete tief ein und schloss die Augen. So albern! Am hellen Tag in einer sicheren Nachbarschaft überfielen sie plötzlich Verfolgungsfantasien. Als sie die Augen wieder öffnete, setzte ihr Herz für einen Schlag aus. Der Fassadenengel starrte sie direkt an! Während ihr Mund einen tonlosen Schrei formte, flüsterte das Gesicht ihren Namen.

Alex...

5   KARLA

So weit auf dem Barhocker zurückgelehnt, wie es physikalisch möglich war, ohne rücklings herunterzufallen, den Kopf in den Nacken gelegt starrte sie an die Decke. «Nein, Alter. Keine Lust», sagte sie, als ob die Decke sie hören konnte.

«Du bist doch sowieso hier, da kannste auch mitarbeiten», beschwerte sich Gerald hinter der Theke. Gerald, wenig Haare auf dem Kopf, dafür ein unfassbar rotes Gesicht, grinste. Seine Aufforderung war nicht ernst gemeint. Die Bar war fast leer. «Komm, du springst für mich ein, damit ich mir die Show mit den dicken Drag Queens angucken kann.»

«Äh, lass mich kurz überlegen ... Nein.»

«Du bist so ein Dickschädel», Gerald grinste wieder. Er grinste viel. Oft schon hatte er gesagt, dass er ihren Sturkopf bewunderte. Sie mochte ihren Sturkopf. Sie mochte Gerald. Karlas Eltern mochten ihren Sturkopf nicht. Sie hatten sie schon früh als eigenwillig und dickköpfig beschrieben. Aber nie als Kompliment. Anderen gegenüber benutzen sie diese Aussage sogar als Entschuldigung, wenn Karla sich wieder unangemessen verhalten hatte, oder als Ausdruck ihrer Erschöpfung von einem Kind, das sie sich so ersehnt hatten. Endlich ein Mädchen nach drei Jungs. Wer hätte gedacht, dass es so anstrengend werden würde. Karolina Böhme, wie ihr voller Name lautete, war inzwischen 29, doch immer das Nesthäkchen geblieben. Ihre drei Brüder waren mindestens fünf Jahre älter als sie und hatten dafür gesorgt, dass Karla nie das Prinzesschen werden konnte, das ihre Eltern sich so gewünscht hatten. Sie war laut, vulgär und konnte sich zur Not auch mit den Fäusten durchsetzen. Ihre Mutter hatte nie Hemmungen, ihr zu zeigen, wie enttäuscht sie deswegen war.

Karla hatte die letzten Jahre mit ihrem mittleren Bruder Robert zusammen gewohnt. Unlängst war er zu seiner Freundin gezogen. Karla hatte ihn auf die Schulter geboxt und ihm gesagt, dass er ein Pantoffelheld sei. Danach hatte sie gelacht. Dabei meinte sie es ernst. Sie nahm es ihm übel, dass er sie für eine Tussi hatte sitzen lassen. Genau wie ihre anderen Brüder hatte er das Leben mit ihr eingetauscht für ein Spießerleben mit Frau und Altbauwohnung oder Häuschen auf dem Land. Sie hoffte, dass er sich bald einen Hund und kein Kind zulegen würde. Hunde machten alles besser. Kinder machten alles schlechter.

Gedankenverloren saß sie am Tresen einer kleinen Bar mit dem schrecklichen Namen ‹Haltbar›. Deren Besitzer Gerald fand sich selbst tierisch gut, dass ihm dieses dämliche Wortspiel eingefallen war. Zuvor hatte er einen Friseursalon namens ‹Scharfes Schnittchen› geführt. Sein Humor war eher flach. Eine Bar in der Kasseler Nordstadt schien ihm attraktiver, nachdem er knallhart durchkalkuliert hatte, dass eine hippe Bar in einem stetig beliebter werdenden Studentenviertel lukrativer sein müsste, als ein Friseursalon mit wegsterbender Kundschaft. Leider war Gerald nicht sonderlich gut in Mathe. Der ehemalige Besitzer der Bar hatte sie ihm zu einem Spottpreis überlassen. Dass es dafür einen Grund gab, hatte Gerald nicht bedacht. Die Bar war zu weit weg von anderen Locations, um Laufpublikum anzuziehen, die Anwohner in der Gegend betranken sich zumeist aus Geldmangel zuhause. Leider war aus der Nordstadt bisher nicht das Kasseler Kreuzberg geworden. Das hatte sich im Süden um die Kunst Uni gebildet. Schade Schokolade. Zum Glück hatte Gerald wenigstens ein paar treue Stammkunden, und so war der Laden kein kompletter Reinfall.

Der Fußboden der ‹Haltbar› bestand angeblich aus altem, abgewetztem PVC in Schachbrettoptik. Die vielen Jahre, in denen Menschen darauf getrunken, getanzt und diverse Körper- und andere Flüssigkeiten verteilt hatten, verliehen dem Boden inzwischen einen eher marmorierten Grauton. Es

29

gab sogar Gerüchte, dass der Boden ursprünglich ein Teppich gewesen sein soll – Barhocker, auf denen man zu lange saß, sanken buchstäblich in den Boden ein. Gerald hatte sich inzwischen dazu entschlossen, jeden Morgen feucht aufzuwischen. Ob das Sachen besser oder schlechter machte, war eine Frage der Perspektive. Auch die Farbe der Wände war schwer definierbar. Eine Mischung aus Grau und Schmutz, halb abgeknibbelten Aufklebern und alten Kaugummis. Nüchtern hatte man Hemmungen etwas anzufassen. Deshalb waren die meisten Menschen hier auch nicht nüchtern. Karla fühlte sich hier sauwohl und besuchte die Kneipe regelmäßig. Während der Woche arbeitete sie hinter der Theke, am Wochenende vertrank sie davor ihr halbes Gehalt. Ihre Brüder hatten sie das erste Mal mit hierher genommen. Ihr ältester Bruder Thomas stand auch schon dort hinter der Theke, vor langer Zeit, und organisierte Karla dort den Job. Ihr Chef Gerald war 56, schwul und in einer langjährigen, wenigstens offiziell monogamen Beziehung. Da musste man als großer Bruder keine Bedenken haben.

Auch wenn Karla sich nicht sicher war, warum, hatte sie sich heute richtig Mühe gegeben mit ihrem Outfit. Ein ‹Montreal Band› T-Shirt, von dem sie Ärmel und Kragen abgeschnitten hatte, schwarze Strumpfhosen mit strategisch platzierten Laufmaschen und einen Minirock zu schweren Lederboots. Vor vier Jahren war sie mit ihren Brüdern auf einem kleinen Konzert dieser Band in Kassel gewesen und hatte sich dieses T-Shirt gekauft. Die ganze Nacht war sie mit ihnen im

Moshpit herum gesprungen und danach quer durch die Stadt zu einem Club gelaufen, weil sie das Geld für das Taxi lieber in Bier investieren wollte. Im Morgengrauen waren sie aus dem Club gestolpert und wieder durch die ganze Stadt gelaufen. Karla erinnerte sich daran, wie euphorisch sie gewesen war. Zusammen waren sie bis in die Wohnung, in der Karla damals mit ihrem ältesten Bruder Thomas wohnte, getorkelt, hatten sich unterwegs Döner gekauft und waren danach zusammen auf der Couch im Wohnzimmer eingeschlafen. An diesem Abend war Karla so glücklich gewesen wie nie davor oder danach in ihrem Leben. Zwei Wochen später war ihr ältester Bruder mit seiner Freundin zusammengezogen. Sein Zimmer hatte ihr mittlerer Bruder übernommen. Aber auch nur, bis dieser eine Frau gefunden hatte, mit der er zusammenziehen konnte. Sie vermisste ihre Brüder, die inzwischen alle mit abgeschlossenen Studien und sicheren Jobs auf Ehe und Kinder zusteuerten. Während sie sich weiterhin die Wochenenden um die Ohren schlug und in einer Kneipe arbeitete. Geistesabwesend strich sie sich eine ihrer widerspenstigen, roten Locken aus dem Gesicht und pulte weiter an einer Ecke des Etiketts ihrer Bierflasche. Sie war so in sich versunken, dass sie nicht bemerkte, wie sich Gerald über den Tresen zu ihr beugte. Erst als er ihr väterlich sanft über die Wange strich, blickte sie hoch und zog die sommersprossenübersäte Nase kraus.

«Mensch Mädchen, was machst du denn schon wieder hier? Du solltest unterwegs sein und Spaß haben! Muss ich dir das jeden Samstag sagen?»

«Ich habe doch Spaß!»

«Ja. Du siehst auch sehr amüsiert aus.» Gerald blickte sie mit einer Mischung aus Wehmut und Mitleid an. Karla seufzte. Sie kannte ihn lange genug, um zu wissen, dass er versuchen würde, sie mit einem ganz miesen Witz aufzuheitern. Sein Humor war einer der Plattesten, die sie kannte. «Du weißt, was es bedeutet, wenn man das Papier von Bierflaschen pult?»

«Dass man gerne Papier von Bierflaschen pult?»

«Es ist ein Zeichen für sexuelle Frustration.»

«Unmöglich. Ich habe nicht mal Sex, der mich frustrieren könnte.»

Trotz ihrer miesen Stimmung grinste sie innerlich. Anzüglichkeiten waren zwischen ihnen an der Tagesordnung. Die gehörten zum guten Ton, auch wenn sie natürlich nicht ernst gemeint waren. Er stand nicht auf Frauen und sie nicht auf kleine, dicke Männer, die aussahen wie Dirk Bach. Gerald war ein Gegner und kein Opfer, wenn es darum ging, sich Anzüglichkeiten an den Kopf zu werfen. Schon als Teenie hatte sie ihre Eltern gerne schockiert und sich innerlich kaputtgelacht, wenn ihre Mutter mit hochrotem Kopf nach Luft schnappend den Raum verließ. Bei Gerald musste sie sich wesentlich mehr Mühe geben. Sie sah ihn mit einem vieldeutigen Lächeln an, beugte sich vor, so dass ihre auf der

Theke liegenden Arme die Brüste hoch pressten und ihrem schwarzen Band-Shirt einiges an Anstrengung abverlangten, diese weiterhin wenigstens teilweise zu bedecken. Ganz nah brachte sie ihr Gesicht an seines, fuhr sich mit der Zungenspitze über die Lippen und flüsterte ihm ins Ohr: «Willst du das ändern?» Nach diesen Worten nahm sie ihre Bierflasche in den Mund und leckte über den Flaschenhals. Sein fassungsloses Gesicht mit weit aufgerissenen Augen und offenstehendem Mund brachte sie so sehr zum Lachen, dass sie sich an ihrem Bier verschluckte.

«Ha ha. Sehr komisch, Fräulein. Ich hatte eine einzige Begegnung mit einer Vagina. Da habe ich heute noch Albträume von.» Er schüttelte sich und guckte gequält. Kurz darauf prusteten beide los. Sie brauchten einen Moment, um sich wieder zu beruhigen.

«Sei nicht so eine Memme und gib mir noch ein Bier!», grinste Karla ihn an und warf ihm einen Luftkuss zu.

«Sehr wohl!», Gerald drehte sich leise lachend um. Sie ließ ihren Blick durch die Bar schweifen. Niemand, mit dem man hätte reden können. Gelangweilt drehte sie sich zum Ständer mit den Werbepostkarten. Gedankenverloren blätterte sie durch die verschiedenen Motive. Dabei fiel ihr eine quietschpinke Postkarte mit Glitzerrand auf. *Madame Destiny – Professionelles Zukunftsauswahlconsulting.*

«Was für eine gestalterische Missgeburt hast du denn da?», fragte Gerald, als er ihr ein neues Bier hinstellte.

«Keine Ahnung, das ist aber auch egal. Wir brauchen dringend Schnaps!»

«Wirklich? Brauchen wir?», lachte Gerald.

«Unbedingt. Ich verspüre ein spontanes, nicht zu ignorierendes Bedürfnis.»

«Na dann...», er grinste und schüttete zuckersüßen Kirschschnaps in zwei Gläser.

Eine halbe Stunde später standen sie Arm in Arm grölend auf der Theke: «Don't stop me now!» von Queen. Es war Geralds Lieblingslied. Weil er eine unaufhaltbare Queen wäre, sagte er. Die letzten Gäste verließen daraufhin die Bar und Gerald holte eine weitere Flasche Kirschschnaps.

Sie fühlte sich angenehm benommen, als sie Stunden später nachhause lief. Die schreiende Unzufriedenheit und die dumpf an ihr nagende Unruhe, die sie seit dem Auszug ihres Bruders spürte, waren still. Danke Kirschschnaps! Sie zündete sich eine Zigarette an, die sie von einer zufällig vorbeikommenden Frau geschnorrt hatte. Eigentlich rauchte sie nicht. Sie machte nur Ausnahmen, wenn sie gestresst war, betrunken, gelangweilt oder unbezwingbare Lust auf Nikotin hatte, was ungefähr fünfzehn Mal am Tag vorkam.

Es war eine kalte und nasse Januarnacht und Karla trug viel zu dünne Kleidung. Sie schlug die Arme um sich, rieb die Schultern mit den Händen, um die Kälte zu vertreiben. Da traf sie aus dem Nichts plötzlich ein wärmender Strahl. Als sie aufblickte, blinzelte Karla direkt in ein helles, weiches Licht, das wie ein starker Scheinwerfer vom Horizont zu ihr

34

herüberstrahlte. Mitten aus dem Kegel sah sie die Silhouette eines hochgewachsenen Mannes auf sich zukommen. Überrascht blieb sie stehen und sah ihm entgegen. Wie gebannt starrte Karla und konnte sich nicht wegbewegen. Sie hatte keine Angst. Alles war warm und weich und schön. Kurzzeitig dachte sie, dass sich Mogli im Dschungelbuch wahrscheinlich auch so gefühlt hat, als Kaa, die Schlange, ihn hypnotisierte, um ihn zu fressen. Aber der Gedanke war so schnell wieder verschwunden, wie er aufgeblitzt war. «Fürchte dich nicht, mein Kind. Ich komme mit froher Botschaft! Komm! Komm mit mir.»

6   SOFIA

Mit den Armen voller Einkaufstüten und ihrem Handy zwischen Schulter und Kinn geklemmt, versuchte Sofia, ihren Wohnungsschlüssel ins Schloss zu fummeln. Seit sie die Taschen trug, musste sie sich an der Nase kratzen. Heftig pustete sie sich Strähnen ihres schwarzen Ponys aus den Augen. Sie hatte so viel Geld in eine schicke Kurzhaarfrisur investiert, dennoch ließen sich die dicken dunklen Haare ihrer italienischen Vorfahren nur schwer bändigen. Eigentlich müsste sie wöchentlich zum Friseur, um ihren Pony daran zu hindern, ihr über die Augen zu wachsen. Jetzt hatte sie vor lauter Überstunden zwei Termine verpasst. Resigniert blies sie einen letzten Luftstoß in ihre Haare, während sie versuchte, sich gegen eine Wortsalve ihrer Mutter am Telefon durchzusetzen. Es wäre viel einfacher gewesen, wenn sie ihre

Kopfhörer getragen hätte. Leider lagen die vollkommen verknotet am Boden ihrer Handtasche, und sie hatte nicht die Geduld, diese zu entknoten. Irgendwann würde sie sich Bluetoothkopfhörer zulegen, auch wenn sie immer etwas Panik davor hatte, sie zu verlieren. Vielleicht sollte sie sich direkt zwei Paar zulegen.

«Ja, Mamma. Sì. Sì.» Es klickte im Schloss, und sie stieß die Tür mit ihrem Fuß auf. «Non voglio sentir fiatare! Ich will es nicht mehr hören! Mama ...», sie stöhnte leise, während sie ihre Einkaufstüten von den Armen neben die Tür gleiten ließ, wo sie mit einem lauten Klirren landeten. Sofia hoffte, dass ihre Weinflaschen heil geblieben waren. «No! No! Questo è il colmo!» Sie hielt das Telefon auf Armeslänge von ihrem Ohr, die laute Stimme ihrer Mutter ergoss sich aus dem Hörer. Sofia seufzte und kratzte sich endlich an der Nase. Es war nicht so befriedigend, wie sie gehofft hatte.

«Mamma, ich muss auflegen. Sì. Ja, Mamma, danke. Die Suppe war köstlich. Wie immer.» In der offenen Küche der großzügigen Einzimmerwohnung, in der Sofia Canetti wohnte, stand der Topf mit Minestrone, den ihre Mutter ihr vor Wochen mitgegeben hatte. Sie hatte ihn nicht angerührt. Wahrscheinlich würde sie den Topf samt Inhalt komplett loswerden müssen. Inzwischen hatte sie Angst, den Deckel zu heben, denn der braune Pelz darin hatte sicherlich schon zu atmen begonnen. Sie lauschte ihrer Mutter weiter, während diese eine lange Liste mit Bekannten und entfernten Verwandten herunter ratterte, deren Töchter gerade schwanger oder verlobt waren. Sofia war 32, und wenn man ihre Mutter fragte, schon fast zu alt, um zu heiraten. Isabella Canettis größte Angst war es, dass ihre Tochter für immer alleine blieb.

«Ich muss wirklich dringend auflegen. Ja, ich besuche euch bestimmt am Sonntag. A risentirci, Mamma.» Sofia beendete den Anruf abrupt und legte das Telefon auf das Sideboard aus geöltem Walnussholz neben die graue Schale aus Beton, in der sie ihre Schlüssel aufbewahrte. Ihre Wohnung war bis ins Letzte durchgeplant, jedes Kissen hatte seinen festen Platz und war mit Bedacht ausgesucht. Entnervt und müde ging Sofia durch den großen Raum zum gegenüberliegenden Fenster. Auf dem Weg streifte sie ihre Schuhe ab, zog ihren Mantel aus und legte ihn, ganz untypisch für sich, über die Lehne eines Stuhls, der an der Wand stand und eigentlich als Ablageort für Magazine diente. Normalerweise hätte sie ihn sofort aufgehängt und auch die Schuhe nicht einfach im Raum liegen lassen, aber heute fühlte sie sich, als hätte sie alle Energie verlassen. Mit geschlossenen Augen ließ sie sich auf einen Sessel am Fenster plumpsen. Sie zündete sich eine Zigarette an, die dort mit Aschenbecher und Feuerzeug bereit lag. Ihre Mutter würde sie umbringen, wenn sie wüsste, dass sie rauchte. Nein, sie würde so tun, als hätte Sofia ihr ein Messer ins Herz gestoßen und würde sie unter einem Berg von Schuldgefühlen begraben. Aber nach diesem Tag aus der Hölle hatte sie sich eine Zigarette verdient. Der Anruf ihrer Mutter und das Wissen, dass ihre Periode heute oder morgen einsetzen würde, waren lediglich die Spitze des Eisbergs. Sie spürte ein schmerzhaftes Ziehen im Unterleib. Verfluchter Uterus. Um einen peinlichen Moment zu vermeiden, hatte sie auch ihrem Kollegen André, mit dem sie regelmäßig schlief, für heute abgesagt. Er war der Typ Mann, der ignorierte, dass Frauen so etwas wie Monatsblutungen hatten. Als sie beim gemeinsamen Einkaufen nach einer Packung Tampons greifen wollte, hatte er sie pikiert darum gebeten, SOWAS doch bitte zu kaufen, wenn er nicht dabei war. Er war ein Vollidiot, und Sofia schlief bloß mit ihm, weil sie nicht die Energie hatte, diese Affäre zu beenden. Tief einatmend öffnete Sofia die Augen, blickte quer durch ihre Wohnung und musste trotz allem lächeln. Sie liebte ihre Wohnung. Für sie war es ihr Rückzugsort, etwas, das nur ihr gehörte. Das machte sie glücklich. Sie kam aus einer Familie mit fünf Kindern, war das unauffällige mittlere Kind, das sich ein Zimmer mit ihren beiden großen Schwestern hatte teilen müssen und deren Kleider sie aufgetragen hatte. Ihre beiden jüngeren Brüder hatten natürlich neue Sachen bekommen. Bis sie von Zuhause auszog, was ein Drama opernhaften Ausmaßes seitens ihrer Mutter ausgelöst hatte; der letzte Akt lief noch – hatte sie nie etwas ausschließlich für sich besessen. Mit einem wohligen Seufzer kuschelte Sofia sich tiefer in den schweren, dunkelbraunen Ledersessel mit schräger Rückenlehne. Von diesem Platz unter dem Fenster aus konnte sie ihr kleines Reich komplett überblicken. Wohn- und Schlafzimmer gingen ineinander über, getrennt durch einen dünnen, weißen

Vorhang. Ein schlichtes, weißes Metallbett stand neben einem Stuhl, den sie als Nachttisch nutze. Über dem Bett hingen zwei Lichterketten und sorgten für eine gemütliche Beleuchtung.

Ihre Mutter war keineswegs glücklich darüber, dass ihre Tochter lieber alleine wohnen wollte und sich mehr für ihren Job interessierte, als sich einen Mann zu suchen und möglichst schnell Kinder in die Welt zu setzen wie ein katholisches Meerschweinchen. Sofia war glücklich mit ihrer Entscheidung. Sie hatte sich gegen ihre Mutter durchgesetzt. Aber hätte sie jemand gefragt, ob sie auch glücklich war mit ihrem Leben, wäre die Antwort eher aus Reflex denn aus Überzeugung gekommen. Tatsächlich hatte sie inzwischen das Gefühl, sich seit Jahren nicht mehr weiterzuentwickeln, sondern auf der Stelle zu treten. Sie hatte die Ziele ihrer Jugend erreicht, war unabhängig und eigenständig. Derzeit fehlten ihr neue Ziele, auf die sie hinarbeiten könnte.

Ihr Blick fiel auf den Ganzkörperspiegel links in der Ecke neben ihrem Bett. Gewissenhaft blickte sie ihrem Spiegelbild ins Gesicht, sah ihre braunen Augen, ihr fein geschnittenes Gesicht mit den hohen Wangenknochen, die dunklen und sorgfältig gestutzten Augenbrauen, die feine, schmale Nase. Wie lange war es schon her, dass sie ihren Anblick im Spiegel gemocht hatte? Ihre Haare waren schon wieder ganz aus der Form geraten, und auch zur Kosmetikerin musste sie wieder, ihre Haut war vor lauter Stress ganz fahl. Sie rappelte sich aus dem Sessel hoch, um ihr abendliches Yogaprogramm vorzubereiten: Kleider wechseln, Matte ausrollen, DVD einlegen. Eine dauerlächelnde, sehnige junge Frau begrüßte Sofia, und mit Bedauern stellte sie fest, dass ihre aufgesetzte Begeisterung ganz und gar nicht ansteckend war.

Eine halbe Stunde später erhob sie sich aus der Yoga-Pose ‹herabschauender Hund›, bei der sie sich auf Füße und Hände stützte, den Po hoch in die Luft gestreckt. Sie ließ ihr Becken sinken, bis ihr Körper eine Gerade bildete und schob ihren linken Fuß zwischen ihre aufgestützten Hände. Ihr Gewicht verlagerte sie wieder auf beide Füße und richtete sich in die Kriegerposition auf. Dabei stand sie in weiter Grätsche, die Füße in einer Linie, das Becken nach vorn gedreht. Sie blickte in den Spiegel, um ihre Haltung zu kontrollieren.

Vor ihren Augen verschwamm ihr Gesicht. Fest rieb sie mit den Fingerkuppen über ihre Augenlider, bis Sternchen erschienen. Fast wäre sie dabei aus dem Gleichgewicht gekommen. Als sie ihre Augen wieder öffnete, sah sie nichts ihm Spiegel außer ihrem Wohnzimmer und einem hellen, strahlenden Licht an der Stelle, wo eigentlich sie hätte stehen sollen.

7 MAYA

Der Tag, an dem ihr der Engel erschien, hatte schon nicht schön angefangen. An sich war nichts Schlimmes passiert, was aber auch schon der Kern des Problems war. Es passierte einfach nichts. Maya wachte alleine in ihrer winzigen Wohnung auf. Wie jeden Morgen. Allein. Nicht einmal eine

Katze hatte sie, obwohl es ein gut zu ihr passendes Klischee gewesen wäre. Allerdings war sie gegen Katzenhaare allergisch. Ihr Schlafzimmer war so klein, dass sie nur einen schmucklosen Bettrahmen hineingestellt hatte. Dieser stand direkt unter dem einzigen Fenster des Raums. Dort hinaus konnte sie auf die umliegenden Felder und Weiden sehen. Jetzt im Januar war alles grau, matschig und trostlos. Sie hatte ihren Schrank, den sie schon in ihrem Kinderzimmer gehabt hatte, im Flur aufgestellt, da im Schlafzimmer kein Platz war. Wenn sie durch diesen engen Flur gehen wollte, musste sie sich an dem Ungetüm aus kieferfurnierbeklebtem Sperrholz vorbei quetschen. Eigentlich wollte sie einen neuen Schrank kaufen, als sie auszog. Doch als ihre Mutter sagte «Nimm den doch mit, der ist doch noch gut» antwortete sie mit ja. Aus Reflex, Gewohnheit, Pflichtbewusstsein. in der kleinen, fensterlosen Kochnische am Wohnzimmer machte sie sich einen schwarzen Tee und einen Toast mit Aprikosenmarmelade. Sie mochte es nicht, wenn der Essensgeruch durch die Zimmer zog, deswegen kochte sie darin nicht. Wahrscheinlich hätte sie aber auch nicht gekocht, wenn sie Fenster gehabt hätte. Sie aß Toast und mindestens dreimal in der Woche holte sie sich vom Asia-Imbiss unten im Haus das gleiche Gericht. Gebratene Nudeln mit Hühnerfleisch und Erdnusssauce. Sie hätte gern etwas anderes ausprobiert, aber inzwischen hatte sie die Nudeln so oft bestellt, dass die kleine dauerlächelnde Frau hinter dem Tresen fragte «Ah, Nudeln mit Huhn und Erdnuss», sobald sie

Maya sah. Und Maya nickte jedes Mal, obwohl sie sich vornahm, ‹Nein› zu sagen.

Während sie sich anzog, fiel ihr, wie jeden Morgen, alles an ihrem Körper auf, was sie nicht mochte. Fast schon gebetsmühlenartig ratterte sie jedes unschöne Detail herunter. Ihren schlaffen, blassen Schenkeln, die an den Innenseiten aneinander rieben, ihren winzigen Brüste, die sich nicht weiter vorwölbten als ihr viel zu runder Bauch. Ihre schlaffen Arme hingen ebenso kraftlos herab wie ihre Mundwinkel. Auch ihr Gesicht fand sie, wie den Rest ihres Körpers, schwammig. Blass und ohne Konturen. Ihr Anblick deprimierte sie nicht einmal mehr. Ihre Mutter, eine warmherzige und liebevolle Frau, hatte ihr immer gesagt, sie sei zu hart mit sich. Aber Maya konnte nicht anders. Sie zog eine Jeans an, die weit genug war, um nichts von ihren Rundungen zu zeigen, aber nicht so schlabberig, dass es auffiel, dass sie nichts zeigte. Auf dem Weg nach draußen stieß sie sich, wie jeden Morgen, den Ellenbogen an dem riesigen Schrank im Flur und suchte ihren Haustürschlüssel, der nie dort lag, wo er liegen sollte. Nachdem sie diesen auf dem Spülkasten im Badezimmer gefunden hatte, ging sie hinaus, wo inzwischen ein kalter Nieselregen eingesetzt hatte. Sie stieg in ihr kleines Auto. Einen Ford Ka in dunklem Lila, wie es sie in der Gegend zu hunderten gab. Fast jede ihrer früheren Freundinnen hatte zum Führerschein ein ähnliches Modell bekommen. Sie war die Einzige, die ihn behalten hatte.

Sie fuhr von Fritzlar aus über die Landstraße Richtung Schwalmstadt. Die Stimmen im Radio schnatterten belanglos vor sich hin und Maya fühlte sich, als wäre ihr Kopf mit einem nassen Brötchen gefüllt. Sie fühlte sich so dumpf, dass sie den Drang unterdrücken musste, ein konstantes Brummen von sich zu geben. Hintergrundgeräusche für einen Hintergrundmenschen. Sie war sich der Belanglosigkeit ihres Seins durchaus bewusst, sie wusste allerdings nicht, ob sie deswegen verzweifeln sollte, oder ob es nicht einfach doch ‹normal› war. Sie hatte sich schon früh entschieden, diese graue Eintönigkeit als den Zustand anzunehmen, in dem sie eben lebte.

Als plötzlich der hochgewachsene Mann mit den blonden Locken vor der Windschutzscheibe ihres fahrenden Autos auftauchte, konnte sie nichts mehr tun. Warum sie sich aber dazu entschied, Gas zu geben und geradewegs in ihn hinein zu fahren, konnte sie sich später nicht erklären. Sie spürte, wie die Stoßstange sich in seinen Rumpf grub, seinen Körper unter das Auto zwang, er am Unterboden entlang schrappte, hinten gegen den Endschalldämpfertopf schlug und diesen mit einem Knall abriss. Jeden einzelnen Schlag des Körpers gegen den Unterboden ihres Autos konnte sie unter ihren Füßen spüren. Einige Meter weiter blieb sie stehen, umklammerte das Lenkrad und begann zu schreien. Sie schrie noch immer, als es plötzlich an das Fenster auf der Fahrerseite klopfte. Das Gesicht, das eben kurz an ihrer Windschutzscheibe geklebt hatte, war etwas schmutzig, aber unversehrt. Sie schrie lauter, holte kurz Luft – und schrie weiter. Er sagte: «Fürchte dich nicht!», was sie etwas dumpf durch die Scheibe des Fahrerseitenfensters hörte. Sie schrie, auch wenn ihr langsam die Stimme versagte und es nun mehr ein Krächzen war. Es war dem Mann sichtlich unangenehm. Er öffnete die Tür und trat einen Schritt zur Seite. Mit offenem Mund, aus dem inzwischen aber kein Ton mehr kam, kletterte Maya vorsichtig aus dem Auto und starrte den Fremden an. Tatsächlich starrte sie so sehr, dass ihr ganzes Gesicht nur aus Augen zu bestehen schien. Sie trug den Gesichtsausdruck eines Kaninchens, das auf einer nächtlichen Straße glaubte, der beste Weg, mit herannahenden Scheinwerfern umzugehen, wäre es, einen Anstarrwettbewerb gegen sie zu gewinnen. Die Abdrücke von Mayas Reifen waren auf seinem Hemd zu sehen, das er zu einem gut sitzenden Anzug trug. Dennoch schien es ihm erstaunlich gut zu gehen, abgesehen davon, dass es ihm weiterhin sichtlich unangenehm war, von einer Frau mit aufgerissenem Mund angestarrt zu werden. Angewidert besah er sich die Reifenspuren auf seinem Hemd, als plötzlich ein weiterer Mann hinter ihm erschien.

«Was tut es da?», fragte der Mann, der ebenso groß und schön, aber braunhaarig war. Und wesentlich sauberer. Er sah eigentlich ganz heiß aus, für einen aus dem Nichts erscheinenden, seltsamen, brünetten Typen, der an Landstraßen herumlungerte.

«Ich weiß auch nicht. Es starrt mich einfach an», sagte der frisch überfahrene Blonde, der, so fiel es Maya auf, auch echt gut aussah. Zwei attraktive Psychopathen waren das.

«Eben hat es noch geschrien. Im Moment starrt es nur noch.» Maya war verwirrt. Es? Wen meinten sie mit ‹es›? Der Blonde räusperte sich, und auf einmal schien es, als würde er von innen heraus hell strahlen. «Fürchte dich nicht! Wir bringen frohe Kunde!»

Das war der Moment, in dem Maya ihre Stimme wiederfand und erneut zu schreien begann. Irritiert blickten die Männer sie an. Der Blonde fuhr mit seiner Hand durch die Luft, kein einziger Laut entwich mehr aus Mayas Mund.

Er blickte zu dem Brünetten: «Besser, oder?»

«Ja, wesentlich! Warum müssen die immer so einen Krach machen? Menschen sind immer am Schreien oder reden.»

«Wenigstens waren die anderen still.»

«Da waren ja auch die Glorien noch nicht leer.»

Der große Blonde schüttelte entnervt den Kopf. Maya blickte vom einen zum anderen und entschloss sich, den Mund zu schließen, weil sie sich langsam etwas albern vorkam. Sie schaute die beiden großen Männer an, die sich auf seltsame Art und Weise zum Verwechseln ähnlich und doch wieder gänzlich unterschiedlich aussahen.

«Du! Höre!», sagte der Blonde und zeigte mit dem Finger auf Maya, dabei flackerte um ihn herum ein Licht auf wie eine kaputte Neonröhre. «Wir bringen frohe Kunde!»

«Das sagtest du bereits», flüsterte der Andere.

«Würdest du mich bitte nicht beim Verkünden stören? Das ist schlicht unhöflich.»

«Pff, dann mach halt weiter, ich möchte nur, dass du es richtig machst.»

«Richtig? Entschuldige mal bitte, bist du der Verkünder oder ich? Ich weiß, wie es geht, ich habe das Verkünden erfunden!»

«Ist ja gut, entschuldige.»

«Danke», er richtete sich wieder an Maya und räusperte sich gekünstelt, was der Brünette mit einem genervten Augenrollen kommentierte. «Du bist auserwählt! Du und die Anderen werden das Reich Gottes auf Erden einleiten.»

Maya, inzwischen wieder ihrer Stimme mächtig, überlegte kurz, ob es wieder an der Zeit wäre, zu schreien.

«Mhm. Es wirkt so unbeeindruckt. Hast du noch Glorien und etwas Seligkeit einstecken?», fragte der Saubere.

«Nee, die Glorien sind alle, habe ich doch gerade gesagt. Da war ein Loch im Beutel. Und ich soll hier verkünden, ohne dass das Affenweibchen voller Seligkeit ist!»

«Du hast doch das Verkünden erfunden. Zeig, was du kannst.»

Maya fragte sich, ob sie in einem schlechten Film feststeckte.

«Äh… nee», sagte sie zu dem Blonden.

«Was meinst du mit ‹nee›?», fragte dieser verwirrt.

«Nee. Nee. Nee.» Maya schüttelte den Kopf, während sie wieder zurück zu ihrem Auto stakste. «Ich liege im Bett und schlafe!»

46

«Nein!», der Blonde folgte ihr verdutzt. «Du stehst an einer Straße und dir sind zwei Engel erschienen.»

«Engel?»

«Äh. Ja! Ist das nicht offensichtlich?»

«Engel?», wiederholte Maya, «Es gibt keine Engel!»

«Und für was hältst du uns?» Er zeigte auf seinen Kumpanen und sich. «Himmlische Staubsaugervertreter?»

«Hör zu, Mensch», der Brünette war aufgebracht und zeigte auf den Blonden. «Er ist der Erzengel Gabriel, der Verkünder. Ich bin Michael, auch Erzengel, und wir sind hier, weil wir eine himmlische Mission für dich haben. Und wenn du uns nicht glaubst, werden wir es dir beweisen!» Da tippte ihm der Blonde auf die Schulter. «Wir haben keine Wunder mehr dabei. Ich weiß nicht, was wir tun können, um es zu überzeugen.»

«Ich könnte die Stadt da drüben in Schutt und Asche legen!»

«Michael, nein, wir haben darüber gesprochen. So ziehst du viel zu viel Aufmerksamkeit auf uns. Es werden keine Städte in Schutt und Asche gelegt. Also, noch nicht!»

Michael war sichtlich enttäuscht. Gabriel überlegte und tippte kurzentschlossen mit Zeige- und Mittelfinger an Mayas Stirn. Sie fiel nach vorn um wie ein frisch gefällter Baum. Als sie hart auf den Boden aufschlug, konnten sie ihr Jochbein und den Nasenknochen brechen hören. Blut lief ihr in Strömen aus der Nase. Gabriel grinste, als Michael sie aufhob und über seine Schulter warf.

«Ich hab es immer noch drauf», dachte sich Gabriel. Dann strich er der über dem Rücken seines Bruders baumelnden Maya mit der Hand über das Gesicht. Die Spuren des Sturzes verschwanden augenblicklich. «Richtig drauf!», grinste er in sich hinein. Wenn schon kein echtes Wunder, so doch wenigstens ein einfacher Engeltrick.

8   MADAME DESTINY

In einem kleinen, windschiefen Häuschen im Wald kämmte Hans-Peter im Ankleidezimmer seine Lieblingsperücke. Aus der Nähe betrachtet war das Haus mit den blauen Fensterläden, dichten Rosenbüschen und einknickendem Gartenzaun, wie geradewegs einem Grimm Märchen entsprungen. Er lebte seit zwanzig Jahren in diesem einsamen Häuschen, bei einer Frau, die nicht seine Mutter war, sondern eine Hexe. Eine böse Hexe. Er liebte sie aufrichtig und hatte in den letzten Jahren viel von ihr gelernt. Doch erst seit wenigen Monaten fühlte er sich wieder vollständig. Seitdem Hörni wieder da war. In Hans-Peters vollgestopften Zimmer standen Kleiderstangen mit Federboas und Tüllgebilden so eng nebeneinander, dass die Wände nur erahnt werden konnten. Mitten in diesem Zimmer stand ein filigraner, weißer Schminktisch. Hans-Peter saß auf einem gepolsterten Hocker davor, den Styroporkopf mit der Perücke in der einen und die Holzbürste in der anderen Hand. Mit kraft- und liebevollen Strichen über den leblosen Styroporkopf brachte er das lange, glatte Haar in Ordnung. Es war seine 1970er Cher Perücke mit prachtvoll glänzenden schwarzen Haaren. Er war 1,90 Meter groß, hatte breite Schultern, sehnige Oberarme und lange, spitz gefeilte Nägel an schlanken Fingern. Er hatte sie blutrot lackiert. Sie leuchteten im Halbdunkel ebenso wie die blassen Narben, die sich über seinen ganzen Körper zogen. Den Nagellack trug Hans-Peter auch, wenn er als Mann unterwegs war. Die wenigen Male, die er beleidigt oder angegriffen wurde, konnte er gut abwehren. Es half doch, eine Hexe als Ziehmutter und einen Dämon als Partner zu haben.

Ein Schauer ließ Hans-Peter unvermittelt erzittern, schnürte ihm die Luft ab, und ein Schmerz, heiß und scharf, schoss durch seinen Kopf. Er hatte diesen Schmerz erwartet, sich darauf vorbereitet, seitdem er wusste, was passieren würde. Seitdem er SIE wieder spürte. Die Narben auf seiner Haut begannen zu brennen. Die Engel hatten die vier Auserwählten gefunden. Seine Hand umklammerte die Bürste, sein Atem ging flach und stoßweise, ihm wurde schwarz vor Augen. Als der Schauer nachließ, rang er tief, verzweifelt nach Luft. Er versuchte, nach Hörni oder der Hexe zu schreien, aber seine Stimme brach sofort. Bevor er ein zweites Mal einatmen konnte, erschien ein schwarzer Schatten hinter ihm. Zwei muskulöse Arme umschlossen seinen Oberkörper, hoben ihn hoch und legten ihn sanft auf ein weiches Sofa am anderen Ende des Raumes. «Hörni», röchelte er. «Ich bin hier, mein Herz», antwortete der Schatten mit einer Stimme so dunkel wie eine sternenlose Nacht. Andere Menschen erzitterten bei dieser Stimme, aber Hans-Peter nicht. Er schmolz jedes Mal dahin, wenn er sie hörte. Asrael legte sich hinter Hans-Peter auf das Sofa, schloss seine Arme um ihn und küsste ihn sanft in den Nacken.

Sofort konnte er sich entspannen. Asrael hatte diese besondere Wirkung auf ihn. Wer hätte gedacht, dass er sich in seinen Kindheitsfreund verlieben würde, der ein Dämon war. Liebe war kompliziert. «Es ist so weit, oder?», fragte Hörni dunkel flüsternd in Hans-Peters Nacken.

«Ja. Leider schon. Ich hatte ein bisschen gehofft, dieser Tag würde nie kommen.» Asrael drehte Hans-Peter sanft auf den Rücken, strich ihm über die Wange und sah ihn an. «Du schaffst das. Wir schaffen das. Ich gehe und sage der Hexe Bescheid. Du machst dich fertig. Es wird Zeit, dass wir die Frauen rufen, Madame Destiny.»

9   MICHAEL

Der Krieger der Erzengel saß auf seinem ledernen Bürostuhl hinter einem enormen Schreibtisch aus dunklem Holz. Sein Himmel sah inzwischen aus wie das Büro eines alkoholsüchtigen Privatdetektivs aus einem Film Noir. Mit wenig Sinn für Ordnung. Auf dem Boden lagen Flaschen, Schriftrollen, und vor Michael auf dem Schreibtisch thronten zwei Steintafeln. Er hätte mit einem Schnippen seiner Finger aufräumen können, aber er mochte das Chaos. Es passte gerade. Zu ihm. Zu dem, was passierte. Obendrein war er begeistert, endlich wieder etwas zu tun zu haben. Auch wenn Recherche nicht zu seinen Lieblingsarbeiten gehörte. Diese

Aufgabe war zu wichtig, um sie jemand anderem anzuvertrauen. Hochkonzentriert beugte er sich über die Steintafel. Er bemerkte nicht, dass sich jemand in seinen Himmel schlich. Als er ihre Stimme hörte, zuckte er kaum merklich zusammen. «Engelchen! Ihr habt die Frauen! Ich bin beeindruckt. Wer hätte gedacht, dass ihr zu etwas nütze seid.» Da stand sie. Vor ihm. Lilith. Die Dämonin. Noch immer wusste er nicht, wie sie in den Himmel kam. Sie war nicht nur eine Dämonin, sondern sogar eine der obersten und ältesten. Sie war wohl nicht Adams erste Frau, sondern eine andere Lilith ... Luzifer selbst hatte sie angeblich selbst erschaffen. Wie auch immer, er wollte sich nicht mit Dämonentratsch abgeben. Sie war ein abstoßender Unhold. Das wusste Michael, und sie war so grausam und gefährlich, dass sogar die Engel in ihrer Gegenwart so etwas Ähnliches wie Angst verspürten. Michael spürte vor allem Ekel. Er hasste Dämonen. Pervertierte und gequälte Seelen, die sich einen Spaß daraus machten, andere zu quälen, bis diese genauso waren wie sie selbst. «Hurt people hurt people» hatte er mal auf einem Sticker gelesen. Das traf es doch ganz gut. Es erklärte allerdings nicht, wie sie sich in den Himmel schleichen konnte. Das sollte unmöglich sein. Dennoch war sie da. Das ergab keinen Sinn. Der Himmel war perfekt und fehlerlos konstruiert. So hatte er es gelernt. Wie konnte es ihr gelingen, die Himmelsschranken zu überwinden? Offensichtlich war irgendetwas doch nicht so sicher. Nein, das konnte nicht sein. Perfekt war perfekt, war perfekt gewesen und blieb perfekt – bis in alle Ewigkeit.

Michael schüttelte sich kurz. Ihre Anwesenheit machte ihn doch nervöser als gedacht. Vom Anbeginn der Zeiten an hatte man ihm erklärt, dass Dämonen nahezu hirnlose Wesen waren. Lilith war aber anders. Wenn ein derart abscheuliches Wesen in den Himmel gelangen konnte, gab es denn dafür auch einen göttlichen Plan? Denn Gott hatte doch immer einen Plan! Jetzt hatte Michael einen Plan und wenn der funktionierte, müsste es auch Gottes Plan sein, oder? Das Wort ‹Plan› hallte in Michaels Kopf nach, nur noch ein Geräusch. Er schüttelte sich kurz. Egal, Hauptsache sie taten endlich etwas und große Ambitionen erforderten große Maßnahmen. Außerdem war doch die Wahrscheinlichkeit, dass weitere Dämonen in der Lage waren, in den Himmel zu kommen, gering. Schließlich waren Dämonen dumme und degenerierte Wesen. Das hatte man ihm jedenfalls immer gesagt, und so stand es jedenfalls geschrieben. Und was geschrieben stand, musste auch stimmen. Er räusperte sich.

«Schlange», erwiderte Michael förmlich. Es klang eher wie eine Feststellung, nicht wie eine Begrüßung. Die Zusammenarbeit mit der Dämonin war ein notwendiges Übel, das ihm keine Freude bereitete. Er würde sie lieber früher als später loswerden. Gabriel war natürlich auch nicht sonderlich begeistert gewesen, als er ihm von dieser Zusammenarbeit erzählt hatte. Michael wusste, dass sein Bruder einzig und allein mitmachte, um ihn zu schützen. Noch immer stand sie in seinem Himmel und lächelte ihn an. In den Augen eines Menschen würde sie sicherlich wunderschön aussehen, darauf legten die Dämonen wert. Aber Michael konnte ihr wahres Gesicht sehen. Eine verzerrte, deformierte Fratze mit schwarzen Augen und spitzen Zähnen. Ihr Lächeln war ein Zähnefletschen.

«Schlange! Du bist es. Ich habe dich erwartet.», versuchte er, seinen Schreck zu überspielen. Er nannte sie Schlange, um seine Verachtung auszudrücken. Er hoffte, das war ihr bewusst. «Es läuft alles, wie wir es geplant haben. Natürlich.»

«Wunderbar, Engelchen», Lilith grinste. Sie erinnerte Michael an eine Katze, die gerade dabei war, in einen Vogelkäfig zu klettern. «Ich bin stolz auf dich. Also, wann stellst du mich deinem Bruder vor?»

«Jetzt!», erklang Gabriels Stimme hinter ihnen. Er hatte unbemerkt Michaels Himmel betreten und ging nun an Lilith vorbei, ohne sie eines weiteren Blickes zu würdigen. Betont langsam schlenderte er um den Schreibtisch seines Bruders herum und betrachtete ebenso betont ausgiebig die Umgebung.

«Du hast umdekoriert», stellte er fest. «Gefällt mir nicht.» Mit dem Fuß schob er ein paar Papiere zur Seite, die auf dem Boden lagen. «So eine Unordnung!»

«Ich musste recherchieren», rechtfertigte sich Michael. Mit einem Blick auf den grinsenden Dämon wechselte er schnell das Thema. «Bruder, das ist Lilith.»

«Ich freue mich, deine Bekanntschaft zu machen.» Lilith ging auf Gabriel zu, der angewidert zurückwich.

«Das beruht nicht auf Gegenseitigkeit.» Abscheu schwang deutlich in Gabriels Stimme mit.

«Jetzt verletzt du aber meine Gefühle», Lilith grinste ihn noch immer an. Wäre Michael kein himmlischer Krieger gewesen, hätte er Angst vor diesem Grinsen gehabt. Zum Glück war er ein himmlischer Krieger, dachte er bei sich.

«Ich kann mir kaum vorstellen, dass Wesen wie du Gefühle haben», zischte Gabriel. Michael hatte den Eindruck, dass Liliths Lächeln kälter wurde. «Gabriel, vergiss nicht, wir brauchen sie.» Michael versuchte zu beschwichtigen. Deeskalation war völlig neu für ihn, es fühlte sich seltsam an. Leise flüsterte er, so dass nur sein Bruder ihn hören konnte, «Ohne sie schaffen wir es nie, Vater zurückzuholen!»

«Michael, es widerstrebt mir, mit diesem Verbrechen an der Schöpfung zusammenzuarbeiten», zischte Gabriel zurück.

«Ich kann euch übrigens hören!», rief die Dämonin in einem seltsamen Singsang. In ihrer Stimme lag kein Zorn. Eher Langeweile und etwas Belustigung.

«Gabriel, mein Bruder, bitte vertraue mir. Dieses eine Mal, bitte. Ich habe alles unter Kontrolle.» Michaels Stimme war so eindringlich, wie Gabriel sie noch nie gehört hatte.

«Natürlich vertraue ich dir. Aber ich vertraue dieser Kreatur nicht!»

«Das kann ich auch nachvollziehen», mischte sich die Dämonin ein, «aber ich bin ebenso auf euch angewiesen wie ihr auf mich.» Ihre Stimme wurde zu einem Flüstern. «Wir alle wollen den Status quo nicht mehr. Wir wollen alle lieber die letzte Schlacht, faire Chancen auf beiden Seiten, als weiter in diesem Zustand des ewigen Nichtstuns gefangen zu sein, oder?», sie blickte Gabriel direkt ins Gesicht. Michael wusste, dass auch Gabriel hinter ihrem hübschen Gesicht die entstellte Fratze sah. Dennoch zuckte dieser nicht zusammen. Michael fiel erneut auf, wie er seinen Bruder doch bewunderte. Er hielt den Atem an und blickte stumm von seinem Bruder zu der Dämonin und zurück. Gabriels Augen verengten sich zu Schlitzen. «Was versprichst du dir davon, uns zu helfen, Unhold? Du machst das nicht aus Güte.»

Lilith lachte schallend. «Offensichtlich nicht. So ein Quatsch wie ‹Güte› ist mir fremd. Behaltet sowas mal für euch. Ich will eine Chance! Eine Chance auf eine faire Schlacht. Zwischen euch und uns. Engel und Dämonen, Himmel und Hölle. Im Kampf miteinander, der Gewinner bekommt die Erde und alle Seelen. Darauf läuft es doch sowieso hinaus. Wozu also warten?»

«Du sprichst von der Apokalypse?», flüsterte Gabriel. Michael konnte sehen, wie die Zahnräder im Kopf seines Bruders ineinanderklickten. Er hatte ihm im Vorfeld nicht komplett verraten, was sie vorhatten, denn Gabriel liebte es, selber Dinge herauszufinden.

«Duh! Warum habt ihr wohl sonst die vier Reiter zusammengesammelt? Nur deswegen. Nun brauchen wir den

Propheten, damit können wir diesen unwürdigen Zustand endlich hinter uns lassen.»

«Wozu brauchst du uns dafür? Ihr habt dort unten doch sicher ähnliche Ressourcen wie wir hier oben, oder?», fragte der Erzengel der Verkündung. Sein Bruder schaute ihn verwirrt an. Michael war nie auf die Idee gekommen, dass die Hölle ähnlich gut organisiert sein könnte wie der Himmel.

«Gabriel, wir sind keine Feinde in diesem Vorhaben», sagte Lilith ruhig, als würde sie mit einem kranken Kind reden. «Wir sind Verbündete! Und nein, wir haben nicht so gute Aufzeichnungen, wie ihr hier.»

«Wir werden niemals Verbündete sein! Lass uns das Treffen mit den Reitern hinter uns bringen. Danach sprechen wir weiter.» Gabriel schien beruhigter, stellte Michael erleichtert fest.

«Wunderbar, Engelchen. Damit kann ich arbeiten. Wie weit sind wir denn mit den Vorbereitungen?», die letzte Frage ging an Michael.

«Ich habe fast alles, was wir brauchen. Die Frauen sind nebenan», antwortete er und stand auf, um zu der Tür zu gehen. Lilith folgte ihm.

«Du nicht!», Gabriel machte einen Schritt auf Lilith zu. Michael konnte nicht anders: Er war von der Strenge seines Bruders beeindruckt. «Wir werden mit den Frauen reden», donnerte er, mit dem rechten Zeigefinger auf die Dämonin weisend.

«Jetzt bin ich aber beleidigt. Möchtest du mich etwa nicht dabei haben?»

«Ich traue dir nicht, Dämon. Ich weiß nicht, was dein Ziel ist, aber ich glaube nicht, dass du meinem Bruder und mir verraten hast, worum es dir wirklich geht. Du wirst keinen Kontakt aufnehmen zu den Frauen!», grollte Gabriel.

Liliths Augen verengten sich zu Schlitzen. Kurz erwartete Michael, dass sie seinen Bruder anfallen würde. Nicht, dass er etwas gegen ein ordentliches Scharmützel gehabt hätte, aber für ihren Plan war das langfristig wenig zielführend. Nach einem kurzen Moment lächelte sie wieder, sah zu Gabriel hoch und legte den Kopf schief. Mit ihren behandschuhten Fingerspitzen fuhr sie über den großen Holzschreibtisch. Er war staubig. Sie hielt ihre Finger hoch, so dass Gabriel die weiße Schicht auf ihren schwarzen Lackhandschuhen sehen konnte.

«Wusstest du, dass Staub, echter Staub, hauptsächlich aus toten Hautzellen von Menschen besteht? Ist das nicht abstoßend? Menschen sterben permanent und lassen ihre Überreste einfach überall da, wo sie sind, liegen. Sie verwesen lebend vor sich hin und ihre Leichenteile lagern sich überall ab», dozierte Lilith.

Gabriel zog die Stirn kraus. «Das klingt ausgedacht. Und wirklich abstoßend. Aber warum erzählst du uns das?»

«Ich mag Menschen nicht sonderlich, Gabriel. Sie sind eklig. Ich habe kein Interesse daran, diese Frauen kennenzulernen, bis sie sich in die Reiter verwandelt haben. Aber wahrscheinlich werde ich nicht darum herum kommen. Auch wenn ich es gerne würde. Wenn ihr also alleine mit ihnen reden wollt, habe ich da nichts gegen. Im Gegenteil, du tust mir einen Gefallen.»

10   GABRIEL

Gabriel wandte sich zum Gehen. Er spürte seit Langem wieder ... etwas. Wut. Aufregung. Er konnte sich des Eindrucks nicht erwehren, dass die Dämonin versuchte, ihn zu manipulieren. Aber darauf würde er nicht hereinfallen. Auch wenn er nicht genau wusste, was ihr Ziel war.

«Michael und ich gehen zu den Frauen. Komm eben nach, Dämon.» Lilith seufzte schwer.

«Na gut, aber nur, weil du darauf bestehst.» Ein leichtes, schnell zu übersehendes Lächeln flog über ihr Gesicht. Gabriel und Michael gingen auf die Tür zu, die aus Michaels Himmel hinaus führte, und bogen dorthin ab, wo sie die Frauen untergebracht hatten. Nach ein paar Schritten blieb Gabriel abrupt stehen. Michael stoppte ebenfalls und stellte sich neben ihn. Wortlos standen die beiden Schulter an Schulter nebeneinander.

«Ich verstehe nicht ganz, warum Lilith die Frauen jetzt doch sehen soll», brach Michael das Schweigen.

«Ich will Lilith ihren Willen nicht geben. Sie ist ein Dämon, sie muss wissen, dass wir das Sagen haben! Also, entweder wollte sie die Frauen nicht sehen und war ehrlich, aber wie wahrscheinlich ist das bei einem Dämon? Oder sie wollte die

Frauen sehen und sagte deswegen, dass sie sie nicht sehen will, in der Hoffnung, dass ich sie aus Trotz wegschicken würde. Oder sie wollte die Frauen nicht sehen, sagte mir also deswegen, dass sie sie nicht sehen wollte, in der Hoffnung, dass ich glauben würde, dass sie sie doch sehen will und ich sie darum wegschicke. Logisch?»

«Logisch», erwiderte Michael in einem Ton, der deutlich machte, dass er es ganz und gar nicht logisch fand.

«Also entscheide ich mich weder für das Eine noch für das Andere. Ich schicke sie nicht weg, ich nehme sie nicht mit. Ich lasse sie nachkommen, dann haben wir die Oberhand», Gabriel war stolz auf sich.

«Das ergibt Sinn», sagte Michael und sein Tonfall war fast überzeugend.

11   KARLA

Benommen. Schwindelig. Kotzübel. Das Erwachen sickerte wie kaltes Wasser in ihren Kopf. Sie versuchte, sich daran zu erinnern, wo sie sich befand.

Die Bar.

Der Kirschschnaps.

Der Heimweg.

Dunkel konnte sie sich erinnern. Dann – die Erinnerung an ein Licht. Diese Erinnerung machte sie nervös. Warum? Warum machte sie das nervös? Sie versuchte, sich durch den Nebel in ihrem Kopf an das seltsame, warme Licht zu erinnern, das an dieser Stelle nicht hätte sein dürfen. Die

59

Augen immer noch geschlossen, versuchte sie, ihre Umgebung wahrzunehmen. Sie lag auf einem harten Untergrund, das spürte sie. War sie wieder im Park eingeschlafen? Nein, dafür war der Boden nicht rau und schmutzig genug, sie spürte kein Laub unter sich und roch ... nichts. Das war befremdlich. Bevor sie sich traute, die Augen zu öffnen, fuhr sie mit den Fingerspitzen über den Boden. Ihr Herz begann vor Angst zu klopfen. Definitiv lag sie nicht in einem Bett. Mit geschlossenen Augen blieb sie liegen, unsicher, ob sie sehen wollte, wie ihre Umgebung aussah.

«Wo, zur Hölle, bin ich?», hämmerte es in ihrem Kopf. Es half alles nichts, sie musste sich umschauen, wenn sie es in Erfahrung bringen wollte. Erstaunlicherweise hatte sie also keinen Kater. Vorsichtig blinzelte sie durch ein halb geöffnetes Auge. Sie lag in einem weißen Raum mit weißen Stühlen, Tischen und einem großen braunen Sessel. Das war unerwartet. Das war sogar die letzte Umgebung, an die sie gedacht hätte. Karla öffnete das zweite Auge. Der Raum selbst schien endlos, frei von jedem Makel, jeder Begrenzung. «So habe ich mir den Folterkeller eines perversen Serienkillers nicht vorgestellt», schoss es ihr durch den Kopf. Langsam richtete sie sich auf und zuckte unwillkürlich vor Schreck zusammen, als sich unvermittelt etwas am Rande ihres Gesichtsfeldes bewegte. Vor dem Sessel stand jetzt ein großer Mann, der ganz sicher vor einer Sekunde nicht dort gewesen war und blickte gelangweilt und teilnahmslos in die Ferne. Er trug einen perfekt sitzenden grauen Anzug mit einem blauen Hemd. Seine glatten, ebenmäßigen Gesichtszüge und sein braunes Haar waren… Karla fiel kein anderes Wort ein als ‚schön'. Schön auf eine absolut überirdische Art, dabei gänzlich uneinprägsam. Karla war sich sicher, dass sie sein Gesicht in dem Moment vergessen würde, in dem sie ihren Blick von ihm abwandte. Bei dem Gedanken überlief sie ein kalter Schauer. Vorsichtig blickte sie sich um. War sie doch in Gefahr? Vielleicht lag hier doch irgendwo Folterwerkzeug herum, blutige Sägen, Haken oder eine Schlager CD? Neben sich entdeckte sie drei weitere Frauen, sie konnte sie aus ihrer Position am Boden nicht richtig erkennen, aber auch sie schienen gerade wach zu werden. Der Mann am Sessel nahm keinerlei Notiz von ihnen. Karla rappelte sich hoch und stellte sich vorsichtig auf die Beine. Das ging besser als gedacht. Als sie zwei Schritte auf ihn zugehen wollte, erschien plötzlich ein zweiter Mann, mit blonden Locken.

«Ich bringe euch frohe Kunde!», schalmeite er, und Karla zuckte zusammen, «Ihr seid auserwählt worden, das Reich Gottes auf Erden herbei zu führen!»

Karla blickte sich verwirrt um: «Was? Wer ...? Warum?»

Ihr war schlecht, und ihre Knie knickten unter ihrem Körper weg. Sie plumpste zurück auf den Boden. Dabei riss sie sich ihre Handfläche an der Schnalle ihres Stiefels auf. Blut tropfte aus der Wunde. Verwirrt starrte Karla ihre Hand an. Vor ihren Augen schloss sich die Wunde wieder, und das Blut verschwand ins Nichts. Dieser Anblick veranlasste ihren

Verstand dazu, sich einige Minuten Auszeit zu erbitten, er ließ Karla allein zurück.

12 Das Treffen im Himmel

Michael stand vor dem Sessel, blickte auf die stammelnde Karla, das Blut, und schüttelte sich vor Ekel. Menschen waren furchtbar dumm. Außerdem waren sie undicht. Aus allen Enden ihres Körpers kam etwas heraus, es war einfach abstoßend. Angewidert drehte er sich von den Menschen weg und wollte gerade seinem Bruder sagen, wie widerlich er diese Wesen fand, als er es sich anders überlegte. Er wollte nicht klingen wie die Schlange.

Kurz räusperte er sich und blickte seinen Bruder an: «Wollen wir beginnen?»

«Beginnen mit was?», rief die Rothaarige ihm entgegen. «Beginnen mit was? Was für eine bekloppte Scheiße läuft hier? Wo bin ich? Wer seid ihr? Wer sind die da?», sie blickte zu den anderen Frauen, die inzwischen auch auf den Beinen waren und hinter ihr standen. «Ruhe, Mensch!», donnerte Michael und ging zwei große Schritte auf sie zu. Aber sie ließ sich von ihm nicht beeindrucken. Im Gegenteil. «Komm ruhig her! Ich bin schon mit ganz anderen Schwanznasen fertig geworden und bin gerade richtig in Stimmung, jemandem das Jochbein zu brechen», brüllte sie. Michael hatte mit dieser Gegenwehr nicht gerechnet. Er hoffte, dass niemandem sein Zurückweichen aufgefallen war. Offensichtlich mussten sie eine andere Möglichkeit finden. Gabriel zögerte kurz, bevor auf die Frauen zuging. Er setzte sein Verkünderlächeln auf und versuchte es erneut. «Fürchtet euch nicht! Ich bringe euch frohe Kunde! Ihr seid auserwählt», wiederholte er. Verwirrte Augen starrten ihn an. Er hatte mehr Begeisterung erwartet. Er hätte doch zusätzliche Seligkeit einpacken sollen. Damit wäre der Umgang mit den Menschen auf jeden Fall leichter gefallen.

«Ihr seid auserwählt», wiederholte er mit etwas Nachdruck, weil ihm nichts Besseres einfiel.

«Hä?»

Michael sah, wie sein Bruder schluckte, sich aber trotzdem in Pose setzte. Er war eben ein Profi und Michael war froh, ihn auf seiner Seite zu haben. «Höret! Gnade sei mit euch und Friede! Wir sind die Erzengel des Herren, Michael und Gabriel. Wir bringen euch frohe Kunde. Ihr wurdet auserwählt, für eine himmlische Mission!» «Haben wir da irgendwie ein Wörtchen mitzureden?», fragte Sofia, sie klopfte sich nicht vorhandenen Schmutz von ihrer Yogahose. Jetzt schaltete sich Michael aber doch ein: «Mhm. Nein, tut mir leid. Es gibt eine Art Auserwähltenkartei, aus der ihr gezogen worden seid.» Er fand diese Erklärung sehr hilfreich. Gerade als Sofia etwas erwidern wollte, meldete sich ein zartes Stimmchen hinter ihr.

«Für was? Wir sind auserwählt – für was eigentlich?»

«Nun, äh…»

«Maya. Ich heiße Maya.»

«Maya,» Gabriel lächelte und versuchte sich an den Moment zu erinnern, als er einigen Hirten erschienen war. Das war damals auch nicht so einfach gewesen. Sein Aramäisch war leider nicht sonderlich gut. Diesmal hatte er sich besser vorbereitet. Nordhessisch beherrschte er wie ein Einheimischer. «Also, ihr seid auserwählt, das Leiden der Menschheit zu beenden und ein himmlisches Reich herbeizuführen!»

«Das klingt ja erstmal ganz nett. Wo soll das denn entstehen?», Mayas Frage klang zweifelnd.

«Überall!»

«Okay, das klingt ja nicht sonderlich schlimm», ein zaghaftes Lächeln erschien auf Mayas Gesicht. «Wie soll das ablaufen?»

«Das ist ganz einfach. Wir werden zusammen die Apokalypse herbeiführen.»

Da erbrach ein Stimmgewirr himmlischen Ausmaßes im wahrsten Sinne des Wortes. Ohne ihre Hilfsmittel, ihre Glorien, Wunder und den himmlischen Schein war es für Michael und Gabriel gar nicht so einfach, Menschen zu überzeugen.

«Ich glaube nicht einmal an diesen ganzen religiösen Schwachsinn. Ich bin Atheistin», seufzte Alex ungläubig.

«Ich glaube kein einziges Wort von diesem Mist!», Karlas Zeigefinger zischte durch die Luft wie ein wütender Regenwurm. «Das ist irgendein krankes Psycho-Experiment von ein paar Uni-Ärschen, die herausfinden wollen, wie schnell Menschen so einen Unsinn glauben! Ihr habt mir KO-Tropfen verpasst!»

Maya kauerte inzwischen auf dem Boden, wippte vor und zurück, während sie vor sich hin brabbelte. Michael besah sich des Chaos und fragte sich, ob sein Plan wirklich so klug war. Er hoffte, Gabriel würde seine Unsicherheit nicht bemerken.

«Aber müsste so etwas nicht in New York passieren? Oder wenigstens in Berlin? In den Filmen geht doch immer erst New York unter, oder?», fragte Maya leise.

«Wir befinden uns hier auf gelobtem Land», erwiderte Gabriel im Verkünderton. Er war froh, endlich wieder etwas zur Diskussion beitragen zu können, nachdem sie etwas entglitten war. «Dieser Ort wurde schon vor vielen Millennien dazu auserwählt, das Zentrum der Apokalypse zu sein.»

«Echt? Kassel?», Karla war etwas fassungslos. «Das kann nicht sein. Ich meine, Kassel ist maximal das Zentrum der Langeweile. Nordhessen ist …»

«Nordhessen ist gelobtes Land und die Stadt im Kessel der Ort, an dem es geschehen soll. So steht es geschrieben», wies Michael den Einwurf ab. Er diskutierte nicht gerne mit Auserwählten. Er hoffte, der Prophet, den sie abholen mussten, würde weniger problematisch sein.

«Wie sollen wir ein himmlisches Reich auf Erden herbeiführen, wenn wir sie vernichten? Darum geht es doch bei der Apokalypse, oder? Das ist doch der Weltuntergang.

Wie in dem Bruce Willis Film?», Alex massierte sich die Nasenwurzel. Das konnte doch alles nicht wahr sein.

«Äh, nein. Da bist du falsch informiert. Welche Übersetzung der Johannes Offenbarung hast du gelesen? Einige sind furchtbar irreführend», Gabriel versuchte sich hilfsbereit.

«Ich habe gar keine Übersetzung der Johannes Offenbarung gelesen», antwortete Alex, bemüht ruhig.

«Die was von wem?», Karla fragte sich gerade, ob sie irgendeine wichtige Nachricht verpasst hatte. Sie lief in dem endlosen Raum auf und ab, sie hatte nach einer Tür gesucht, aber leider nicht einmal eine Wand gefunden. Wenn sie sich mehr als zwanzig Schritte von den zwei Kerlen entfernt hatte, lief sie von der entgegengesetzten Seite wieder auf sie zu, als wäre sie in einer Kugel. Aber noch immer versuchte sie, sich selbst zu versichern, dass dieses ganze Erlebnis nichts anderes als eine große Lüge war.

«Die – Offenbarung – des – Johannes», wiederholte Michael etwas lauter und deutlicher. Er blickte in fragende Gesichter. «Das letzte Buch der Bibel! Unglaublich, ihr Ungläubigen! Vor ein paar hundert Jahren wärt ihr dafür auf einem Scheiterhaufen gelandet! Das ist eine Schande», er drehte sich zu seinem Bruder: «Gabriel, was für Auserwählte sind das? Ich kann nicht glauben, dass das die Ersten auf der Liste waren?»

«Nun, die Allererste war die alte Frau, deren Kopf explodiert ist, als du die Himmelsposaunen in ihrem Wohnzimmer hast ertönen lassen.»

«Stimmt, ja, das war eine Sauerei.»

«Und anschließend mussten wir ein ganz neues Quartett suchen.»

«Ich habe die Posaunen immer noch nicht wieder ganz sauber bekommen.»

«Ich habe seit zweitausend Jahren nicht mehr mit dieser Kartei gearbeitet.»

«Menschen sind schon eklig, das Gehirn von der Frau klebte in allen Ritzen.»

«Ich verstehe auch nicht, warum dafür kein sinnvolleres System gefunden wird, als eine Schublade mit 1.563.432 einzelnen Karten.»

«Ich hatte sogar einen Backenzahn von ihr in den Haaren. Überleg' dir das mal. Ich werde noch Jahrzehnte nach Mensch stinken.»

«Diese Auserwähltenkartei ist insgesamt eher enttäuschend.»

«Ey!», Karla fühlte sich aus Gründen, die ihr nicht ganz klar waren, etwas beleidigt. Michael rieb sich die Schläfen. Er glaubte, dieses Ding zu bekommen, von dem er gehört hatte. Muräne hieß es wohl. Menschen bekamen es, wenn sie gestresst waren. Engel waren nicht gestresst. Außer in diesem Moment.

«Können wir endlich beginnen?», Michael versuchte, sich zusammenzureißen, während er verstohlen an einer Strähne seines Haars schnupperte.

«Ja», auch Gabriel war es Recht, endlich weiterzumachen. «Also, die Apokalypse!»

«Wie soll diese Apokalypse denn ablaufen? Was wird passieren? Und was sollen wir dabei machen?», fragte Alex in Richtung der Engel.

«Wirklich? Das ist es, was dich interessiert?» Sofia zog belustigt eine Augenbraue nach oben. «Das ist die wichtigste Frage? Wie ist der Weltuntergang organisiert? Willst du dich für ein Komitee bewerben?»

«Entschuldige bitte, es ist meine Sache, was mich hier interessiert! Außerdem sehe ich gerade nicht, dass wir aus dieser Nummer irgendwie raus kommen, also kann ich auch gleich fragen, wie sie ablaufen soll, oder? Was ist unser Job? Was müssen wir überhaupt machen?»

«Es ist kein Wunder, dass ihr das nicht wisst, weil ihr Ungläubigen die Bibel eben nicht gelesen habt!», bemerkte Michael schnippisch.

«Ihr werdet den vier Reitern eure Essenz geben, damit sie eine Form annehmen können», informierte Gabriel.

«Ich kann nicht mal reiten», bemerkte Maya leise.

«Ihr müsst ja auch nicht reiten», seufzte Gabriel, der das starke Bedürfnis verspürte, mit dem Kopf vor die Wand zu schlagen. «Ihr werdet den bisher körperlosen apokalyptischen Reitern eure Essenz zur Verfügung stellen. Damit sie eine weltliche Form annehmen können. Das seid nicht mehr wirklich ihr. Eure Seelen verlassen eure Körper, und die Geister der Reiter nehmen euren Ätherkörper in Besitz, immer, wenn der Prophet ein Siegel am Originalbuch der Offenbarung öffnet.»

«Das klingt unnötig kompliziert», bemerkte Sofia.

In diesem Moment betrat eine Frau den Raum. Michael fing Gabriels Blick auf. Er sah im selben Moment, dass es seinem Bruder nicht recht war. In dieser Situation, voller Chaos.

«Hallo, meine Lieben», zwitscherte sie mit einer fröhlichen Stimme. Lilith lächelte zwar freundlich, doch ihre Augen waren eiskalt. «Ich habe die Debatte nebenan mitbekommen. Entschuldige bitte, Gabriel, wenn ich einfach dazu komme», ihr Mund verzog sich zu einem breiteren Grinsen. Der Engel hingegen verzog keine Miene und nickte bloß leicht. «Du kannst ja unseren großartigen Auserwählten eventuell etwas Nachhilfeunterricht geben! Fang bei der Genesis an und ich hole dich im nächsten Millennium wieder ab!», schlug Lilith mit einem umwerfenden Lächeln vor.

«Wer, zur Hölle, ist denn die?», fragte Alex verwirrt.

«Du bist schon auf der richtigen Fährte, Täubchen.» Die Dämonin grinste ihr Katze-am-Vogelkäfig-Grinsen.

«Das ist Lilith. Sie ist ... sie ist kein Engel.» Gabriel wusste nicht, wie er diesen Satz sonst zu Ende hätte führen sollen.

«Hi», Lilith winkte den Frauen lächelnd zu. «Ich komme aus der anderen Richtung.»

Man konnte in den Gesichtern sehen, wie sich die Erkenntnis nach und nach sich in den Köpfen der Frauen breitmachte.

«So», unterbrach Gabriel. Er wollte der Dämonin nicht so viel Raum geben, um die Frauen zu ängstigen. Sie sollten schließlich vor ihm Ehrfurcht haben, nicht vor ihr, «jetzt beenden wir dieses Frage- und Antwortspiel an dieser Stelle.

Ich sende euch zurück, damit wir beratschlagen können, wie wir mit euch weiter verfahren.» Bevor er es verhindern konnte, ergriff Lilith das Wort: «Wenn wir euch nicht gebrauchen können, müssen wir euch vielleicht einfach auslöschen. Das ist weder für die beiden Herren, noch für mich ein größeres Problem», Liliths charmantes Lächeln stand im krassen Kontrast zu ihren Worten. «Wenn ihr gleich wieder zuhause seid, könnt ihr natürlich jedem erzählen, was euch widerfahren ist. Solltet ihr jemanden finden, der euch nicht für verrückt hält, sondern euch tatsächlich glaubt, werden wir ihn auch vernichten. Klar soweit?»

Die vier Frauen schluckten heftig und nickten wortlos. Keine von ihnen zweifelte auch nur eine Sekunde an Liliths Worten. Gabriel versuchte, sich zu räuspern, und klang dabei wie ein Hahn mit Stimmbandentzündung. Er wollte die ziemlich unwilligen Damen erst einmal schnell wieder loswerden. «Nun, also», krächzte er, « … wir melden uns wieder. Rufen Sie uns nicht an, wir rufen Sie an.»

Die Frauen sahen, wie er mit der rechten Hand eine Wischbewegung durch die Luft machte, dann waren sie auch schon wieder genau dort, wo sie abgeholt worden waren.

Alex stand kreidebleich vor dem Gründerzeithaus in der Goethestraße, es war grau, und es hatte zu nieseln begonnen. Sie schaute auf ihre mechanische Armbanduhr. Im Vergleich zu der Uhr über der Bushaltestelle schien sie drei Stunden vor zu gehen.

Karla rappelte sich auf, es war dunkel und sie kniete auf dem Bürgersteig. Verwirrt sah sie sich um. Sie war auf ihrem bekannten Nachhauseweg. Sie rannte die letzten Meter zu dem Mehrfamilienhaus, in dem sie wohnte, sprintete die Stufen hinauf, fingerte zitternd den Schlüssel ins Schloss, schlüpfte hinein und knallte die Tür hinter sich zu. Sie ließ sich auf den Boden fallen und begann hemmungslos zu weinen.

Sofia lag auf dem Rücken in ihrem Schlafzimmer. Sie blieb einfach liegen, starrte an die Decke und fragte sich, ob das eben wirklich passiert war. Dann rief sie ihren Chef an und meldete sich zum ersten Mal seit zwei Jahren krank.

Maya berührte ihre verbeulte Motorhaube. Sie war noch warm. Sie konnte lediglich wenige Sekunden weg gewesen sein. Vielleicht war sie auch gar nicht weg gewesen, sondern hatte wegen des Aufpralls halluziniert. Ja das musste es sein! Ein wilder, seltsamer Schock-Traum! Sie machte sich fast vor Schreck in die Hose, als jemand ihr auf die Schulter tippte. Die schwarzhaarige Dämonin stand hinter ihr und lächelte. «Hier, du hast deine Jacke liegen lassen. Wir sehen uns bald wieder, Maya!»

Maya spürte, wie ihr die Beine wegsackten, sie hielt sich am Seitenspiegel fest. Der brach ab. Na, prima. Jetzt würde ihr nichts anderes übrig bleiben, als in die Werkstatt zu fahren.

13   VIELE JAHRE ZUVOR

«Es grünt so grün, wenn Spaniens Blüten blühen.»

«Eg grügt go grügn, genn Ganiens Glütn glün»

«Das war besser. Jetzt nimm die Murmeln aus dem Mund und probiere es nochmal.»

«Es krünt so krün, wenn Schpaniens Plüten plühn.»

«Du machst eindeutig Fortschritte», sagte Asrael und wischte sich die Spucke von den Schuppen, die das Kind beim Sprechen versprüht hatte.

«Findest Tu?», fragte das Kind leise. Je älter es wurde, umso unsicherer wurde es wegen des Sprachfehlers. Doch das allabendliche Üben hatte einen deutlichen Effekt. Es war zwar prinzipiell nicht sein Job als Monster unter dem Bett, aber das Kind hatte so eine Art an sich, die ihn weich machte.

«Natürlich. Du weißt doch, dass ich dich nie anlügen würde.»

Das Kind strahlte Asrael an und schlang die dünnen Ärmchen um ihn. Der Dämon war immer wieder vollkommen überrumpelt von diesen kindlichen Zuneigungsbekundungen. Er räusperte sich. «Deine Mutter ruft dich bestimmt gleich zum Zähneputzen.»

Das Kind lächelte ihn an, sprang vom Bett und hüpfte aus dem Zimmer, seiner Mutter entgegen. Sobald das Kind den Raum verlassen hatte, ließ er seine Krallen wieder wachsen. Für das Kind zog er sie immer ein. Das schmerzte auf die Dauer. Er verzichtete darauf, seine menschliche Gestalt anzunehmen. Die Vorstellung, das Kind würde einfach einen erwachsenen, wildfremden Mann in seinem Zimmer vorfinden, war zu gruselig. Dann lieber die etwas zahmere Monsterversion. Er hörte die Stimme der Mutter vom unteren Stockwerk hoch schallen. Sie war immer sehr laut, aber herzlich und liebevoll. Asrael versuchte, sich an seine eigene Mutter zu erinnern. Aber dieses Leben war viel zu weit weg.

«Oh nein, da sitzt ein riesiger, gruseliger Dämon auf dem Bett!» Er hörte einen gespielt erschreckten Aufschrei hinter sich.

«Dass du diesen Witz nicht irgendwann langweilig findest, wundert mich immer wieder», Asrael grinste. Sarah war keuchend auf dem Boden vor ihm zusammengebrochen und rang jetzt mit einem unsichtbaren Gegner. Nach einer dramatischen Sterbeszene blieb sie auf dem Boden liegen.

«Ich bin immer wieder fassungslos, dass du ein Schutzengel bist. Oder überhaupt ein Engel. Himmlische Würde verkörperst du nicht gerade.»

Sie sprang auf, verbeugte sich vor ihrem imaginären Publikum und schwang sich neben Asrael auf das Bett des Kindes.

«Wie lief's?», fragte der Dämon den Engel.

«Ruhiger Tag heute. Ich hatte nur eine Situation mit einem abgelenkten Autofahrer. Das war echt knapp, aber ich habe das souverän gemeistert, Aszi. Du hättest mich sehen sollen. Das Kind hat nicht mal was gemerkt. Ich war klasse!» Sarah war erst seit ein paar Jahrzehnten auf der Erde als Schutzengel eines Propheten eingesetzt und noch immer so

aufgeregt. Voller Begeisterung sprang sie durch die Gegend und versuchte, dabei nicht zu vergessen, das Kind zu beschützen.

«Ja, er ist abgelenkt. Er hat Angst vor seiner Einschulung nächste Woche.»

«Seiner was?»

«Er kommt in die Schule nächste Woche. Sarah, du musst ihm besser zuhören. Sonst verpasst du die wichtigen Sachen!»

«Ich konzentriere mich auf wichtige Sachen, vielen Dank, Dämon aus der Hölle. Ich habe ihm schon sechs Mal das Leben gerettet, seitdem ich hier bin. Und ich schütze ihn vor den dunklen Mächten!»

«Dunklen Mächten? So wie mir?»

«Du weißt genau, was ich meine. Aber ja, Dämonen. Fiese, gemeine, gruselige Dämonen. Also nicht so wie du.»

Asrael versuchte, nicht beleidigt zu sein, dass Sarah ihn nicht gruselig fand. Er versuchte ja, nicht gruselig zu sein. Er wollte dem Kind keine Angst machen. Viele besondere Kinder wurden von beiden Abteilungen im Auge behalten, das war gar nichts seltenes. In den letzten dreihundert Jahren war er immer wieder bei zukünftigen Propheten oder Sehern eingesetzt. Das Verhältnis mit deren Schutzengeln war immer höflich und respektvoll gewesen. Auch wenn man für entgegenliegende Seiten arbeitete, kannte man sich und arrangierte sich miteinander. Alles andere war auf Dauer unpraktisch. Aber Sarah machte er tatsächlich. Obwohl sie auf gegenüberliegenden Seiten standen. Himmel und Hölle befanden sich in einer Art Waffenstillstand, aber man verbrüderte sich normalerweise nicht unbedingt. Hier war es anders. Das Kind war anders.

«Ich werde mal meine Runde machen», sagte Sarah und streckte sich. Jeden Abend und jeden Morgen umkreiste sie das Haus und hielt Ausschau nach Gefahren. Bisher hatte sie drei laute Hunde, einen knietiefen Tümpel und drei Stolpersteine gefunden. Asrael lächelte ihr hinterher.

Die Tür flog auf, das Kind hüpfte fröhlich hinein und riss Asrael aus seinen Gedanken. Es hatte noch Zahnpastareste am Kinn und in den Mundwinkeln. Die weißen Rinnsale fielen besonders im Kontrast zu dem signalroten Lippenstift auf, den es aufgetragen hatte.

«Tschau mal Hörni», rief er in seiner Piepsstimme. «Pin ich jetzt hüpsch?» Der Dämon lächelte den kleinen Jungen an und streichelte ihm über den Kopf.

«Du weißt doch, dass ich hübsche Sachen nicht mag. Ich bin ein gefährlicher, gruseliger Dämon!», grinste Asrael und lies dabei seine Zähne ein klein wenig größer, spitzer und gelber werden. Das Kind kreischte lachend auf. «Also findest tu mich hüpsch!» Das war keine Frage. Das Kind stellte fest. Voller Zufriedenheit kuschelte es sich in sein Bett und schmierte Lippenstift und Zahnpastareste an sein Kissen. Asrael saß noch immer auf der Bettkante.

«Schlaf gut, kleiner Prophet», flüsterte Asrael sanft, stand auf und kroch geschmeidig auf seinen Platz unter dem Bett. Gerade rechtzeitig, bevor die Mutter ins Zimmer kam. Er

hörte, wie sie ihren Sohn auf die Stirn küsste und dann das Zimmer verließ. Sie hatte nicht geschimpft wegen des Lippenstiftes, obwohl Asrael spürte, dass es sie störte. Sie war müde und ausgelaugt. Das machte sie manchmal ungeduldig und wütend. Aber heute Abend nicht. Heute Abend lächelte sie ihren Sohn liebevoll an, bevor sie ging. Er konnte es hören und es löste einen Stich in seiner Brust aus. Das hatte er schon lange nicht mehr gefühlt. Er lauschte dem sanften Rauschen des Mondlichtes, während er die Augen schloss. Sarah würde ihn wecken, wenn sie von ihrem Rundgang wiederkam, und er würde dann über Nacht das Kind bewachen. Der Tag war lang und anstrengend für ihn gewesen. Asrael schlief ein. Unter dem Bett des Kindes, das er beschützen sollte. Wäre er länger wach geblieben, wäre ihm aufgefallen, dass Sarah nicht wiederkam, und das Knarren der Tür hätte ihn aufhorchen lassen. Denn es war nicht die Mutter des Kindes, die die Tür öffnete.

14   HENNING

Er hatte den sorgenvollsten Blick aufgesetzt, den seine überaus buschigen Augenbrauen zuließen. Und er musste sich anstrengen, diesen Gesichtsausdruck auch zu halten. Denn innerlich führte er einen Freudentanz auf. Die junge Frau mit ihrem total verbeulten Ford Ka war eine Kundin, wie er sie sich für seine Werkstatt wünschte. Ahnungslos, unter Zeitdruck und offensichtlich verzweifelt. In seinem blauen, ölverschmierten Overall und geschmückt mit dem

Werkzeuggürtel, dank dessen er sich immer wieder fühlte wie Batman, stand er da und freute sich. Mit kraftvollen Schritten ging er um den kleinen, verbeulten Ka herum, öffnete mit geübt besorgtem Blick erneut die Motorhaube und ruckelte an einigen Teilen. Er wusste nicht genau, was er da tat. Das war aber auch nicht wichtig. Es sollte so aussehen, als wüsste er es. Tatsächlich ging er gerade in seinem Kopf die Ersatzteilliste von Ford durch. An der Wand hinter ihm hingen Zertifikate, die seine Werkstatt als Vertragspartner von Ford, VW, Mercedes und Opel auswiesen. Er war sehr stolz auf sie und hatte dem Neffen seiner Nachbarin zwanzig Euro bezahlt, damit dieser die Zertifikate aus dem Internet runterlud und die Namen darin austauschte. Er hatte sie natürlich absichtlich so positioniert, dass die Zertifikate aus beinahe jeder Richtung zu sehen waren und ihm eine zusätzliche Aura von unantastbarer Kompetenz verliehen. Er freute sich immer, wenn eine Frau in seine Werkstatt kam. Nicht, weil er flirten wollte, sondern eher, weil er sich zehn Zentimeter größer fühlte. Er liebte den leeren Gesichtsausdruck, wenn eine Frau vor ihm stand und keine Ahnung hatte, wovon er sprach. Es war nicht so, dass er etwas gegen Frauen an sich hatte. Er war grundsätzlich nicht einmal der Meinung, dass Frauen prinzipiell schlechter Auto fuhren als Männer. Es war ganz einfach so, dass Frauen sich leichter von ihm einschüchtern ließen. Sogar die, die Ahnung von Autos hatten. Henning war ein großer, breiter Typ. Eher eckig als dick. Ein großes, vierschrötiges Kastenweißbrot von einem Kerl. In seiner blauen Latzhose und mit den ölverschmierten Händen wirkte er wie ein Mann der Tat. Das fanden seine Kunden vertrauenserweckend. Die Frau, die nun in seiner Werkstatt stand, schien vollkommen aufgelöst. Sehr gut. Das rettete ihm etwas den Tag. Nicht nur verdiente er mehr Geld mit Kunden, die etwas Angst vor ihm hatten, es fühlte sich auch einfach gut an. Seine Strategie war einfach: Er tauschte Teile am Auto aus, bis das Auto wieder lief oder der Kunde kein Geld mehr hatte. Und an dieser Karre würde er eine Menge Teile ersetzen können! Erneut ging er mit sorgenvollem Blick um das kleine, runde Auto herum und besah sich den Schaden. Beeindruckend! Die Motorhaube, der Kotflügel und die Stoßstange waren total hinüber. Das würde schon ordentlich kosten. Klammheimlich meldete sich eine leise Stimme in seinem Hinterkopf. Irgendetwas war nicht in Ordnung. Das Auto sah aus, als ob damit ein riesiges Wildschwein überfahren worden wäre. Mehrmals. Aber es klebte kein Blut am Auto. Das war seltsam. Konnte es sein, dass das Mädel einen Menschen überfahren und die Beweise abgewaschen hatte? Nein, das war unmöglich. Sie hätte ein Auto mit diesen Beulen nie rückstandslos sauber bekommen. Er betrachtete die Kundin gründlich. Erst aus dem Augenwinkel. Sie sah so unscheinbar aus. Aber stille Wasser waren ja bekanntlich tief. Vielleicht sollte er die Polizei rufen, wenn sie weg war. Er seufzte und setzte seine ‹das-wird-teuer› Miene auf, die ihm sein Vater beigebracht hatte. Mit einer Mischung aus fast väterlicher Besorgnis und Tadel wandte er sich an die Kundin, die ihn aus großen blass-blauen Augen ansah, wie ein Kaninchen.

„Mann, Mann, Mann, – junge Frau, was haben Sie denn da gemacht? Das Auto ist ja total hinüber!"

„Ähm ... eingeparkt?"

Ts. Typisch.

15 GABRIEL

«Nun, das lief ja nicht ganz so gut», Gabriel stand mit seinem Bruder und der verfluchten Dämonin in dem leeren Raum. Er hoffte, sein Bruder würde nun, da er gesehen hatte, dass die Auserwählten zu nichts taugten, seine Pläne verwerfen.

«Ich hatte nicht mit solcher Gegenwehr gerechnet. Seit wann freuen sich Menschen nicht mehr, auserwählt zu sein?», Michael war sichtlich verwirrt.

«Nun ja, vielleicht war dieser Plan von Anfang an zum Scheitern verurteilt», bemerkte Gabriel. ‹Bruder, sieh den Wahnsinn in diesem Plan›, dachte er im Stillen. Die Zusammenarbeit mit einem Dämon machte ihn nervös. Er konnte spüren, wie sich jedes einzelne Haar in seinem Nacken aufstellte, sobald sie den Raum betrat. Er war ein Erzengel, ein Verkünder – ein Dämon von Liliths Kaliber war vergleichbar mit einem Seraphim. Ein brutaler und starker Krieger. Gabriel wusste, dass er und Michael ihr nicht gewachsen waren, aber Michael wusste das scheinbar nicht. Gerade deswegen konnte er ihn nicht alleine lassen. Er musste ihn vor sich selbst und diesem unsäglichen Ungetüm aus der Hölle beschützen. Wer weiß, ob sie alleine war.

Lilith rollte mit den Augen: «Ach, bitte. Kaum bekommt ihr ein bisschen Gegenwehr, schon macht ihr euch in eure Spitzenhöschen. Also, wenn das die Hartnäckigkeit der himmlischen Krieger ist, frage ich mich, warum wir bisher verloren haben.»

Gabriel drehte sich zu ihr um. «Was soll das heißen, Dämon?»

«Du hast mich schon gehört», sie lächelte zuckersüß, aber ihre Augen waren kalt. «Jetzt aufzugeben wäre töricht. Selbst wenn die Mädels nichts über die Bibel wissen. Na und? Was soll's. Wir brauchen ihre Energie, nicht ihr Wissen. Sie eignen sich, das wissen wir. Machen wir uns also auf die Suche nach dem Propheten und fangen einfach an!»

Michael sah nervös aus. «So einfach wird das nicht. Die Wächter der Archive sind etwas misstrauisch geworden, als ich plötzlich in den Reiterkarteien herumgestöbert habe. Wenn ich jetzt die Prophetenliste durchsuche, zählen sie doch eins und eins zusammen. Dann wissen sie sofort, was Sache ist.»

«Tja, somit bleibt uns wohl nichts anderes übrig, als den Plan zu verwerfen. Schade, schade», Gabriel klatschte in die Hände, als wäre es beschlossene Sache und wollte Michael aus dem Raum ziehen. «Gibt es denn keinen anderen Weg, den Propheten zu finden?», fragte Lilith.

«Neue Propheten werden erst für uns sichtbar, wenn ein vorheriger Prophet stirbt», belehrte sie Gabriel.

«Ich habe die Idee!», rief Michael aus, erwartungsvoll blickte er zwischen Gabriel und Lilith hin und her. Als ihn niemand bat, seine Idee preiszugeben, seufzte er und holte tief Luft. «Um den neuen Propheten zu berufen, müssen wir einen alten Propheten finden und ihm, na ja, helfen, das Himmelreich etwas früher aufzusuchen.» Michael war sehr stolz auf sich.

«Das macht es doch nicht einfacher, Michael. Der letzte Prophet, von dem ich weiß, lebte vor 400 Jahren!»

«Moment», Lilith war verwirrt, «wenn wir…».

Michael unterbrach sie. «Gabriel, was war mit diesem alten Mann in Spanien? Der mit dem Bild des Sohnes auf dem Toastbrot?»

«Leider kein Prophet, bloß ein Spinner.»

«Mhm, und der Eremit in der Wüste.»

«Seit 600 Jahren tot.»

«Schade. Der Prediger aus England?»

«Ein Scharlatan. Furchtbarer Typ. Ich hätte große Lust, ihn mit einem Blitz niederzustrecken.»

«Menschen! So würdelose Kreaturen. Vater hätte die Erde mit Mistkäfern bevölkern sollen!», seufzte Michael. Er war sich inzwischen sehr sicher, dass der Weltuntergang ohnehin die beste Option war, nicht nur, um Vater aus den hintersten Himmelsgefilden zurückzuholen, sondern einfach so. Aus Gründen. Wegen Menschen.

«Aber jetzt habe ich eine Idee!», rief Gabriel so unerwartet, dass Michael zusammenzuckte. «Es gibt eine Beschwörungsformel. Das Ritual ist ziemlich schwer, und wir brauchen einige Sachen, an die eher schwer heranzukommen ist. Aber es ist möglich. Wenn wir damit einen Propheten finden, müssen wir ihn lediglich ins Himmelreich befördern und auf den neuen Propheten warten. Das dauert zwar ein bisschen, aber das könnte gehen!»

«Gabriel, das ist eine Spitzenidee», rief Michael und Gabriel wurde erst in diesem Moment bewusst, dass er dank seines grandiosen Einfalls ganz vergessen hatte, dass er eigentlich nicht dazu beitragen wollte, diese Unternehmung erfolgreich zu beenden. ‹Wie tragisch›, dachte er. ‹Von meinem eigenen Genie überrumpelt!› Wenigstens würde das ganze Prozedere so lange dauern, dass Michael bestenfalls das Interesse an diesem Quatsch verlor.

Lilith schüttelte entgeistert den Kopf. «Ihr seid Laurel und Hardy.»

Michael sah sie verwirrt an: «Nein, wir sind Michael und Gabriel.»

«Und ihr wart sicherlich immer die Klügsten im Himmel, oder?»

Michael konnte sich ein stolzes Grinsen nicht verkneifen. Gut, dass die Dämonin erkannte, mit wem sie es zu tun hatte.

«Ich habe einen Vorschlag», sagte Lilith und atmete tief durch, «Wie wäre es, wenn wir diese Beschwörungsformel benutzten, den Propheten zu finden ...», sie sah Gabriel und Michael mit einer Mischung aus Belustigung und unterdrücktem Zorn an, «und einfach den Propheten benutzen, den wir gefunden haben? Das würde uns einen Arbeitsschritt ersparen, oder?.»

Die Engel nickten, als müssten sie erst darüber nachdenken. Gabriel seufzte: «Mhm, ja, das könnte auch funktionieren.» Er warf einen kalten Blick in Liliths Richtung.

«Wir müssen aber auch die Frauen beschäftigt halten. Dafür sorgen, dass sie niemandem etwas verraten», warf Michael ein.

«Darum kümmere ich mich. Ich kann sehr überzeugend sein!» Lilith lächelte. Sie wusste schon, welche der vier sie besuchen würde.

«Wir können dieses Ritual nicht im Himmel oder in der Hölle durchführen. Wir brauchen auf der Erde einen Ort. Wer hat Vorschläge?»,fragte Gabriel in die Runde.

«Wir könnten uns einen netten Stall suchen. So wie früher», schlug Michael vor.

«Wir könnten uns auch einfach zwei Hotelzimmer nehmen. Das ist leicht und wir haben sogar Zimmerservice», bemerkte Lilith trocken.

«Ich habe noch nie in einem Hotel geschlafen.»

«Keine Sorge, Engelchen. Es wird dir gefallen.»

16   HENNING

Sein Oberkörper war fast komplett im Motorraum des Ka verschwunden. Nachdem er die äußeren Schäden behoben und den Auspuff repariert hatte, durchsuchte er nun den Motor nach Reparaturmöglichkeiten, die er seiner jungen

Kundin zusätzlich aufhalsen konnte. Ganz in seine Arbeit versunken, hörte er das Klacken von Absätzen auf dem Betonboden seiner Werkstatt erst, als die Frau, die zu den Absätzen gehörte, schon direkt hinter dem Auto stand. Er schaute an der Motorhaube vorbei und sah die Silhouette einer Frau im Zwielicht seiner Werkstatt. Die untergehende Sonne schien durch die offenen Tore und blendete ihn, so dass er ihr Gesicht nicht erkennen konnte. Ihre schlanken Finger glitten über den Ford Ka, während sie sich in der Werkstatt umsah und ihn dabei gar nicht zu bemerken schien. «Kann ich Ihnen helfen, schöne Frau?», fragte Henning mit einem, wie er fand, sehr charmanten Lächeln.

«Ja, Henning, das kannst du tatsächlich.» Sie lächelte eiskalt, während sie ihn ansah. Henning kam es vor, als würde die Temperatur schlagartig um fünfzehn Grad sinken. «Äh, okay, also nun…», er wartete auf weitere Erklärungen, wie genau er ihr denn weiterhelfen konnte. Die Stille war ihm unangenehm. Sie stand einfach da und lächelte, als würde sie sich auf etwas freuen. «Nun», wiederholte er, während er einen Schritt auf sie zuging. Sie trat einen Schritt zurück, dann einen Weiteren. Schließlich stand sie mit dem Rücken zur Werkstatt, einem großen Raum voller Werkzeug und Metallregalen. Henning stand neben dem Kofferraum des Ka, seltsam erleichtert, dass ein Teil des Wagens zwischen ihnen war. Die Frau lächelte auf diese seltsame Weise. Die Stille war bleischwer. Blitzschnell ließ sie ihre Hand in seine Richtung nach vorne schnellen. Er wurde von einer unsichtbaren Kraft in die Luft

84

geschleudert, knallte gegen die Wand, an der seine gefälschten Partnerzertifikate hingen. Mit lautem Klirren fielen sie zu Boden und zerbarsten. Schmerz durchschoss ihn. Der Atem wurde aus seinen Lungen gepresst, wie ein Fisch auf dem Trockenen schnappte er nach Luft. Voller Panik starrte er die lächelnde Frau an, die ihn noch gegen die Wand gedrückt hielt, ohne ihn zu berühren. Er versuchte, etwas zu sagen. Die Fragen ,Warum?' und ,Wie?' lagen ihm auf den Lippen, aber er hatte keine Kraft, sie auszusprechen. Sie antwortete ihm trotzdem.

«Warum und wie, lieber Henning? Einfach so. Weil ich es kann. Es ist auch wirklich nichts Persönliches. Es geht hier um etwas Großes, das nicht scheitern darf. Du bist jetzt eben Mittel zum Zweck, und ich werde dich benutzen. Das wolltest du sicher schon immer mal hören», sie kicherte. «Es wird aber leider nicht so, wie du dir das vorgestellt hast. Ich brauche dich einfach, um jemandem Angst einzujagen. Also, wie ich schon sagte, es ist nichts Persönliches. Ich habe mir auch vorgenommen, dich nicht leiden zu lassen. Mal sehen, wie lange ich mich zurückhalten kann.» Sie lachte schallend. Unter ihrem Gelächter bebten die Metallregale, die Inhalte verteilten sich über den schmutzigen Werkstattboden. Sie ließ ihre Hand sinken. Die unsichtbare, rohe Kraft, mit der er an die Wand gepresst wurde, verschwand. Er rutschte herunter, fiel und landete mit dem rechten Fuß stabil auf dem Boden, das Abfedern mit dem Knie war zwar schmerzhaft, aber sicher. Sein linker Fuß jedoch landete auf der Kante einer

Leiter, die zuvor an einem seiner Metallregale gelehnt hatte. Für den Bruchteil einer Sekunde hielt er die Balance, doch dann verlagerte er sein Gewicht auf dieses Bein, sein Fuß knickte zur Seite und er spürte, wie der Knochen in seinem Knöchel zerbarst. Wie flüssiges Feuer schoss der Schmerz seinen Körper hinauf, alles um ihn herum wurde für einen kurzen Moment weiß. Sein Körper folgte der Bewegung des Beines, taumelte nach links und er landete hart auf einigen Dingen, die auf dem Boden verstreut lagen. Er spürte, wie sich die harte Kante eines Werkzeugs in seinen Arm bohrte. Als er die Augen wieder öffnete, stand die Frau über ihm und lächelte ihn an. Ihre Augen waren nicht die Augen eines Menschen, sie waren blutrot. Die Pupille, der Augapfel, die Iris. Eine einzige rote Fläche.

«Ach mein Lieber, es tut mir leid, aber ich kann so eine Gelegenheit einfach nicht verstreichen lassen. Ich hatte schon so lange keinen echten Spaß mehr.»

17   ALEX

Alex lehnte am Tresen ihres Lieblingskaffeeladens am Ständeplatz. Oder eher dort, wo sich einst ihr Lieblingskaffeeladen befunden hatte. Nach einem Besitzerwechsel gab es dort zwar Kaffee, aber statt auf der glatten Theke aus dunklem Holzfurnier, nun auf einem Tresen aus Holzpaletten. Statt sanfter Lounge-Musik lief die Akustikversion eines aktuellen Hits von irgendeinem

Popsternchen. Die Version gefiel ihr unerwartet gut. Hinter der Holzpalettentheke arbeitete nun, statt der übereifrigen, brünetten Barista, ein junger Typ mit buschigem Bart und einem extrem tief ausgeschnittenem Tanktop unter seinem Flanellhemd. Aus seinen hochgekrempelten Ärmeln ragten bunt tätowierte Unterarme heraus. Sehr nett anzusehen, befand Alex. Als er sie direkt ansprach, wurde sie knallrot und widmete sich der mit Tafelkreide an die schwarzgestrichene Wand hinter ihm geschriebene Karte. Sie war mit der neuen Auswahl etwas überfordert, zusätzlich zu den fünfzehn Kaffeevariationen mit Kakao oder Karamell waren auch frische Säfte mit einer verwirrend hohen Menge an Ingwer im Angebot. Musste tatsächlich in jedem Saft Ingwer sein? Sie überlegte einen davon auszuprobieren. Nach einer fast peinlich langen Pause entschied sich jedoch für einen Latte Macchiato mit doppeltem Espresso und beobachtete den hübschen, bärtigen Mann dabei, wie er sich unerwartet flink hinter der Theke bewegte. Sie hatte eher ein träges Schlurfen erwartet. Die Muskeln an seinem sehnigen Oberkörper spielten unter dem tief ausgeschnittenen Tanktop. Ein Trend, mit dem sie bisher nicht viel hatte anfangen können. Jetzt konnte sie dessen Vorzüge nachvollziehen. Er schob ihr den Kaffee in einem schicken, pinken Pappbecher zu, während er sie schief anlächelte. Wieder spürte sie die Röte warm in ihrem Gesicht aufsteigen. Verlegen wandte sie sich ab, betrachtete stattdessen angestrengt die Auswahl an verschiedenen Zuckersorten – braun, weiß, dunkelbraun – die

87

sie in ihren Kaffee rühren könnte. Ohne Recht zu wissen, warum, entschied sie sich für die dunkelbraune Version. Mit ihrem Pappbecher in der Hand wollte sie sich gerade zur Tür drehen, als sie mit einer hochgewachsenen Rothaarigen zusammenstieß. Sie dankte den Erfindern der weißen Plastikdeckel, ohne diesen hätte sie den heißen Kaffee über sich geschüttet. «Alter, pass doch auf», schimpfte die andere laut und Alex' Herz blieb fast stehen. Sie erkannte die Stimme. Sie hatte sie vor zwei Wochen zum ersten Mal und seitdem nie wieder gehört, aber sie wusste ohne Nachdenken, wessen Stimme es war. Sie blickte zu der hochgewachsenen Frau vor ihr auf und als ihre Blicke sich trafen, sah Alex, wie sie zusammenzuckte.

«Du? Was machst du hier?», flüsterte sie leise.

Die Rothaarige starrte Alex nur an, in ihrem Blick wechselten sich Verzweiflung, Wut und die schiere Verweigerung, die aktuelle Situation als tatsächlich passierend anzunehmen, ab. Alex wollte gerade etwas sagen, als ein verärgerter Geschäftsmensch sie zur Seite schob, um an den Tresen zu kommen. «Sie stehen hier aber wirklich ungünstig», fuhr er die beiden an. «Ja und sie existieren hier ungünstig», zischte die Rothaarige ihn an. Dann griff sie Alex am Arm und zog sie in eine Nische am Fenster. Sie sah aus, als wollte sie etwas sagen, aber aus ihrem Mund kam kein Ton. Schließlich schüttelte sie den Kopf. «Ich habe keine Ahnung, was ich sagen soll.» Sie zuckte mit den Schultern.

88

«Es gibt wenig, was man jetzt sagen könnte», stimmte Alex zu. Schweigen. Blicke auf den Boden. Das Schweigen wurde schwer. Schließlich ein Räuspern. «Oh ... äh... Sorry, ich weiß gar nicht, wie du heißt. Ich bin Karla.»

«Alex.»

Wieder schweigen. Hilflose Blicke aus den Fenstern des Kaffeeladens. Es gab wenig Vorbilder für den korrekten Umgang mit Menschen, mit denen man im Himmel auf zwei Engel und eine Dämonin getroffen war. Schließlich räusperte sich Karla als Erste: «Das ist doch bescheuert. Wir sollten reden, oder? Also reden wir!»

Alex lächelte sie dankbar an, «Danke, ich glaube, das ist eine gute Idee.»

Eine halbe Stunde später saßen sie kichernd unter einem großen Schirm an einem Tisch vor dem Kaffeeladen. Es war zwar kalt und nass. Aber Alex hatte nichts dagegen, draußen zu sitzen, damit Karla rauchen konnte.

«Alter, ich glaube es nicht, dass du früher immer in der Haltbar warst. Ich habe dich nie dort gesehen.»

«Doch! Fast jedes Wochenende», lachte Alex. «Ich war so verknallt in den Typ hinter der Theke. So ein Großer mit braunen Wuschellocken und rotem Bart.»

«Immer mit Wollmütze, auch im Sommer?»

«Ja, genau der!»

«Das ist mein Bruder.»

«Nee, oder? Die Schnitte ist dein Bruder?»

«Bei mir hat er einen etwas anderen Spitznamen. Aber ja, das ist mein Bruder. Ich habe bis vor einer Weile mit ihm zusammengewohnt.»

«Da hätte ich gerne getauscht.»

Karla antwortete mit lautem Würgen. Sie sahen sich an und lachten, bis sie keine Luft mehr bekamen. Alex rannen die Tränen über die Wangen. Nicht, dass es besonders witzig war, was sie sich sagten. Aber die Tatsache, dass sie nicht über DAS Thema redeten, war erleichternd. Alex war sich natürlich vollkommen klar darüber, dass sie reden würden. Aber jetzt noch nicht.

«Ich weiß nicht, ob es doof klingt, aber wollen wir vielleicht zu mir gehen? Ich wohne um die Ecke», schlug Alex vor, nachdem sie wieder eine Weile geschwiegen hatten. Karla grinste: «Den Spruch habe ich noch nie von einer Frau gehört. Ha, nee, stimmt gar nicht. Habe ich doch. Aber um die Geschichte zu erzählen, müsste ich etwas anderes trinken als Kaffee.» Sie kicherte nervös, zündete sich die nächste Zigarette an und nickte stumm. Kurz darauf liefen beide schweigend über die Friedrich-Ebert-Straße. An der Abzweigung zur Goethestraße blieb Alex stehen. Sie hatte sich seit dem Zwischenfall, wie sie es nannte, nicht mehr an dem Steinengel vorbei gewagt.

«Was'n los?», fragte Karla.

«Weißt du, wo du warst? Als sie dich geholt haben?»

Karla schluckte: «Das werde ich nie vergessen.»

«Bei mir war es da vorne. Siehst du das Haus? Mit dem Gesicht an der Fassade? Das Gesicht hat sich bewegt. Das Steingesicht. Ich habe mich weggedreht und als ich mich wieder zurückdrehte, hat es mich angesehen.»

«Alter! Das ist ja irre gruselig!»

Alex musste über Karlas entsetzten Gesichtsausdruck lachen.

«Ja, das war es!»

«Schade, dass kein Schnee mehr liegt, sonst hätten wir ihm einen Schneeball in die Fresse werfen können», grinste Karla. Das gesagt, hakte sie sich bei Alex unter und gemeinsam gingen sie weiter, bis sie die Kreuzung Querallee erreichten. Dort bogen sie ab und schlenderten bis zur Wilhelmshöher Allee, wo Alex in einem Hinterhaus wohnte.

«Schöne Ecke!», bemerkte Karla.

Durch das enge Treppenhaus stiegen sie die Treppe hoch zu Alex' Wohnung. Nachdem diese die Tür aufgestoßen hatte, war Karla schon drin. Sie hatte keinerlei Hemmungen sich in den Privaträumen anderer Menschen umzusehen. Zielstrebig ging sie auf Alex' Bücherregal aus honigfarbenem Holz zu. Es passte perfekt zu allen anderen Möbeln in der kleinen Wohnung. «Aha Bücher!», sie drehte sich grinsend zu Alex um, «ich be- und verurteile Menschen nach den Büchern, die sie lesen, und ich schäme mich da nicht für meine Oberflächlichkeit! Es ist schon mal ein gutes Zeichen, dass du überhaupt Bücher hast!»

Mit konzentrierter Miene ging sie die Titel im Regal durch, während Alex eine Flasche Wasser und zwei Gläser auf ihren

Esstisch stellte. Er stand vor dem Eingang zu der kleinen Küche, die mit einer großen Durchreiche mit dem Wohnzimmer verbunden war. «Oh, Mann!», Karla stieß einen ebenso amüsierten, wie entrüsteten Schrei aus, während sie ein Buch herausfischte und in die Höhe hielt, «liest du so 'nen Schund tatsächlich? Diese bekloppten Liebesromane, in denen sich der superscharfe *Bad Boy* in das total mittelmäßige Mädchen verliebt und sie bis zum Erbrechen stalkt? Die sind nicht nur dafür verantwortlich, dass total unrealistische Beziehungsbilder aufgebaut werden, die sind auch vom feministischen Standpunkt aus totale Biberkacke!»

«Vor deinem letzten Wort habe ich doch glatt überlegt, dich ernst zu nehmen.»

Karla lachte, «Nee, mal ernsthaft, die Typen in den Büchern sind immer reich und sexy und haben immer strubbelige Haare. Ist dir das mal aufgefallen? Die sind alle reich, können sich aber keine Bürste leisten. Strubbelige Haare sind halt echt kein Spaß, guck dir das Desaster mal an», Karla zeigte auf ihren leuchtend roten Schopf. «Und sie haben immer diese Bauchmuskeln, die Frauen kollektiv verdummen. Weißte? Diese Muskeln, die runter zur Leiste führen. Frauenverdummungsmuskeln. Mhm.»

«Ich glaube, du hast den Faden verloren.»

«Nee, Alter, ich denke nur an Bauchmuskeln.»

Lachend stellte Karla das Buch wieder ins Regal. «Und daneben stehen Comics. Was ist denn das für 'ne Mischung?»

«Was ist das für eine seltsame Angewohnheit, Menschen nach

ihrem Bücherregal zu beurteilen? Wenn du weiter meinen Geschmack beleidigst, werde ich vielleicht anfangen dich dafür zu be- und verurteilen.»

«Kann ich dir ein Geheimnis verraten?»

«Selbstverständlich!»

«Ich habe Literaturwissenschaft studiert und sammle Bücher. Ich wollte insgeheim immer Bibliothekarin werden, aber irgendwie bin ich in dieser Bar hängen geblieben», Karla zuckte mit den Achseln. Noch immer hielt sie einen dieser blöden Romane mit den problematischen Rollenbildern in der Hand. Alex nahm ihn und warf ihn die hintere Ecke des Raumes.

«Den hat mein Ex mir geschenkt. Er sagte, alle seine Kolleginnen würden diese Bücher lesen, also wären die auch was für mich.»

«So ein Idiot.»

«Ich habe auf seiner Betriebsfeier seine Kolleginnen nach ihren Buchempfehlungen gefragt. Keine von denen las sowas.»

«Wow, ein riesiger Idiot.»

«Allerdings.»

Karla schüttelte den Kopf und versuchte zu grinsen. Beide spürten, dass es jetzt Zeit war für das Thema, das sie bisher vermieden hatten anzusprechen. Alex schluckte, holte tief Luft und lehnte sich neben Karla an die Wand. Sie legte ihre Hand auf Karlas Arm, während sie mit den Augen an die weiße Decke starrte. «Ich habe zwischenzeitlich gedacht, ich wäre verrückt. Ich bin zu mir gekommen, stand in der Goethestraße und wusste nicht mehr, wo ich war. Am nächsten Morgen dachte ich, ich hätte wild geträumt, irgendwann habe ich versucht, das zu glauben. Aber ich wusste, ganz tief drinnen, dass es kein Traum war.»

«Ging mir ähnlich. Als ich dich gesehen habe, wusste ich endlich: Nein, es war echt.» Karla starrte auf ihre angeknabberten Fingernägel. «Zuerst war ich erleichtert. Aber, Alter, jetzt gerade wäre ich lieber verrückt.»

Sie schwiegen wieder. Manche Dinge waren zu groß, um sie auszusprechen. Oder zu verstehen.

«Was machen wir nun?», fragte Karla in die Stille hinein. «Wir müssen doch irgendwas machen. Oder?»

«Wir müssen es auf jeden Fall probieren. Ich meine, was bleibt uns übrig?»

«Meinst du, dass das wirklich passiert? Der Weltuntergang? Sowas passiert doch nicht in echt.»

«Ich glaube doch. Ich kann mir nicht vorstellen, wie und warum das alles erlogen werden sollte», Alex zuckte mit den Schultern. Wie sollte man sich diesen Weltuntergang überhaupt vorstellen? Das war doch absurd. Es gab keine Worte, keine Bilder in ihrem Kopf, keine Vorstellung.

Karla nickte, sog scharf Luft ein. In den Augen ihrer neuen Freundin erkannte Alex denselben Trotz wie bei einem ihrer Kindergartenkinder, das lieber mit Bauklötzen spielen statt sich die Schuhe anziehen möchte. Kurz erwartete sie, dass Karla sich schreiend auf den Boden warf. Aber sie war ganz ruhig, als sie sprach: «Ich mache den Scheiß nicht mit. Ich bin nicht das Spielzeug von diesen Schwanznasen! Also, was machen wir?»

«Die anderen beiden finden?» Das schien Alex der erste logische Schritt. Was sie im Anschluss tun könnten, wusste sie auch nicht.

«Aber wie?»

«Mhm. Keine Ahnung. Kassel ist zum Glück nicht so groß.»

«Wir gehen also davon aus, dass wir alle vier aus Kassel kommen?»

«Ich denke schon. Die Kleine, die neben mir war, sagte doch auch ‚Warum passiert das in Kassel und nicht Berlin‘, oder?»

«Ich erinnere mich bloß an die beiden Typen und daran, dass ich echt sauer war.»

«Ja, daran erinnere ich mich auch. Mann, der eine schien kurzzeitig wirklich Angst vor dir zu haben.»

«Zurecht! Ich hatte große Lust, ihm wehzutun.»

«Nun, wir gehen davon aus, dass wir bald wieder zusammengesammelt werden wie beim letzten Mal, oder? Sie werden uns wohl nicht einzeln holen, denke ich – hoffe ich», Alex holte Luft und dachte laut nach, «... wir machen Folgendes, wir schreiben Zettelchen mit unseren Telefonnummern, und wenn wir wieder ... abgeholt werden, stecken wir die den anderen beiden zu! So können wir nach unserem nächsten Treffen Kontakt aufnehmen.»

«Das ist doch 'ne Idee. Aber wir sollten trotzdem probieren, die anderen beiden zu finden, bevor wir wieder entführt werden. An was erinnerst du dich noch?»

18 MAYA

Während der letzten zwei Wochen hatte Maya das Auto ihrer Mutter benutzt. Sie freute sich darauf, endlich wieder ihren kleinen Ka statt der großen Familienkutsche zu fahren, von der sich ihre Mutter nicht trennen konnte. «Wenn ich mal ganz viele Enkel habe, brauche ich den ja», pflegte sie zu argumentieren. Auch wenn ihre Mutter nie sagte, von wem sie sich diese Enkelkinder wünschte. Bei Maya waren keine in der näheren Zukunft zu erwarten. Natürlich machte Mayas Mutter keinen Hehl aus ihrer Enttäuschung. Ihrer Meinung nach hätte Maya längst loslegen müssen. Auch wenn sie nie einen Tipp hatte mit wem. Entschlossen schüttelte sie den Gedanken an ihre Mutter ab, als sie auf den schmutzigen Hof der Autowerkstatt fuhr. Sie hatte keine große Lust, den Mechaniker zu treffen, wusste sie doch, er würde ihr wieder neugierige Fragen stellen, die sie keine Lust hatte, zu beantworten. Aber es half ja alles nichts. Ihren Wagen brauchte sie zurück.

Sie holte tief Luft: «Hallo?», rief Maya in die seltsam stille Werkstatt. Vorsichtig steckte sie den Kopf durch den Türspalt, ihr Körper folgte. Sie schlüpfte hinein. Da stand ihr Ka. Mitten in der dunklen Halle, umringt von Metallkommoden

96

auf Rollen, Werkzeugkisten und – Zeugs. Trübes Licht fiel durch die Glasbausteine im oberen Teil der hinteren Wand. Davor standen weitere Regale. Es lag überall Zeug verstreut auf dem Boden. Was für ein Chaos. Nur den klobigen Mechaniker sah sie nirgends. Die Werkstatt war menschenleer. «Hallo-ho?», vorsichtig setzte sie einen Fuß vor den anderen, weiter in die Werkstatt hinein und um ihren Wagen herum. Sie hörte ein schmatzendes Geräusch, im selben Moment rutschte ihr der linke Fuß unter dem Körper weg, und sie fiel nach vorn. Hart landete sie auf dem Betonboden. Ein scharfer Schmerz schoss aus ihrem Knie hinauf. Sie hatte sich mit ihrer rechten Hand abgefangen, und diese fühlte ein klebriges, feuchtes Etwas. Kurz musste sie sich sammeln. Verwirrt sah Maya auf ihre Hand, danach auf die dunkle Lache auf dem Boden. Das feuchte Etwas glänzte dunkelrot und dickflüssig. Wie Zuckerrübensirup. Sie spürte ein Kribbeln im Nacken, ihr Herz schlug mit einer Wucht in ihrem Brustkorb, dass Maya davon ausging, man müsse es in der gesamten Werkstatt hören. Ein bitterer Geschmack stieg ihre Kehle hinauf, als sie langsam mit den Augen der teerigen, schmierigen und klebrigen Lache folgte, die hinter einer Ecke verschwand. Maya wusste instinktiv, was diese Lache war und was sie hinter ihrem Auto finden würde. Sie versuchte aber, es nicht zu wissen. Sie wollte nicht dort hingehen. Sie wusste, dass sie dort hingehen würde. Sie stützte sich auf dem Boden ab, während sie ihren Körper wieder in eine stehende Position hievte. Ohne darüber nachzudenken, wischte sie sich die Hand an ihrer Jeans ab und bereute es im selben Moment. Mit einem Seufzer sog sie Luft in ihre Lungen. Geistesabwesend hob sie einen großen Schraubenschlüssel auf, der auf einem niedrigen Tisch lag. Ihre Schritte hallten durch die Stille der Werkstatt. Das Kribbeln war aus ihrem Nacken ihren Rücken herunter gewandert, und sie spürte den starken Drang, einfach aus der Werkstatt zu fliehen. Langsam schlich sie um das Auto herum. Noch immer versuchte ihr Gehirn, sich zwischen Fight und Fight zu entscheiden. Dann sah sie ihn. Den Rest von ihm. Das, was bis vor Kurzem ein Mensch gewesen war. Die in sich verdrehten Überreste von Hennings Körper lagen in einer Ecke der Werkstatt, die sie erst jetzt einsehen konnte. Sein Oberkörper war auseinandergerissen, die Rippen ragten auf wie tote Bäume aus einem roten Sumpf. Über diesem Sumpf glänzte sein Gesicht. Es war bizarrerweise unversehrt, die Augen weit aufgerissen vor Angst und Überraschung. Der Mund, der das letzte Mal so herablassend gegrinst hatte, war zu einem tonlosen Schrei geöffnet, der noch in der Werkstatt nachzuhallen schien. Maya ließ den Schraubenschlüssel fallen, rannte aus der Werkstatt, über den Hof zum Auto ihrer Mutter, öffnete es per Fernbedienung und sprang auf den Fahrersitz. Zitternd kämpfte sie mit den Tränen und einer aufsteigenden Übelkeit. Was war hier passiert? Das konnte doch nicht das Werk von Michael und Gabriel sein, oder?

«Na, wer wird denn da weinen?», hörte sie plötzlich Liliths Stimme neben sich. Sie schrie laut auf. Lilith saß lächelnd auf

98

dem Beifahrersitz. Maya brachte kein Wort heraus. Sie starrte die Dämonin an, deren Augen sich rot färbten.

«Meine Liebe, wir haben euch doch gewarnt, oder? Ihr solltet doch nicht über das reden, was euch widerfahren ist.»

«Aber...», Maya konnte kaum sprechen. «Er wusste doch gar nichts. Ich habe nichts gesagt.»

«Er hat dein Auto gesehen und dachte, du hättest einen Menschen überfahren. Er wollte zur Polizei gehen. Das konnte ich nicht zulassen. Du hast mich dazu gezwungen, Henning zum Schweigen zu bringen.» Sie strich Maya über die Haare. Maya starrte sie aus angstgeweiteten Augen an.

«Sch-sch-sch. Keine Angst, kleiner Mensch. Ich tue dir nichts. Ich brauche dich noch. Also, fahr nach Hause. Mach weiter wie bisher. Und ab heute, kein Getratsche mehr, verstanden Fräulein?», sie sprach mit ihr wie mit einem Kind.

«Oh-okay», stammelte Maya. Aber da war die Dämonin schon wieder verschwunden. Maya saß allein im Auto ihrer Mutter und schluchzte hemmungslos, bis sie kaum mehr Luft bekam.

19   ASRAEL – VOR CIRCA 25 JAHREN

Asrael wachte auf und streckte sich. Auch bei Dämonen gab es eine Dämmerphase zwischen Schlafen und Wachen, in der zuerst vage Gefühle auftauchen, die sich nicht zuordnen lassen. Heute brauchte er etwas länger. Das Gefühl, irgendetwas würde nicht stimmen, waberte durch seinen Kopf, bevor ihm bewusst wurde, warum. Die Erkenntnis traf ihn wie ein Schlag. Sarah hatte ihn nicht geweckt. Es war hell. Die Nacht war vorbei und Sarah hatte ihn nicht geweckt. Dann roch er es. Der Geruch stieg ihm in die Nase und kitzelte seine tiefsten, dämonischsten Instinkte. Das war nicht gut. Er schüttelte sich und kroch langsam unter dem Bett hervor. Das Kind lag nicht in seinem Bett. Der Radiowecker auf dem Nachttisch zeigte 7:30 Uhr an. Vielleicht war das Kind schon in der Küche beim Frühstück? Eine Lüge, um sich zu beruhigen. Das wusste er, aber er erzählte sie sich dennoch. Warum hatte Sarah ihn nicht geweckt? Der Geruch machte ihn verrückt. Sein Nacken kribbelte. Sein Körper sagte ihm alles, was er wissen musste, aber nicht wissen wollte. Asrael holte tief Luft, stand auf und schlich, so unsichtbar er sich eben machen konnte, den Flur entlang und die Treppe hinunter. Er war nicht wirklich unsichtbar, nur schwer zu sehen. Ein Schatten im Augenwinkel, ein Vorbeihuschen am Rande des Sichtfeldes. Der Geruch wurde stärker, bis er es nicht mehr verleugnen konnte. Er kannte den Geruch. Blut. Es roch nach Blut. «Nicht das Kind» dachte er und schloss die Augen, «Bitte, nicht das Kind.» Als er sie wieder öffnete, sah er es. Überall. Das Wohnzimmer, in das die Treppen führten, war fast komplett rot vom Blut eines Menschen. Das Sofa, der Teppich, die Wände, überall troff es zähflüssig und dunkelrot herunter. Der Haufen aus Fleisch und Kleidern in der Mitte des Raumes war der zusammenhängendste Überrest eines Körpers und Asrael schlich hinüber.

Es war nicht das Kind, stellte er erleichtert fest. Sondern dessen Mutter. Ihre Überreste verrieten ihm sofort, dass sie nicht von einem Menschen getötet worden war. Er war schließlich ein Dämon und erkannte das Werk anderer Dämonen sofort. Und dieser zerfetzte Körper war eindeutig das Werk von zwei bis drei Dämonen, die sich hier nach jahrhundertelanger Zurückhaltung ausgetobt hatten. Das hier musste Stunden gedauert haben. Warum war er nicht aufgewacht? Er richtete sich auf. Warum sollte jemand aus der Hölle in das Haus eindringen, die Mutter töten und das Kind entführen, wenn er doch hier schon die Stellung hielt? Warum war er nicht informiert worden? Es ergab alles keinen Sinn. Er musste dringend Kontakt zu seinen Vorgesetzten aufnehmen. Er musste wissen, was hier los war. Nach einem kurzen Telefonat mit der Vorzimmerdame der Hölle, machte er sich auf den Weg. Irgendjemand hatte hier ordentlich Mist gebaut. Und was war mit Sarah passiert? Engel und Dämonen griffen sich nicht mehr einfach so gegenseitig an. Da gab es jetzt Regularien für.

20   SOFIA

Ihr Blick war an die Decke geheftet. In der weißen Farbe erkannte sie, wenn sie nur lange genug darauf sah, verborgene Muster und Gesichter. Unter sich spürte sie den weichen, weißen Teppich, der im Flur vor ihrer Kommode aus Walnussholz auf dem hellen Parkett lag. Sie hatte ihn in einem edlen Designermöbelgeschäft gekauft und sich immer bemüht, nicht darüber, sondern drumherum zu laufen. Jetzt sollte sie den Weltuntergang herbeiführen. Der Zustand des Teppichs war somit vollkommen egal. Sie wollte es nicht zugeben, aber es nagte an ihr, dass ihre Mutter mit dem Engel- und Dämonenquatsch Recht gehabt hatte. Sie hatte so hart gearbeitet. Wofür? All das, was sie sich erkämpft und erarbeitet hatte, würde nach der Apokalypse vollkommen egal sein. Ihr ganzes Leben war egal. Wozu das alles? Wehren konnte sie sich gegen übermächtige Engel sowieso nicht. Alles, was sie sich bisher erarbeitet hatte, ihren Job, ihr Geld, all die Sachen, auf die sie so stolz war, waren jetzt vollkommen egal. Sie war nur froh, keine Kinder zu haben. Das hätte sie wahrscheinlich zerstört. Ihr Handy lag neben ihrem Kopf, und sie konnte das rhythmische Summen des Vibrationsalarmes auf dem Parkettboden hören. Es war ihr Chef. Schon zum dritten Mal heute. Sie war, seitdem sie von zwei Engeln und einer Dämonin entführt worden war, nicht mehr im Büro erschienen. Ihre Krankmeldung hatte sie abfotografiert und ihrem Chef per SMS geschickt. Allerdings war ihre Krankenzeit auch schon seit fünf Tagen abgelaufen. Ihr Chef versuchte sie jeden Tag zu erreichen. Inzwischen wahrscheinlich nur noch, um sie über ihre fristlose Kündigung zu informieren. Ihr war es egal. Ihr war alles egal. Sie ging auch nicht mehr ans Telefon, wenn ihre Mutter anrief. Was hätte sie ihr sagen sollen?

«Ciao Mamma, du hattest Recht mit deinem ganzen Katholikenkram, die Hölle existiert. Ach, und übrigens, nächste Woche haben wir Weltuntergang, geh nochmal schnell zur Beichte.» Sofia grinste bitter. Sie wusste, dass sie jemanden an ihrer Seite brauchte, dem sie vertrauen konnte. Doch tatsächlich fiel ihr nur ein einziger Mensch ein, den sie nun sehen wollte. Sie rollte sich auf den Bauch und schnappte sich ihr Handy.

«Nonna?», rief sie, als ihre Oma sich meldete «Ich brauche deine Hilfe.» Nach dem Telefonat fühlte sie sich etwas besser, ihre Großmutter Aurora hatte immer eine kräftigende Wirkung auf sie. Zum ersten Mal seit gefühlten Ewigkeiten stand sie auf. Vor ihrem Schlafzimmerspiegel zupfte sie sich ihre schwarzen Strähnen aus dem Gesicht. Sie würde nicht einfach aufgeben, was sie sich so hart erkämpft hatte.

«Scheiß auf die Engel!», knurrte sie leise, schnappte ihre Handtasche und stapfte aus der Wohnungstür. Eine Taxifahrt später stand sie vor dem Mehrfamilienhaus, in dem ihre Oma wohnte. Ihr Großvater war in den sechziger Jahren in eine kleine Stadt südlich von Kassel gezogen, um dort in einer neuen Autofabrik am Band zu arbeiten. Ihre Oma wohnte noch immer in der kleinen Wohnung, die ihnen seinerzeit zur Verfügung gestellt worden war. Das Mehrfamilienhaus hatte bei Einzug am Rande der kleinen Stadt gelegen, inzwischen war diese weiter gewachsen und hatte auch die Siedlung geschluckt. Sofia mochte diese Stadt nicht. Ein Zwangszusammenschluss aus Dörfern, denen plötzlich der Status einer Stadt verliehen worden war, weil wegen der riesigen Fabrik Einnahmen aus Gewerbesteuern hineingepumpt wurden, was zur Ansiedlung weiterer Einwohner führte. Man merkte an jeder Ecke, dass sie nicht organisch gewachsen war. Ein Dorf, das man als Stadt verkleidet hatte. Ein komisches, schizophrenes Zwischending, dessen ältere Einwohner hier geboren wurden, als es noch nicht einmal eine Ampel in dieser Pseudo-Stadt gegeben hatte.

Die Klingel surrte mechanisch, als Sofia auf den Knopf drückte, und ihre Nonna drückte den Türöffner, ohne zu fragen, wer da war. Sofia stieg das enge Treppenhaus hinauf, das noch immer und wahrscheinlich ewig nach Bohnerwachs und Putzmittel riechen würde. An der Wohnungstür ihrer Nonna hing, solange sie denken konnte, ein kleines Bild von einem sehr blonden Jesus.

Sofias Großmutter war eine kleine, faltige Frau mit starken Händen und einem strengen Dutt im Nacken, der ihre schwarz-grauen Haare zurückhielt und im starken Gegensatz zu ihren liebevoll leuchtenden Augen stand. Sie umfasste wie immer Sofias Gesicht mit beiden Händen und küsste sie fest auf die Stirn. Dazu zog sie den Kopf ihrer Enkelin unerbittlich zu sich hinunter. Sofia war immer wieder überrascht, wie viel Kraft in dieser kleinen Frau steckte. «Sofia», sagte sie mit einem warmen Lächeln, «komm!» Dabei zog sie sie hinter sich her in den dunklen Flur ihrer kleinen Wohnung, in der sie sieben Kinder großgezogen hatte. Seit ihr Mann vor acht Jahren gestorben war, lebte sie alleine. Ein Bild, das ihn in jungen Jahren zeigte, hing über einer dunklen Kommode im

Flur. Davor brannten zwei rote Kerzen. Gemeinsam gingen sie ins Wohnzimmer. Während Sofia sich auf das Sofa setzte, das stets mit einer Schutzhülle aus Plastik bezogen war, holte ihre Nonna Espresso in einer silbernen Kanne, zwei Tässchen und eine Zuckerdose aus der Küche. «So. Was ist los?», sie kam wie immer gleich zum Thema.

«Nonna, ich kann dir nicht erzählen, was los ist, aber ich habe Fragen», Sofia spürte wie ihre Stimme brach. Sie schluckte die Tränen hinunter, scharf ausatmend löste sie ihren Blick von der alten Frau, die milde lächelnd vor ihr saß. Nach einigen Sekunden versuchte sie es wieder.

«Nonna, erinnerst du dich an die Geschichten, die du mir als Kind erzählt hast? Von den Engeln, die auf die Erde kommen und mit uns reden?» Sofia zitterte. Sie wusste, was sie sagen wollte, aber auch wie es klingen würde. Die Angst der letzten Tage stieg in ihr hoch und sie hatte Schwierigkeiten, diese nieder zu ringen. Da spürte sie ihre Großmutter neben sich. Die alte Frau hatte die Arme um sie gelegt und zog sie sanft an sich. Sofia fühlte sich wie damals, als sie sechs Jahre alt gewesen war und an der Brust ihrer Oma weinte, weil ihre große Schwester sie geärgert hatte.

«Nicht weinen, meine Kleine. Ich bin hier. Alles wird gut.» Sofia schluchzte heftiger. Sie glaubte, nie wieder aufhören zu können. Vehement schüttelte sie den Kopf. Es würde eben nicht wieder gut werden. Ihre Großmutter zog Sofia die Hand von den verweinten Augen. Sie ernst anblickend fragte sie leise: «Du hast einen gesehen, oder?»

Sofia schluckte und hob ihren Kopf, sah ihre Großmutter an.

«Was?», stotterte sie verwirrt.

«Du hast einen Engel gesehen!», stellte ihre Großmutter fest.

Sofia schnappte nach Luft, schüttelte aber den Kopf. Ihre Großmutter war eine erzkatholische Frau, die die christliche Mythologie sehr ernst nahm, Bilder von zig Heiligen im Haus hatte und an Schutzengel glaubte. Sie sprach wohl von einer anderen Art Engel.

«Nonna,...»

«Ziemliche Arschlöcher, oder?»

21   AURORA – VOR LANGER ZEIT IN ITALIEN

In den letzten Wirren des Zweiten Weltkrieges brachte Giulia Conti in einem kleinen Krankenhaus im Umland von Carrara ihr Baby auf die Welt. Sie war jung und unverheiratet. Ihr Vater wäre sicher beschämt ob dieser Tatsache gewesen, doch er war schon vor zwei Jahren auf dem Schlachtfeld gestorben. Ebenso wie der Vater ihres Babys. Ein stolzer Sizilianer mit schwarzen Haaren und blauen Augen. Giulia hatte ihn nicht geliebt, wohl aber die Ablenkung vom Krieg und dem Leid, den dieser mit sich brachte. Ihre Tochter begrüßte die vom Krieg gebeutelte Region mit einem lauten Schrei und wachen, blauen Augen. So sollte Aurora auch bleiben. Wach und laut und voller Feuer. Sie wuchs bei ihrer Mutter und deren Mutter auf. Das Dorf hatte nur wenige Männer behalten können. So bauten die Frauen den Ort wieder auf.

Aurora war sechzehn, als sie eines Tages den Pfarrer ihrer kleinen Dorfkirche in Todesangst schreien hörte. Sie saß im Schatten des Kirschbaumes im Garten der kleinen Kirche und hielt sich ein Buch vor die Nase. Es waren die 60er Jahre und die jungen Männer hatten das Dorf verlassen, um in Deutschland zu arbeiten. Auch Donato wollte sich bald auf den Weg dorthin machen. Auroras Gedanken waren bei Donato gewesen, als sie vor der kleinen Dorfkirche saß und so tat, als würde sie lesen.

In dem einen Moment war ihre größte Sorge, wie sie ihrer Mutter erklären sollte, dass sie mit Donato gehen wollte. Im nächsten Moment wurden ihre Welt und ihr Leben auf den Kopf gestellt.

Zuerst hörte sie den Schrei, danach sah sie die Ungeheuer. Sie sahen aus wie Männer, nur vollkommen anders. Sie waren größer, hatten Klauen statt Finger und das Böse umwehte sie. Einer von ihnen schleifte den Pfarrer an einem Knöchel hinter sich her. Letzteren hatte sie nur noch an seiner Kleidung erkennen können. Denn sein Gesicht war eine blutige, aufgequollene Masse mit einem klaffenden, roten Loch, wo einst ein Mund gewesen sein musste. Der Unterkiefer fehlte vollständig und seine Zunge hing wie eine tote Schlange heraus.

Aurora wollte rennen, konnte sich aber nicht rühren. So saß sie unter dem Kirschbaum in der Sonne, die Vögel zwitscherten, und sie hatte Todesangst. Auf ihrem Schoß lag das Buch, in dem sie eben noch vorgegeben hatte zu lesen.

107

Ihre Augen weit aufgerissen, starrte sie auf die albtraumhafte Szene vor ihr. Die Augen des Pfarrers, die zwar streng, aber immer mit Güte auf sie geblickt hatten, waren nun leer und milchig. Still und verängstigt beobachtete sie, wie die Ungeheuer die Leiche des Pfarrers zerfetzten und sich offensichtlich köstlich dabei amüsierten. Selbst Jahre später sah sie diese Szene vor sich, wann immer sie die Augen schloss.

Sie war nicht mit Donato nach Deutschland gegangen. Ein Jahr lang ging sie überhaupt nirgendwo hin. Ihre Mutter war ganz krank vor Sorge gewesen um die Tochter, die von einem Tag auf den anderen nicht mehr lachte. So war es bis zu dem Tag geblieben, an dem die Hexe in ihr Dorf kam. Die Hexe veränderte alles.

Sie kam eine Woche später in Auroras Dorf an. Nach dem Verschwinden des Pfarrers, der seltsamen Schwermütigkeit, die die junge Frau befallen hatte und die sich niemand erklären konnte, war der Besuch einer Fremden für viele Leute hier der sichere Beweis, dass das Dorf dem Untergang geweiht war.

Sie hatten Recht.

Aurora hörte von der fremden Frau mit den stahlblauen Augen und dem schlechten Italienisch, die im Ort seltsame Fragen stellte: ob jemand den Pfarrer vor seinem Verschwinden mit Fremden gesehen hatte; wie deren Augen aussahen ...

Alle hielten sie für eventuell verrückt, mindestens für gefährlich. Aurora sah das genauso. Sie wollte trotzdem mit ihr sprechen. Sie musste nicht lange suchen, um sie im Kirchhof zu finden – sie schien zwischen den alten Grabsteinen etwas zu suchen. Aurora sah einen Turm roter Locken, zwischen dem Steingrau und Grün aufblitzen. Als sie sich näher heranschlich, kam eine weitere Frau dazu. Jünger. Eher in Auroras Alter. Laute Worte flogen zwischen den beiden hin und her. Sie waren eindeutig verwandt. Und wütend. Aurora schlich sich, so leise sie konnte, näher an die beiden heran, in der Hoffnung, ihre grundlegenden Deutschkenntnisse würden ausreichen, um diese zu verstehen. Die jüngere Frau war angezogen wie dieser hinreißende amerikanische Schauspieler, ganz in Leder. Sie schimpften noch immer miteinander. Unvermittelt drehten sie sich zeitgleich um und starrten Aurora an.

22 SOFIA

Sie fühlte sich taub, als sie neben ihrer Nonna im Auto saß. So recht verstand sie nicht, was eben passiert war. Nachdem Aurora ihr mitgeteilt hatte, dass auch sie Engel für Arschlöcher hielt und sich Sofias Geschichte angehört hatte, war sie wortlos aufgestanden, in den Flur getapst und hatte in einer schweren Holztruhe gekramt. Kurze Zeit später kam die resolute kleine Frau mit ihrem Mantel und zwei silbernen Halsketten zurück. Sie zog eine der Ketten über den Kopf,

109

streifte Sofia die Zweite über, nahm sie an die Hand und führte sie schweigend aus dem Haus.

In ihrem alten Mercedes fuhr ihre Nonna sie nun schweigend aus der Stadt über Land- und Dorfstraßen hinaus in die nordhessische Pampa. Das Wetter war, wie so oft, grau, kalt, regnerisch. Nebel dampfte aus den dichten Wäldern. ‹Kein Wunder, dass die Brüder Grimm in dieser Gegend die meisten Märchen für ihre Sammlung finden konnten›, dachte Sofia. Sie schrie geradezu nach Hexen, Geistern und verwunschenen Häuschen mitten im Wald. Sie schreckte aus ihren Gedanken hoch, als sie die warme Hand ihrer Nonna auf ihrer spürte. «Keine Sorge, Liebes, wir bekommen das wieder hin. Es ist nicht das erste Mal, dass ich mit diesen Typen zu tun habe.»

«Ich verstehe nicht, was hier passiert. Woher weißt du von den Typen? Was ist das für ein bescheuerter Zufall?»

«Es gibt keine Zufälle, Piccina.»

«Was soll das denn bedeuten?»

«Es ist kein Zufall, dass du zu den Auserwählten gehörst.»

«Das habe ich mir aus dem Kontext jetzt auch erschlossen.» Für diesen schnippischen Kommentar erhielt sie einen kräftigen Klaps auf den Hinterkopf. «Au! Nonna! Dafür bin ich doch so langsam zu alt!» Aurora lachte kurz auf. «Niemals», erwiderte sie mit einem warmen Lächeln. Schweigend fuhren sie über einen matschigen Feldweg. Sofia war sich nicht mehr sicher, ob sie sich überhaupt auf einer befahrbaren Straße befanden. Im Gegenteil. Was machte sie überhaupt in dem riesigen Auto ihrer winzigen Oma auf dem

Weg ins Nirgendwo? Wer konnte sich denn sicher sein, dass ihre Großmutter nicht einfach senil wurde?

«Nonna?», fragte Sofia vorsichtig, «Wo fahren wir denn hin?»

«Habe ich dir gesagt. Zu einer alten Freundin. Sie und ihre Mutter kenne ich schon, seitdem ich ein junges Mädchen war. Sie haben mir das Leben gerettet. Ihre Mutter starb einige Jahre später. Inzwischen hat sie den Job ihrer Mutter übernommen, zusammen mit ihrem Ziehsohn.»

«Dein Leben gerettet? Warum hast du mir das nie erzählt?»

«Weil du es bisher nicht wissen musstest. Es gibt Dinge, die schwer zu erklären sind und noch schwerer zu verstehen. Die ich nicht erklären kann. Aber das hast du ja selbst erlebt. Wir werden gemeinsam Antworten finden, Sofia.»

In diesem Moment tauchte ein kleines, schiefes Fachwerkhaus am Waldrand auf. Es sah verlassen und fast schon verfallen aus. Aurora fuhr direkt darauf zu. Unruhig rutschte Sofia im Beifahrersitz hin und her.

23   ASRAEL – VOR CIRCA 25 JAHREN

Der Zugang zur Hölle war gut und sicher versteckt – im Keller eines Nachtclubs. Hier kamen ausschließlich Dämonen und andere Kreaturen der Dunkelheit zusammen. Eine schäbige Spelunke im schlechten Teil der Stadt. In jeder Stadt befand sich ein ähnlich schlechter Teil mit einer ähnlich heruntergekommenen Lokalität mit einem ähnlichen Zugang. Asrael hatte seine menschliche Form angenommen. Die

Form, die er einst besessen hatte, als er noch ein Mensch war.
Mit ein paar kleineren Änderungen. Hauptsächlich aus
ästhetischen Gründen, wie er nur ungern zugab. Er war fast
zwei Meter groß, mit kahl geschorenem Kopf und einer Haut,
die so dunkel war, dass sie alles Licht um ihn herum zu
schlucken schien. Asrael erzählte gerne, dass er einst
Gladiator im Circus Maximus gewesen war und in einem zwei
Tage dauernden Kampf schließlich von einem Löwen gerissen
wurde. Tatsächlich war er aber auf einem sinkenden
Sklavenschiff im Meer ertrunken. Angekettet im Frachtraum
zwischen anderen schreienden, weinenden und kotzenden
Männern.
Ein rotes Seidenhemd spannte sich über seine muskulöse
Brust, dazu trug er eine locker sitzende Anzughose. Nach
einem kurzen Gespräch mit dem Türsteher hatte man ihn
hereingelassen. Nun stand er am Tresen und nippte an seiner
Tasse mit viel zu starkem Filterkaffee mit Kondensmilch. Er
hasste Filterkaffee mit Kondensmilch. Aber man bot ihm hier
nie etwas anders an. Er hatte vier Teelöffel Zucker
hineingetan, doch der bittere Geschmack blieb.
Endlich wurde eine Tür hinter ihm kraftvoll aufgestoßen und
man winkte ihn hinein. Der Eingang zur Unterwelt, jedenfalls
zu dieser Unterwelt, war ein langer schwarzer Gang. Asrael
sog die schwefelgefüllte Luft tief ein. Es war der Duft von
zuhause. Er hatte es vermisst. Am Ende des Ganges tat sich
ein grauer Raum auf, an dessen Eingang ein Schreibtisch,
dahinter ein unüberschaubar weites Großraumbüro. Die

krokodilgesichtige Vorzimmerdame saß hinter diesem riesigen Schreibtisch und feilte sich ihre langen Krallen. Als sie ihn sah, deutete sie mit ihrer blonden Turmfrisur, die auf ihrem schuppigen grünem Schädel hin und her rutschte, in die Richtung, in die er gehen sollte, und knurrte leise. Er hätte diesen Richtungszeig nicht benötigt. Nach all den Jahren, die er nicht mehr hier gewesen war, fand er sich noch problemlos zurecht. In jedem kleinen Büroabteil saß ein grauer Mensch und tippte mit leerem Blick vor sich auf eine Tastatur. Hier wurde Höllenfolter mit notwendiger Verwaltungsarbeit kombiniert. Ein wirklich genialer Einfall, das musste er seinem Chef lassen. Sein Büro hatte er schnell in dem Labyrinth aus Gängen gefunden. Bevor er klopfen konnte, sprang die Tür auf. Sein Vorgesetzter Apollyon, ein müde wirkender Dämon mit grün leuchtenden Katzenaugen, erwartete ihn bereits.

«Asrael, da bist du ja. Komm rein, mein Guter.» Er winkte Asrael herein. Sein Büro war ein fensterloser Raum mit offenem Kamin, einem großen Schreibtisch aus dunklem Holz und bequemen Sesseln.

«Apollyon, danke, dass du so schnell reagiert hast!», Asrael schüttelte seine Klaue.

«Natürlich. Du glaubst nicht, was diese Angelegenheit an Papierkram bedeutet! Wer auch immer verantwortlich ist für die Sauerei, bekommt eine gepfefferte Verwarnung von mir. Ich habe seit heute Morgen schon drei Aktenordner damit befüllt!»

«*Drei Aktenordner?*»

«*Drei!*», *Apollyon schüttelte entrüstet den Kopf.* «*So aber setz dich erstmal, Asrael. Möchtest du einen Kaffee? Ich kann dir einen Filterkaffee mit Kondensmilch von vorne bringen lassen, den magst du doch, oder?*»

Asrael winkte ab. Die erste Tasse rumorte noch immer in seinem Inneren. Übernatürliche Wesen sollten von körperlichen Gebrechen frei sein, aber Sodbrennen hatte er trotzdem.

«*Habt ihr schon eine Idee, was passiert ist? Wo ist das Kind? Was ist mit der Kollegin von der anderen Seite geschehen?*»

«*Das wissen wir leider nicht, aber wir haben eine Vermutung, wer für die Tat verantwortlich sein könnte. Wir haben momentan etwas Probleme mit einer ... sagen wir Splittergruppe. Ein paar junge Wilde, die glauben, wir sind zu weich.*»

«*Zu weich?*»

«*Zu weich!*», *Apollyon schnaubte wütend.*

«*Zu weich*», *wiederholte Asrael ungläubig.*

«*Ich! Zu weich! Ich bin der verdammte Herrscher über eine Horde dämonischer Heuschrecken. Pff. Zu weich*», *schimpfte Apollyon weiter.*

«*Aber was haben die vor?*» *Asrael war ratlos.*

«*Ich habe schon ganze Landstriche verwüstet, als diese Pupser noch auf der Erde rumstolperten.*»

«*Was wollen die nur mit dem Kind?*»

114

«*Ich bin einer der ältesten Dämonen und habe Städte in Schutt und Asche verwandelt.*»

«*Auch wenn es mal ein Prophet wird, niemand weiß wann!*»

«*Ich werde sogar in der Johannes Offenbarung erwähnt!*»

«*Irgendwas an dem Kind habe ich übersehen.*»

«*Wenn ich die Scheißer erwische, lasse ich sie zwei Millennien meine Akten schreddern!*»

Asrael nickte stumm.

«*Wegen dieser dummen Sache in Carrara glauben diese Scheißer, sie müssten mir keinen Respekt zollen. Wenn ich mit meinem Schreibtischdienst fertig bin, mache ich die alle fertig!*»

Asrael massierte seine Nasenwurzel. Er musste nachdenken.

«*Na ja*», *räusperte sich Apollyon*, «*jedenfalls wissen wir noch nichts Genaues. Wir vermuten nur. Du bist für den kleinen Propheten verantwortlich und musst ihn finden. Ich muss dir leider sagen, dass das nicht das erste Mal ist, dass sowas passiert ist.*»

«*Du meinst also, dass ähnliche Überfälle in letzter Zeit häufiger vorgekommen sind?*»

«*Leider ja.*»

«*Und du dachtest nicht, dass es sinnvoll wäre, die betreffenden Dämonen auf der Erde vorzuwarnen?*»

Apollyon blickte ihn entrüstet an. «*Doch natürlich! Hier*», *er holte eine dicke Akte aus seiner Schreibtischschublade.* «*Ich hatte schon fast alle benötigten Freigaben, um Euch zu informieren!*»

Asrael seufzte, «Kannst du mir irgendwelche Anhaltspunkte
geben, wo ich suchen soll? Irgendwas?»
«Wir haben keine Ahnung, wo sich diese Scheißer aufhalten.
Aber ich habe da einen Kontakt für dich. Jemand, der dir
helfen kann», Apollyon rutschte nervös auf seinem Sessel hin
und her. Das alte abgewetzte Säuglingsleder knarzte. «Aber
ich glaube nicht, dass dir die Person zusagen wird», er schob
Asrael einen Zettel hinüber.
Verwirrt nahm er den Zettel in die Hand und las den Namen.
Nach Fassung ringend schluckte er. Apollyon seufzte.
«Tut mir leid!», sagte er und das Bedauern in der Stimme
klang fast echt. «Du weißt, ich hatte bereits mit ihr zu tun und
sie ist nicht ungefährlich, reagiert nicht immer rational, aber
sie hat weitaus mehr Überblick über das, was zwischen
Himmel und Hölle passiert. Kein Wunder, sie hat auch
weniger Papierkram!» Resigniert blickte er auf den Stapel an
Aktenordnern vor sich. «Du bist ein großer Junge, du schaffst
das schon!»

24   DIE HEXE

Sie rückte ihre Brille zurecht und kramte weiter in ihrem
übervollen Küchenregal. Sie wusste, dass sie hier immer alles
ordentlich einräumte. Aber nie konnte sie finden, was sie
brauchte. Verärgert nahm sie die Brille von der Nase und warf
sie auf die gewachste Eichendiele, die ihr als Arbeitsplatte
diente. Sie brauchte eigentlich keine Brille. Sie trug eine
Augenklappe, da half die Brille auch nichts mehr. Schon vor

langer Zeit hatte sie ihr rechtes Auge eingebüßt. Eine lange Narbe, die sich quer über ihr Gesicht zog, zeugte von dem harten Kampf, der diesem Verlust vorausging. Sie knurrte bei dem Gedanken an diesen Abend. Irgendwann würde sie das Miststück finden und für ihr Auge bezahlen lassen. Ganz egal, dass Mutter immer gesagt hatte, sie solle nett zu ihrer Schwester sein. Da war sie einmal nett und nun bräuchte sie ein Monokel. Aber auch damit würde sie wahrscheinlich in diesem Chaos nichts finden, dachte sie wütend. Sie war sich sicher, dass das Kind an der Unordnung schuld war. Seitdem sie den kleinen Hellseher bei sich aufgenommen hatte, war ihr Haus ein einziges Chaos. «Hans!», brüllte die Hexe in die Dunkelheit der hinteren Zimmer.

«Was?», schallte es prompt zurück.

«Wo ist mein Glas mit den getrockneten Fliegenpilzen?»

«Woher soll ich das wissen?»

«Du hattest es zuletzt!»

«Hatte ich nicht!»

Es war ein Fehler gewesen, das Kind in ihrem Haus aufzunehmen. «Lüg mich nicht an! Du hast gestern wieder irgendwas zusammengepanscht!» Kinder machten bloß Unordnung und Ärger.

«Ich habe nicht gepanscht, ich habe einen Trank gebraut, weil du zu alt und klapperig bist!»

«Sei nicht so frech, sonst ... sonst überlege ich mir was ganz Schreckliches!» Schweigen. Gut. Sie mochte es nicht, wenn das Kind Widerworte gab. Außerdem war sie eine Hexe und damit überhaupt nicht zur Kindererziehung geeignet. «Eines Tages mache ich es wahr und fresse dich einfach», knurrte sie in die Richtung, in der sie das Kind vermutete. Schließlich war sie eine Hexe. Hexen nahmen Kinder bei sich auf, um sie zu fressen. Nicht, um die Ziehmutter zu spielen. Aber sie hatte nicht anders können. Es gab einfach manchmal Situationen, in denen man handeln und nicht denken muss. So war das damals, als der Dämon vor ihrer Haustür stand.

25   CIRCA 25 JAHRE ZUVOR, VOR DEM HEXENHAUS

Asrael stand vor der blau angestrichenen Holztür und schluckte, atmete tief ein und schnaubend wieder aus. Dann schluckte er nochmal. Aber sein Mund war vollkommen trocken.

«Ich bin ein Dämon aus der Hölle und habe keine Angst vor einer alten Hexe», sagte er, gerade so laut, dass nur er sich hören konnte. Er sammelte Spucke in seinem trockenen Mund und rotze sie vor sich auf den Boden. Das sollte eine Geste der Abscheu und Verachtung sein, doch statt sich besser zu fühlen, bereute er es sofort.

«Das ist ja widerlich», dachte er bei sich und wischte sich verstohlen einen Spuckefaden vom Kinn. Das würde er nicht nochmal machen.

Vorsichtig sah er sich um. Er stand vor einem windschiefen Häuschen mitten im Wald. Genau so musste ein Hexenhäuschen aussehen, fand er. Ein kleines Fachwerkhaus mit bunten Gardinen in den Fenstern. Er sah das Pentagramm und die Schutzsymbole sofort. Auch die Dämonenfalle unter der Fußmatte hatte er bemerkt. Es gab für ihn keine Möglichkeit, sich ungesehen zu nähern oder in das Haus zu gelangen, ohne sofort gefangen zu sein. Was er von der Hexe wusste, überzeugte ihn, dass sie nicht lange nach dem Grund seines Besuches fragen würde, bevor sie ihn tötete. Er überlegte, wie er sich ihr nähern könnte, ohne dabei zu sterben. Ratlos sah er sich um. Weil ihm nichts anderes einfiel, nahm er schließlich eine Hand voll Kies und begann die Steinchen gegen das Fenster neben der Tür zu werfen. Er wollte gerade aufgeben, als die Tür aufgerissen wurde und er in den Lauf einer abgesägten Schrotflinte blickte.

«Du hast drei Sekunden, um zu verschwinden», sagte eine Stimme irgendwo dahinter.

«Ähhhh ...», Asrael versuchte, seine Sprache wiederzufinden.

«Eins, zwei ...»

«Ich brauche deine Hilfe!», stieß er hervor und riss seine Hände in die Luft.

«Ich habe es mir zum Prinzip gemacht, niemandem zu helfen, der mich töten will.»

Er blickte vorsichtig am Lauf der Schrotflinte vorbei in das Gesicht dahinter.

«Du siehst nicht aus wie eine Hexe», stammelte er wenig originell.

«Du siehst dafür aus wie ein Dämon, der krampfhaft versucht, nicht auszusehen wie ein Dämon.»

«Ich brauche deine Hilfe», sagte er nochmal. Mit Nachdruck.
«Ich habe ein Kind bewacht. Ein Prophet und es ist entführt worden.»

«Na da hast du deinen Job wohl nicht sonderlich gut gemacht.»

«Der Engel, der ihn bewacht hat, ist auch verschwunden», Asrael sah, dass sich etwas in ihrem Gesicht bewegte. Ihm fiel auf, dass ihr Gesicht ganz anders aussah, als er sich das Gesicht einer Hexe vorgestellt hatte. Jung. Nicht 20, aber nicht viel älter als Mitte 30. Ganz hübsch eigentlich. Bis auf die riesige Narbe, die sich quer über die Stirn und ihre Wange zog und hinter einer schwarzen Augenklappe verschwand.

«Wie heißt der Engel?», fragte sie. Ihr Tonfall hatte sich auch verändert. Sie klang angespannter und doch weniger bedrohlich.

«Sarah», sagte er. Traurigkeit schwang in seiner Stimme mit und überraschte ihn selbst. Trauer war keine häufige Empfindung für Dämonen.

«Ich kenne Sarah. Du bist Asrael», das war keine Frage, sondern eine Feststellung. Langsam senkte sie die Flinte. «Du darfst reinkommen. Eine falsche Bewegung, ein Zucken, das mir nicht gefällt und ich zeige dir, dass ich keine Flinte brauche, um dich in schwarzen Matsch zu verwandeln!» Auch das war nur eine Feststellung. Keine Drohung. Sie zog ein großes Messer, eher eine Machete, hinter ihrem Rücken hervor und kratzte damit über die Dämonenfalle am Boden.

120

Er trat hinter ihr ins Haus und ließ seinen Körper wenige Zentimeter schrumpfen, um nicht an die Decke und Wände zu stoßen. Der Flur war klein, eng und grau. Schwarze Federn und Schutzamulette hingen an den Wänden. Sie führte ihn nach rechts in ein kleines Zimmer in dessen Mitte ein schwerer, runder Tisch aus dunklem Holz stand. Er war über und über mit buntem Kerzenwachs beschmiert. Sie drehte sich zu ihm um und zeigte mit der Hand an die Decke.

«Deine Magie funktioniert hier nicht. Ich habe Schutzzauber hier, von denen du noch nicht mal gehört hast», Sie setzte sich auf einen wackeligen Holzstuhl an den runden Tisch und gab ihm mit einer Geste zu verstehen, dass er sich ihr gegenüber setzen sollte.

«Okay.» Asrael setzte sich auf einen wenig vertrauenserweckenden Stuhl und atmete aus. Der Stuhl knirschte unter ihm.

«Ich bin nicht hier, um Ärger zu machen. Du bist eine der gefürchtetsten Dämonenjägerinnen und es gab Zeiten, in denen ich dich mit Freude getötet hätte. Aber jetzt brauche ich deine Hilfe, um das Kind und Sarah zu retten. Ich habe einen Verdacht, wer sie hat, aber ich weiß nicht, wo sie sind. Oder mit wie vielen Wachen wir es zu tun haben.»

«Du suchst Lilith», sagte sie ruhig, griff nach einem Stapel mit Tarotkarten und begann zu mischen.

«Lilith? Ist die nicht weg? Mit dem Chef höchstpersönlich verschwunden?» Er kannte Lilith. Jeder Dämon kannte sie. Sie war das Monster unter dem Bett für die Monster unter den

121

Betten. Eine der ältesten und bösartigsten Dämonen, von Luzifer Höchstselbst erschaffen. Unwillkürlich fragte er sich, ob Apollyon ihm absichtlich verschwiegen hatte, dass Lilith an der Entführung des Kindes beteiligt war.

«Verschwunden? Nein. Untergetaucht? Ja. Für eine Zeit. Sie hat im Hintergrund gewartet. Nur Luzifer weiß auf was», die Hexe behielt ihn genau im Auge. Er wusste, dass sie jede seiner Bewegungen bewertete und überlegte, wie gefährlich er war. Plötzlich griff sie in einer schnellen Bewegung, die er trotz seiner Kräfte nicht hatte, kommen sehen, seine Hand. Asrael zuckte zusammen.

«Ganz ruhig, Großer», sie drehte seine Handfläche nach oben und betrachtete sie genau.

«Du bist einer von den Älteren», stellte sie ruhig fest. «Du hast schon das Eine oder Andere gesehen.»

«Na ja. 3000 Jahre», murmelte er leise, aber nicht ohne Stolz.

«2436», korrigierte die Hexe trocken.

Sie musterte ihn so lange und eindringlich, dass er ihre Blicke zu spüren begann. Sie brannten auf seiner Haut. Er bereute es gerade, dass er momentan Haut hatte, keine Schuppen, keine monsterhafte Dämonengestalt mit Reißzähnen und Klauen.

«Warum bist du zu mir gekommen?», fragte sie leise.

«Mein Vorgesetzter hat mich zu dir geschickt.»

«Apollyon?»

Er nickte stumm. Irgendwas passte nicht zusammen. Aber er wusste nicht genau was. So plötzlich, dass er zusammenzuckte, stand sie auf. Ihr Stuhl kippelte und fiel fast um.

«Komm mit», sagte sie. Ruhig. Da war nichts Bedrohliches oder Wütendes mehr in ihrer Stimme. Er stand auf und folgte ihr. Sie gingen durch eine Tür in die Küche, wo sie sich einen Rucksack schnappte, der auf dem Küchentresen aus hellem Holz lag, durch die Hintertür hinaus in einen verwilderten Garten. Dann weiter durch ein windschiefes Gatter in den Wald hinter dem Haus. Sie schwieg und stapfte durch das Unterholz, bis sie eine Lichtung erreichten.

Sie griff in den Rucksack und holte eine Dose mit Sprühkreide heraus. Mit großen Schritten lief sie die Lichtung ab, sprühte Symbole auf den Boden, die Asrael nicht sah. Er war sich noch immer nicht sicher, was die Hexe mit ihm vorhatte. Hätte sie ihn töten wollen, wäre ihr das in ihrem Haus sicher leichter gefallen, dachte er sich.

Sie blieb stehen, um ihr Werk zu begutachten, dann starrte sie ihn an, als warte sie auf etwas. Dann spürte er plötzlich ein Vibrieren in der Luft. Er schmeckte Schwefel und spürte die Anwesenheit anderer Dämonen um sich herum. Er konnte sie sehen und sah, was sie sahen.

Einen dunklen Raum ohne Fenster. Er roch Blut, das aber kein Menschenblut war. Er spürte eine Faust, seine Faust, wie sie sich in die Magengrube eines Anderen schob, hörte ein Krächzen, ein Stöhnen. Dann sah er sie. Sarah saß auf einem Stuhl vor ihm. Vor dem Dämon, durch dessen Augen er sah. Sie war blutverschmiert. Um ihren Kopf lag ein Metallring,

123

der sie davon abhielt, telepathischen Kontakt mit anderen Engeln aufzunehmen.

Wieder schlug die Faust, die nicht seine war, aber sich gerade wie seine anfühlte, zu. Diesmal in Sarahs Gesicht. Knochen knackten unter seinen Fingerknöcheln. Er konnte spüren, wie Sarahs Jochbein nachgab. In wenigen Minuten würde es beginnen zu heilen. Doch das wussten auch Sarahs Peiniger. Himmlische Heilungskräfte sind kein Segen, wenn man gefoltert wird und auf seinen Tod wartet. Asrael begann zu schreien, in diesem Moment war er wieder auf der Lichtung.

«Hast du sie gesehen?», fragte die Hexe.

«Ja», Asrael keuchte «Und ich weiß auch, wo sie ist.» Er brachte die Worte nur stockend hervor.

«Das ist ein Scherz.», sagte die Hexe trocken. Sie saß auf einem Baumstumpf am Rande der Lichtung. Asrael zog scharf Luft zwischen den Zähnen ein. Dann strich er sich mit seiner riesigen Hand über den kahlen Schädel. Ihm fiel trotzdem nichts Sinnvolles ein, das er hätte sagen können.

«Bist du dir im Klaren darüber, was das bedeutet?», fragte sie.

«Ja. Du musst nicht mit mir kommen. Ich kann das auch alleine tun. Danke, dass du mir geholfen hast, sie zu finden. Aber du musst nicht mitkommen.»

«Wie lange hast du mit Sarah zusammengearbeitet?» Die Frage verwirrte ihn. Er dachte nach.

«Ich war der Zweite, der auf das Kind aufpassen sollte. Seit vier Jahren vielleicht.»

«Weißt du, was mit deinem Vorgänger passiert ist?»

Asrael wusste es nicht und hätte man ihn vor einer Woche gefragt, hätte es ihn auch schlicht nicht interessiert. Er hatte kein Interesse an diesen Verwaltungsthemen. Er wollte nur seinen Job machen und in Ruhe gelassen werden.

«Hast du dich nie gefragt, warum du das Kind magst? Du bist ein Dämon. Eigentlich nicht so der Knuddeltyp, oder?»

Er hob den Kopf und sah die Hexe an. Ja, er hatte sich tatsächlich gefragt, warum er das Kind mochte. Er mochte es sogar sehr. Und während er so an das Kind dachte, spürte er plötzlich etwas, das er seit mehr als 2000 Jahren nicht mehr gespürt hatte.

«Du weinst ja», dieses Mal klang die Hexe tatsächlich überrascht.

«Dämonen können nicht weinen», sagte Asrael und wischte sich mit einer Hand über die Wange.

Er sah seine Hand an.

Sie war feucht.

Die Hexe hatte ihren Rucksack neu bepackt. Schweigend. Auch Asrael schwieg. Er wusste nicht, was er hätte sagen sollen. Er wusste nicht, was er denken sollte. Natürlich waren Dämonen keine ‹Knuddeltypen›. Natürlich hatte er bemerkt, dass er das Kind mehr mochte, als die Kinder, die er zuvor beobachtet hatte. Das war untertrieben. Er hatte die anderen Kinder nur aus beruflichem Interesse beobachtet. Noch nie war er mit einem der anderen Kinder in Kontakt getreten. Im Gegenteil. Manchmal hatte er unter dem Bett gelegen, am

125

Boden gekratzt, gefaucht und sich über die Angst der Kinder amüsiert. Aber nicht bei diesem Kind. Er hatte es sofort gemocht. Und er wusste nicht warum.

«Kommst Du?» Die Hexe stand vor ihm und stieß ihm leicht gegen die Schulter.

Er nickte stumm und stand auf. Langsam gingen sie zu ihrem Auto, einem alten Land Rover, der aussah, als hätte er schon einiges erlebt.

Sie saßen schweigend nebeneinander. Was hätten sie sich auch sagen sollen?

Er erreichte wieder die Spelunke im schlechten Teil der Stadt und stand vor der verschlossenen Tür. Er wusste, dass er den Vordereingang nicht benutzen konnte. Dann zögerte er. Was war, wenn er sich irrte? Wenn er hier daneben lag, würde das nicht nur eine Versetzung und einen Klaps auf die Kralle nach sich ziehen. Die würden ihn töten oder jahrhundertelang foltern. Oder erst das Eine, dann das Andere. Was, wenn das nur ein ausgefuchster Plan der alten Hexe war, um ihn loszuwerden? Dann spürte er es wieder.

Ein Ziehen in seiner Brust. Er wusste, dass sich das Kind dort unten aufhielt. Er spürte den Blick der Hexe, wie er sich in seinen Rücken bohrte.

«Gehen wir?», fragte sie.

«Ja», sagte er leise und bewegte sich nicht.

«Was ist los, Großer? Hast du Angst?», ihre Stimme klang nicht spöttisch, wie er es erwartet hatte.

«Wenn ich da rein gehe, mit Dir, verrate ich alle.»

«Nur die, die es verdient haben.»

Er nickte und trat mit voller Wucht gegen die schwere Tür. Sie gab unter seiner Kraft nach und sie sprangen hinein. Er erwartete Wächter und Gegenwehr, aber der Club war vollkommen leer und still. Den Weg zum Büro von Apollyon fand er im Schlaf. Asrael war bisher nur zu den offiziellen Sprechzeiten hier gewesen und dann waren die Gänge immer voll mit Wartenden. Jetzt war alles leer und still. Schließlich standen sie vor der schweren Bürotür, die er leise und vorsichtig öffnete. Der Raum war leer, doch der Kamin stand einige Zentimeter von der Wand entfernt. Dahinter musste ein geheimes Zimmer sein, das Asrael nicht kannte. Natürlich nicht.

Die Geräusche von dumpfen Schlägen hallten hinaus, dann das Zischen verbrennender Haut und ein gedämpfter Schrei. Ohne zu Zögern griff er in den Spalt zwischen Kamin und Wand, dann schleuderte Asrael den Kamin in die gegenüberliegende Ecke, wo der schwere Stein den Schreibtisch seines Chefs zermalmte. In dem steinernen Raum dahinter standen zwei Dämonen, in ihrer echten, ihrer höllischen Gestalt. Verzerrte Fratzen auf schuppigen Körpern. In einem Holzstuhl zwischen ihnen saß Sarah. Bevor Asrael nur reagieren konnte, trat die Hexe hinter ihm hervor. Mit einem Ausdruck blanker Abscheu und Wut im Gesicht. Sie schleuderte zwei kleine Phiolen auf die verdutzt guckenden Dämonen, die sofort begannen in Agonie zu schreien. Sie rannte auf beide zu, sprang hoch und trat dem Ersten vor die

127

Brust, dass er gegen die dahinterliegende Wand geschleudert wurde. Dem Zweiten legte sie ihren Arm um den Hals, nahm ihn in den Schwitzkasten und brach ihm dann das Genick. Während sein Körper auf den Boden fiel, zog sie ein Messer aus ihrem Gürtel und warf es dem Dämon, der noch immer wimmernd und sich das Gesicht haltend in der Ecke lag, zwischen die Augen. Es blieb mit einem harmlos klingenden ‹Plopp› in seinem Schädel stecken.

Das alles passierte so schnell, dass Asrael nicht begreifen konnte, was um ihn herum geschah.

Sie musste seinen Blick richtig gedeutet haben, zuckte mit den Schultern und sagte:

«Jahrelanges Training, mein Großer.»

Dann wandte sie sich Sarah zu und mit einer Zärtlichkeit, die er von ihr nie erwartet hatte, flößte sie Sarah Wasser aus einer weiteren kleinen Phiole ein. Sie strich Sarah über das Haar und begann vorsichtig ihre Fesseln zu lösen. Sarah öffnete langsam ihre Augen, so gut sie konnte. Ihr Gesicht war vollkommen verschwollen und mit Blut beschmiert. Sie hatte Brandmale auf den Armen und Beinen.

«Er hat das Kind!», flüsterte sie aufgeregt, aber kraftlos und griff nach dem Arm der Hexe, die noch immer dabei war, ihre Fesseln zu lösen. «Hast du noch mehr Weihwasser?»

«Hier» die Hexe reichte ihr eine weitere Phiole.

Ihre Hand liebkoste Sarahs Gesicht voller Zärtlichkeit und Tränen stiegen ihr in die Augen.

«Es tut mir so leid, dass ich nicht früher hier war.»

«Du konntest es doch nicht wissen. Wie hast du mich gefunden?»

Die Hexe wies mit einem Kopfnicken zu Asrael. Sarah Schaute verwirrt zwischen den beiden hin und her. Erst jetzt schien ihr aufzufallen, dass diese Verbindung seltsam war.

«Apollyon hat ihn zu mir geschickt», Sarahs Augen weiteten sich vor Entsetzen.

«Das ist eine Falle. Er hat euch eine Falle gestellt. Er hat euch hergelockt, mit mir als Köder.»

«Ja, das stimmt», die Stimme hinter ihnen ließ sie zusammenzucken. Asrael drehte sich um und sah seinen Chef, den alten, müden Dämon in der Tür stehen, der plötzlich gar nicht mehr alt und müde wirkte. Noch immer trug er seinen zerknitterten braunen Anzug, aber er strahlte und sah sehr zufrieden aus. Asrael starrte ihn an. Er hatte das Gefühl, als würde seine Welt in Scherben zerbrechen. Er schüttelte ungläubig den Kopf.

«Warum? Ich verstehe nicht warum.»

«Ich bin der Herrscher über die Horden dämonischer Heuschrecken. Kein Aktensortierer. Ich habe es satt hinter einem Schreibtisch zu sitzen. Wozu das alles? Wenn wir uns die Welt da oben einfach nehmen und zu unserem Spielplatz machen können?»

«Das ist alles? Langeweile? Dein gekränktes Ego?» Asrael war fassungslos. «Du opferst mich für dein Ego?»

«Es wundert mich, dass du so schockiert bist. Gefällt es dir etwa, da oben rotznäsige Kinder zu beobachten? In der

Hoffnung, den geflügelten Schlappschwänzen einen Propheten vor der Nase wegzuschnappen? Und dann? Hören wir den Blagen zu, was sie dahin brabbeln? Hast du dich je gefragt, wozu das gut sein soll? Nein, du nicht, Asrael. Du bist ein guter, kleiner Soldat. Ohne Willen, ohne Arg. Der stumpf die sinnlosesten Befehle ausführt. Wir warten auf einen Propheten, der uns hilft, das jüngste Gericht herbeizuführen, damit wir in einem aussichtslosen Krieg mit den himmlischen Heerscharen um das Drecksloch da oben kämpfen können.»

Er hatte Apollyon seit hunderten von Jahren nicht mehr so gesehen. Er wirkte nicht mehr alt und zerknittert, sondern jung, kraftvoll, bösartig. Während er sprach, schien er mühelos auf zwei Meter anzuwachsen.

«Nein, mein Lieber. Ich will nicht auf einen Krieg warten, den wir verlieren. Wir werden uns einfach nehmen, was wir wollen. Was uns zusteht.»

«Wie soll euch das Kind dabei helfen?»

«Asrael, du bist so ein Kleingeist. Es ging nie um das Kind. Der kleine Prophet ist ein Spielzeug für meine Gefolgsleute, wenn wir es nicht mehr als Druckmittel für den kleinen Engel brauchen. Und was für ein gutes Engelchen sie war. Dank ihr wissen wir jetzt wie wir uns in den Himmel schleichen und dort all ihre Brüder und Schwestern auslöschen können. Wir haben keine Verwendung mehr für sie oder das Kind. Also werden wir jetzt beide entsorgen», er lächelte kalt.

«Ich denke nicht», zischte die Hexe und schoss ihm mit ihrer abgesägten Schrotflinte in den Bauch. Schwarzer Schlamm sickerte aus den Wunden und er sackte, mit einem verwunderten Gesichtsausdruck, am Türrahmen zusammen.

Asrael guckte zu seinem blutenden Körper, zu der Hexe, zu Sarah, zu Apollyon, an die Decke und dann auf den Lauf der Schrotflinte.

«Was zur Hölle ...»

«Ich habe die Kugeln mit in Weihwasser getränktem Sand gefüllt. Das tut so Pennern ordentlich weh. Wir holen jetzt das Kind und dann nichts wie raus!», die Hexe zog Sarah, die sich kaum bewegen konnte aus dem Stuhl, legte ihren Arm und deren Hüfte und zog sie halb auf sich drauf.

«Könntest du das da bitte wegräumen?», fragte sie Asrael, während sie mit einem angeekelten Gesichtsausdruck auf Apollyon zeigte. In diesem Moment schlug dieser die Augen auf. Keuchend richtete er sich auf und zog sich am Türrahmen in eine stehende Position hoch.

«Du bist mächtiger geworden, Hexe. Aber nicht mächtig genug, um mich zu töten. Ich bin einer der ersten Dämonen», er begann zu schreien, dabei flogen Spucke und schwarze, teerige Blutstropfen durch die Luft. «Ich bin der Herrscher über Horden dämonischer Heuschrecken!»

«Ja, das erwähntest du bereits», sagte die Hexe trocken. «Aber jetzt bist du nur ein alter, sabbernder, blutender Dämon, der demnächst so tot ist, wie man nur tot sein kann.»

Apollyon lachte, leise, heiser und grausam.

131

«Tötet sie!», *zischte er.*

Sie konnten sehen, wie sich das Büro hinter Apollyon mit weiteren Dämonen füllte. Der einzige Ausweg führte an dem verletzten Dämon und seinen Schergen vorbei. Asrael zog scharf die Luft zwischen seinen Zähnen ein und schloss die Augen.

«Los geht's», hörte er die Hexe neben sich knurren.

26   DIE HEXE

Schwere Schritte, die plötzlich hinter ihr durch die Küche drangen, rissen sie aus ihren Gedanken. Zum Glück. Es gab ein paar Sachen, an die sie sich nicht gerne erinnerte. Gegen eine Horde Dämonen in der Hölle zu kämpfen, gehörte dazu. Was sie danach fanden, auch. Es schauderte sie. Eine große Hand mit schlanken Fingern und rot lackierten Nägeln legte sich auf ihre Schulter. Der Besitzer der Hand beugte sich vor und küsste sie sanft auf die Wange. Sein Make-up hinterließ eine zarte Spur auf ihrer Haut. «Du frisst mich nicht. Dein Arzt hat gesagt, du sollst nicht so viel Süßes essen.»
Die Hexe verkniff sich ein Grinsen. Das Kind war schon seit vielen Jahren größer als sie. Er streckte sich an ihr vorbei und griff hinauf in den Küchenschrank. «Schau, das Glas steht da oben im Regal. Es muss doch meine Schuld gewesen sein, so hochkommst du kleine Hutzelhexe gar nicht.» Er kicherte schelmisch und wich dem Kochlöffel aus, mit dem sie seinem Hintern bedrohlich nahekam. In diesem Moment wurde ihr

wieder bewusst, dass das Kind schon über zwanzig Jahre bei ihr lebte. Der kleine Hans-Peter war kein Kind mehr. Er war ein riesiger Kerl, der Frauenkleider trug, um seine hellseherischen Kräfte nutzen zu können, und mit einem Dämon in wilder Ehe lebte. Unglaublich – und das in ihrem Haus. Ein Dämon. Ihre Mutter würde im Grab rotieren, wie ein Propeller. Sie war nur glücklich, dass Hans glücklich war. Auch wenn sie Asrael ab und zu mit der Schrotflinte drohen musste, wenn er wieder das Muffinblech nicht ordentlich abgewaschen hatte.

Das Knirschen des Kieses vor dem Haus ließ sie hochschrecken. Ein Auto fuhr vor. Niemand verirrte sich zufällig hierher. Dafür hatte sie mit einer Reihe Schutzzauber gesorgt. Sie griff nach der abgesägten Schrotflinte, die sie immer unter dem Küchentresen gelagert hatte, doch das Kind hielt sie zurück.

«Lass lieber Hörni nachschauen gehen, wer da ist», sagte er leise. Gut, dachte sie. Zu irgendetwas musste ein Schwiegersohn aus der Hölle ja nütze sein. Sie warf einen Blick aus dem Fenster. Das war doch nicht möglich. Kurz wünschte sie sich, sie hätte doch nicht auf eine Brille verzichtet. Sie fasste Hörni an der Schulter und hielt ihn zurück. «Mach dich mal ausnahmsweise nützlich und setz' Teewasser auf!», zischte sie ihn an. Hörni zog eine Augenbraue hoch. Sie sah genau, wie sein Blick hinüber zu dem Kind wanderte. Ein harter Schlag traf ihn an der Brust. Die Hexe würde niemals zugeben, dass sie kurz befürchtete, sich die Hand gebrochen zu haben. «Noch habe ich das Sagen», knurrte sie. «Also. Setz. Das. Wasser. Auf.» Sie gab ihrem Auge das gefährliche Funkeln, von dem sie wusste, dass es ihn vom ersten Tag an eingeschüchtert hatte. Das Kind kicherte, der Dämon hob entschuldigend seine riesigen Hände. Auf dem Weg zur Haustür streckte sie den Rücken und atmete tief durch. Wie lange hatte sie Aurora schon nicht mehr gesehen? Wenn sie hierherkam, musste etwas passiert sein.

Die Hexe öffnete die Tür, bevor Aurora klopfen konnte.

«Was ist los?»

27   AURORA – IRGENDWANN IN DEN 1960ERN

«Was los ist? Du hältst das Amulett falsch und wenn du so weiter machst, werden wir von Dämonen entdeckt und getötet, während du noch immer an der Kette rumfrickelst!» Die ältere Frau warf sich ihre roten Locken, die von grauen Strähnen durchzogen waren, über die Schulter.

«Mutter, ich weiß, wie dieser Schutzzauber funktioniert. Ich habe ihn schon tausendmal benutzt.»

«Offensichtlich hattest du tausendmal Glück.»

Die junge Frau holte gerade Luft, um zu antworten, als ihr Blick Aurora traf. Für einen ewig langen Atemzug schauten sie sich direkt in die Augen. Aurora dachte kurz darüber nach, wegzurennen, aber entschied sich dagegen. Sie hatte, entgegen ihrer eigenen Erwartung keine Angst vor den beiden

Frauen oder dem, was sie dort taten. Sie sah die junge Frau der älteren etwas zurufen, die nun ebenfalls aufschaute und sie ansah.

«Ah, komm ruhig raus, Täubchen. Du musst dich vor uns nicht verstecken», rief sie Aurora zu. Sie entschied sich, dieser Frau zu glauben und trat aus ihrem Versteck. Sie hatte lange Deutsch geübt und war froh das meiste zu verstehen, was die beiden sagten. Die Frau mit den roten Locken und dem orangefarbenen Kaftan schaute sie prüfend an, kam auf sie zu und nahm ihr Kinn zwischen Daumen und Zeigefinger. Sie schien Aurora genau zu untersuchen. Dann weiteten sich ihre Augen. «Oh, du hast sie gesehen! Mensch, Täubchen, das tut mir leid! Aber vielleicht kannst du uns helfen!»

«Mutter, wenn sie uns hilft, ist sie hier nicht mehr sicher. Sie werden wiederkommen und sich an ihr rächen.»

«Dann müssen wir sie eben beschützen. Ich dachte, deine Schutzzauber sind so gut?»

«Mutter, jetzt ist wirklich nicht der Zeitpunkt für dein passiv-aggressives Verhalten!»

«Wer ist denn hier passiv-aggressiv, du hast doch gesagt, deine Schutzzauber sind so stark und ich hätte keine Ahnung. Dann hast du sicher auch kein Problem damit, die junge Frau hier zu beschützen, nachdem sie uns den Eingang in die Hölle gezeigt hat!»

Aurora ging dazwischen. «Den was zu wo? Und ich will gar nicht hierbleiben. Mich muss niemand beschützen!», sie bemerkte, dass sie den gleichen wütenden Zeigefinger hatte

135

wie ihre Mutter. Mit diesem wedelte sie jetzt beiden Frauen vor der Nase herum.

«Okay, eher ein Falke statt einem Täubchen! Gefällt mir.» Die ältere Frau strahlte sie an. «Ich bin Persephone, das hier ist meine Tochter Hannah. Wenn du uns hilfst, nehmen wir dich mit, wohin du willst!» Aurora nickte stumm. Alles war besser, als hierzubleiben.

28 LILITH

Die Schale mit Hennings Blut stand vor ihr auf dem Badezimmerboden des Hotelzimmers. Sie hatte fast vergessen, welches aufzufangen, als sie seinen Körper in Stücke riss. Sie war so lange nicht mehr auf der Erde und hatte fast vergessen, wie viel Spaß es ihr machte, mit Menschen zu spielen. Im letzten Moment hatte sie noch etwas in eine alte Ölkanne abzapfen können. Das sollte hoffentlich reichen. Sie kramte einen kleinen Lederbeutel aus ihrer Handtasche, entnahm etwas Pulver und streute es in die Schale mit Blut, dabei sang sie eine Beschwörungsformel in einer Sprache, die älter war als jede Zivilisation. Dunkle Blasen bildeten sich auf der Oberfläche, als würde das Blut kochen. Ein Anruf in der Hölle benötigte weitaus mehr als eine stabile Mobilfunkverbindung. Kurz befürchtete sie, das restliche Öl in der Kanne hätte das Blut zu sehr verunreinigt, dann hörte Lilith eine Stimme. Sie war tief und rau.

«Sprich.»

«Alles läuft nach Plan. Gabriel und Michael werden den Propheten berufen, die Seelen für die Reiter sind auch gefunden und die Engelskrieger sind fast komplett ausgelöscht.»

Die Stimme aus der Blutschale antwortete: «Wir haben letzte Woche noch vereinzelt Engelskrieger der zweiten Klasse gefunden. Sie hatten sich versteckt, aber haben anscheinend keinen Kontakt zu anderen Engeln aufnehmen können. Es weiß also von den übrigen Engeln bisher niemand, dass wir sie angreifen.»

«Na also, ein Hoch auf die starren Hierarchien des Himmels», lachte Lilith. «Wenn die Apokalypse stattgefunden hat und die letzte Schlacht zwischen Engeln und Dämonen ansteht, wird von den himmlischen Kriegern kaum noch einer übrig sein. Es wird ein Kinderspiel, die Erde vollständig zu übernehmen.»

«Solange der Big Boss nicht zurückkommt», wandte die Stimme ein.

«Haben wir noch ein Auge auf ihn?»

«Momentan nicht. Aber das ist unsere Aufgabe. Sorg dafür, dass eure Operation erstmal weiter unauffällig bleibt.»

«Das mache ich. Ich melde mich, sobald die Seelen bereit sind.» Lilith stand auf und kippte das Blut aus der Schale in den Ausguss. Alles lief nach Plan, jetzt musste sie die beiden Engel bespaßen, bis sie ihre Aufgabe erfüllt hatten. Sie konnte nicht oft Kontakt mit dem Hauptquartier aufnehmen, daher war es wichtig, vorsichtig vorzugehen. Würde die Apokalypse

137

eingeleitet, bevor alle himmlischen Krieger ausgemerzt waren, hätten die Armeen der Hölle kaum eine Chance, den folgenden Krieg zu gewinnen.

Gedankenverloren schlenderte sie durch die Kasseler Innenstadt. Sie mochte die Erde ja, prinzipiell. Den Lärm, die Wut, den Frust, den Neid. Man konnte sich hier schon amüsieren. Ihre Mutter, deren Namen sie geerbt hatte, sagte immer, so sehr Menschen sich auch Mühe gaben, zivilisiert und anständig zu wirken, die anständige Fassade über dem Loch aus Abscheulichkeiten war dünn. Ihre Mutter, die Mutter aller Monster und Dämonen, hatte lange genug mit Adam zusammengelebt, um sich ein Bild vom Menschen machen zu können. Lilith selbst hatte die Erde nur einige wenige Male besucht. Die hatten ihr aber gereicht. Sie fand Menschen abstoßend. Das Geheule, der ganze Lärm, diese weichen schwachen Körper, gefüllt von Fett und feuchtem Zeug, das nur Spaß machte, wenn man es herausreißen konnte. Die maßlose Selbstüberschätzung dieser Wanzen war ebenso unerträglich wie ihr Gestank. Freier Wille? Na super! Was für eine Leistung, wenn man diese Eigenschaft nutzte, um sich, andere Wesen und seine Umgebung fröhlich zu quälen und zu zerstören. Menschen waren die sinnloseste Erfindung des Universums. Lilith kam nicht umhin, zu bemerken, dass ihr Hass auf Menschen stetig wuchs, während sie sich an einem Samstagvormittag durch die Kasseler Innenstadt quetschte. Was machten diese Leute alle hier?

Eine halbe Stunde später stand sie in einem mittelgroßen, unauffälligen Hotel; ein seelenloser Teil einer großen, seelenlosen Kette. Die Wahl war ein Kompromiss mit den beiden Engeln gewesen. Gabriel wollte eigentlich in das Schloss, das über der Stadt thronte. Unauffälligkeit war nicht seine Stärke und seine Wahl nicht sonderlich klug. Andererseits – die beiden waren auch nicht sonderlich klug. Sie atmete tief durch, bevor sie das Hotel betrat. Die beiden Engel raubten ihr den letzten Nerv. Sie hatten den Propheten noch immer nicht gefunden. Es war wesentlich schwerer als zunächst gedacht, alle Zutaten für die Beschwörung zusammenzubekommen, wenn man in den Himmelsarchiven kein Aufsehen erregen wollte. Noch drängte die Zeit nicht, aber sie wollte den Engeln nicht bis zur letzten Minute Zeit geben. Es konnte noch zu viel schief gehen. Sie knirschte mit den Zähnen, setzte ihr schönstes falsches Lächeln auf und ging mit einem beherzten Schritt durch die geschlossene Tür.

«Schlange!», schrie Gabriel heiser erschreckt auf, als sie plötzlich vor ihm stand. Aber er gab sich alle Mühe, sich schnell wieder zu fassen. Er versuchte, sich zu räuspern, scheiterte aber kläglich. «Du sollst nicht einfach so 'reinplatzen!», würgte er schließlich angestrengt würdevoll vor. Lilith ignorierte ihn und sah sich suchend um.

«Wo ist dein Bruder?», fragte sie.

«Er ist in dem weißen Zimmer mit dem kleinen Fluss.»

«Dem Badezimmer?»

«Was möchtest du, Schlange?»

«Ich möchte wissen, wie weit wir mit dem Propheten sind! Ich habe nicht vor, wochenlang auf der Erde rumzukriechen und mich vor diesen Affen zu verstecken. Wann sind wir endlich soweit?»

«Den Propheten zu finden ist ungleich schwerer als die Reiter zu versammeln. Die Reiter können einfach zu uns befohlen werden, doch der Prophet muss erst erleuchtet werden. Sonst haben wir keine Habe über ihn. Und um ihn zu erleuchten, müssen wir ihn treffen, und wo wir ihn treffen können, erfahren wir erst ganz kurzfristig, sobald das Beschwörungsritual durchgeführt wurde. Bis dahin muss ich mich vorbereiten.» Er wandte sich ab, bewegte seinen Unterkiefer hin und her, öffnete den Mund weit und rollte mit der Zunge. Der tumbe Engel machte Sprachübungen. Lilith konnte es nicht fassen. Ein Pochen in den Schläfen ihres menschlichen Körpers machte sich breit. Sie hatte davon gehört, aber noch nie in den tausenden Jahren ihrer Existenz hatte sie zuvor Kopfschmerzen gespürt. Das war interessant. Und äußerst unangenehm. Am liebsten würde sie gleich jetzt und hier diesem Idioten jede Feder einzeln aus den Flügeln reißen, aber gegen beide zusammen hatte sie noch keine Chance. Also entschied sie sich zu Deeskalation.

«Das ist ja spannend. Erzähl mir doch mehr darüber, wie es abläuft.» Sie lächelte ihn angestrengt an. Gabriel zuckte zusammen. Sie wusste, dass er ihr echtes, ihr Dämonengesicht sah. Das nette Lächeln ihres Menschengesichtes musste für ihn aussehen wie ein grausames Zähnefletschen. Zugegeben passte das auch eher zu ihr. Sie dachte kurz an den Moment zurück, als sie ihre Krallen in den Solarplexus des Mechanikers geschlagen und seinen Brustkorb aufgebrochen hatte wie ein Stück knuspriges Brot. Ein wohliges Kribbeln überlief sie. Bald! Die ganze Welt würde ihr Spielplatz sein. Doch bis dahin musste sie die beiden Engel bei der Stange halten. Der Engel ignorierte sie und massierte noch immer seinen Kiefer. «Weißt du, Gabriel, ich mache mir Sorgen um deinen Bruder.», sagte sie in einem unschuldigen Tonfall, sah aber, dass er wieder zusammenzuckte. «Ich befürchte, er wird früher oder später etwas Dummes tun. Er langweilt sich. Vielleicht wäre es sinnvoll, dich mit dem Ritual zu beeilen, bevor ihn jemand auf dumme Gedanken bringt.»

«Jemand? Wer könnte das denn sein?», Gabriels Ton wurde düster. Ihm war klar, was sie ihm sagen wollte und ihr war klar, dass es ihm klar war. Wieder dieses gekünstelte Räuspern: «Es geht so schnell voran, wie es möglich ist. Das Ritual braucht Zeit», zischte er ihr entgegen. «Bevor es losgeht, müssen wir die Frauen nochmal versammeln.»

«Können wir ihnen nicht einfach befehlen, sich zu verwandeln? Warum müssen wir uns mit ihnen auseinandersetzen?» Lilith wollte nicht, dass er sich mit den Frauen aufhielt, während der Prophet noch immer nicht gefunden war. Wenn sie das Signal aus der Hölle bekam, musste es schnell gehen. «Im Moment sind sie leicht von uns zu berufen, aber sobald sie nicht mehr unzufrieden, unglücklich, deprimiert sind, sobald sie mit sich im Reinen sind, wird es wieder schwerer für uns.»

«Tja, dass die Verzweifelten eure Hauptzielgruppe sind, ist ja nichts Neues.» Lilith lachte Gabriel ins Gesicht. «Keine Sorge, ich sorge dafür, dass die Mädels bei schlechter Laune bleiben. Momentan werden sie sowieso erst den Schock verarbeiten müssen. Sucht ihr den Propheten, aber es darf noch nicht losgehen, bevor ich es euch sage. Wir müssen hier zusammenarbeiten.»

Er nickte mit einem Gesichtsausdruck, als hätte er in eine Zitrone gebissen, während er verdorbenen Fisch roch und gleichzeitig in Hundekacke trat. Sie hätte das fast genossen. Aber nur fast.

29   ALEX

Der Reis neben ihrer Ente in Erdnusssauce dampfte. Sie saß an einem kleinen Ecktisch in einem chinesischen Restaurant, das nur fünf Minuten von ihrer Wohnung entfernt war. Sie hatte schon mehrmals überlegt, hier Essen zu gehen, aber hatte es nie gemacht. Schade eigentlich, stellte sie fest. Das Essen war köstlich. Alles schmeckte besser in letzter Zeit. Sie fand es seltsam, wenn sie darüber nachdachte, aber sie fühlte sich gelöst. Enthemmt sogar. Sie hatte den Beweis, dass es einen Gott und einen göttlichen Plan gab. Es war zwar ein Scheißplan, aber sie fühlte sich, entgegen aller Logik, aufgehobener. Ihr Smartphone summte auf dem Tisch und

Karlas Name blinkte auf. Alex spürte ein aufgeregtes Kribbeln. Karla hatte ihr wieder ein Foto von ihrem Bruder Robbie geschickt. Auf diesem Bild lag er betrunken in einer Ecke der ‹Haltbar›, Karla und ihr ältester Bruder grinsten in die Kamera und hielten je einen schwarzen Filzstift in die Luft. Auf Robbies Stirn prangte ein gemalter dicker, schwarzer Penis.

Seit ihrem ungeplanten Zusammentreffen mit Karla war erst eine Woche ins Land gegangen, zumindest für Alex. Die Zeitlinien waren nach wie vor seltsam unterschiedlich, zumal Karla ein wirklich schlechtes Gedächtnis hatte. Sie war sich nie sicher, wann genau sie Alex zum ersten Mal gesehen hatte. Dennoch, Alex fühlte sich diesem lauten Mädchen mit den wilden, roten Haaren schon vollkommen verbunden. Es war eine Freundschaft entstanden, wie sie eben nur entstehen kann, wenn man gemeinsam von Engeln und Dämonen dazu gezwungen wird, den Weltuntergang herbeizuführen. Alex lächelte gedankenverloren, als sie in dem Berg gebratenen Gemüses, das neben den Entenstreifen auf ihrem Teller lag, nach einem Stück Brokkoli stocherte. Sie hatte in den letzten Wochen mehr Hunger als zuvor, genoss ihr Essen auf eine neue Weise. Verrückt, wenn man darüber nachdachte. Und überfällig. Und ein bisschen schade. Warum erst jetzt? Ihr Smartphone summte wieder. Karla? Nein, nur eine E-Mail. Nachdem sie ihren Teller leer gegessen hatte, bestellte sie sich einen Pflaumenwein, lehnte sich zurück und öffnete den Glückskeks, den der Kellner neben ihren Teller gelegt hatte.

Der kleine Zettel in seinem Inneren war knallpink. Darauf stand in goldener Schnörkelschrift:

‹Du wirst finden, was du suchst. Wenn du suchst. Ich kann dir helfen. Morgen Mittag 12.00 Uhr – Madame Destiny›

Verwirrt starrte sie auf den Zettel. Madame Destiny? Der Name löste ein Klingeln in ihrem Kopf aus. Woher? Und warum war dieser Zettel in ihrem Glückskeks? Einer plötzlichen Eingebung folgend kramte sie in ihrer Handtasche, darin fand sie immer wieder Unerwartetes. Am Boden zwischen Papier, losen Bonbons und etwas, von dem sie hoffte, dass es Sand war, kramte sie die ebenso knallig pinke Visitenkarte hervor. Sie erinnerte sich daran, wie sie diese Karte vor einer gefühlten Ewigkeit in ihrem Lieblingscafé eingesteckt hatte. Dort stand eine Adresse. Sie war sich beinahe sicher, dass sie nicht da gestanden hatte, als sie die Karte das erste Mal in der Hand hielt. Die Anschrift sagte ihr nichts, obwohl sie sich auch in den Gegenden um Kassel herum gut auskannte. Ob sie da hinfahren sollte? Vor allem allein? Was könnte sie dort erwarten? Kurz fragte sie sich, ob Panik angebracht wäre, entschied sich dann aber dagegen. Sie war bereits von Engeln entführt worden, um den Weltuntergang herbeizuführen. Viel schlimmer könnte es nicht werden.

Am nächsten Morgen wachte sie schon um sieben Uhr auf, lag aber noch einen Moment im Bett und dachte nach. Natürlich könnte sie die Visitenkarte und die Nachricht im Glückskeks seltsam finden. Aber zu diesem Zeitpunkt wäre es eigentlich albern. Vielmehr fügte sich alles in ein logisches Gesamtbild. Es passierte seltsamer Scheiß um sie herum. Punkt. Das größte Problem war jetzt nur, sich bis um 11:00 Uhr zu gedulden, bevor es Zeit war loszufahren.

Als sie endlich ihr Auto von Kassel aus auf der A49 in südliche Richtung lenkte, spürte sie doch ein Kribbeln im Bauch. Vielleicht hätte sie Karla Bescheid sagen sollen. Vielleicht hätte sie Karla mitnehmen sollen. Aber was, wenn sie sie dann in Gefahr gebracht hätte? Und jetzt war es für Konjunktive im Denken sowieso zu spät. Also weiter dem Navi folgen! Es führte sie schließlich von der Autobahn ins nordhessische Hinterland. Sie passierte Dörfer, die aussahen wie aus einem Astrid-Lindgren-Buch. Nach einer Weile kam sie einem Waldgebiet näher, die Straße schien dort zu enden. Im Schritttempo fuhr sie weiter. Das Navi führte Sie nach rechts, doch dort gab es lediglich einen unbefestigten Waldweg. Sie stellte ihr Auto an den Straßenrand, stieg aus und sah sich um. Ein winziges Fachwerkhaus stand abgelegen an einem kleinen Weg. Fast hätte sie es nicht gesehen. Es lag wie getarnt unter tiefhängenden Ästen. Es kam ihr vor, als wäre es aus einem Nebel aufgetaucht, als hätte jemand plötzlich ihren Fokus darauf gerichtet. Von außen wirkte es vollkommen verlassen. Egal, sie würde es sich dennoch anschauen. Alex stapfte über den regennassen, matschigen Weg hinüber, im Bauch eine Mischung aus Aufregung, etwas Angst und Säure von zu viel Kaffee. An der hölzernen Gartentür hielt sie nochmal inne. Es war doch größer, als sie

145

zuerst dachte. Und gar nicht so heruntergekommen. Es war sogar ganz süß. Sie öffnete die Pforte, die ein leises Knarzen von sich gab. Der Garten sah bei näherer Betrachtung auch viel ordentlicher und größer aus. Überraschend hübsch hier. Eine große Engelstrompete im Tontopf stand neben der Tür. Sollte sie jetzt wirklich anklopfen? Was, wenn der Zettel nur ein dummer Scherz war und sie hier jetzt irgendein altes Ehepaar belästigte. Regungslos stand sie vor der Haustür. Unschlüssig. Kurz davor, wieder umzudrehen. Dann öffnete diese sich schwungvoll und ein riesiges Paar Brüste schob sich direkt vor ihre Augen. Etwas verdutzt hob Alex den Kopf und versuchte, an ihnen vorbei das Gesicht zu den Brüsten zu finden. Da war es und ein knallroter Mund lächelte sie freundlich an.

Die Besitzerin des Hauses und der Brüste war auf ihren schwarzen Lack-High Heels mindestens zwei Meter groß. Schwarze Haare wallten in dicken Locken bis zu ihren Hüften. Die Lippen waren knallrot und glänzten vor Lipgloss wie eine Speckschwarte. Trotz einer offensichtlich sehr sorgfältigen Rasur zeichnete sich ein dunkler Bartschatten in ihrem Gesicht ab. «Sind Sie Madame Destiny?», Alex war sich nicht sicher, was sie eigentlich erwartet hatte. Eine Drag Queen jedenfalls nicht. Diese nickte, lehnte sich an den Türrahmen und strahlte Alex mit einem warmen und offenen Lächeln an.

«Hallo meine Liebe. Na, du steckst aber in Schwierigkeiten!» Die Stimme war tief und rau und ihr Adamsapfel hüpfte beim

146

Reden auf und ab wie ein Jack Russel Terrier. «Komm, folge mir, Alexandra», forderte Madame Destiny sie auf, bevor sie sich grazil auf dem Absatz umdrehte und im Dunkel des Hauses verschwand. Alex atmete tief durch und folgte ihr. Hinter der Tür öffnete sich ein beeindruckender und unerwartet großer Innenraum. Heller Holzfußboden und weiß verputzte Wände gaben dem großzügigen Eingangsbereich eine frische Luftigkeit. Eine blau gestrichene Holztreppe führte in ein oberes Stockwerk. Eigentlich sah alles ganz nett und harmlos aus. Wären da nicht die antiken Runen an der Decke gewesen. Sie wirkten seltsam deplatziert. Die High Heels klackerten nach rechts durch einen Türbogen mit Perlenvorhang. Alex schlurfte hinterher. Im nächsten Raum standen einige große kirschrote Ohrensessel, gruppiert um einen Tisch aus hellem Holz. Die zerkratze und mit Wachs betropfte Tischplatte flackerte regenbogenfarbig von kleinen Lichtflecken aus einem kristallenen Windspiel.

«Ich weiß nicht...», begann Alex, als es wieder an der Tür klopfte.

«Kein Problem, Darling. Ich weiß aber. Setz dich», flötete Madame Destiny, während sie schon wieder aus dem Raum tänzelte. Alex ließ sich in einen der riesigen Sessel fallen, der sie zu verschlucken schien. Erschöpft schloss sie die Augen, bis sie hinter sich Schritte hörte und Madame Destiny ihr gegenüber Platz nahm. Vor ihr auf dem Tisch stand eine große, dampfende Tasse, aus der es köstlich nach Tee roch.

«Die anderen kommen auch gleich. Es ist wichtig, dass wir

uns treffen, bevor wir nichts mehr retten können.» Sie strich sich eine Strähne ihres schwarzen Haares mit ihrem langen, pinken Fingernagel aus dem Gesicht.

Alex wollte gerade fragen, wen sie meinte, als sich der Perlenvorhang wieder bewegte und Karla den Raum betrat. Alex starrte sie an. Sie überlegte kurz, ob sie überrascht oder schockiert sein sollte, aber wenn man von Engeln und Dämonen entführt wurde, um den Weltuntergang herbeizuführen, ist man etwas schwerer zu schockieren. Karla grinste breit und ihr Gesichtsausdruck sagte: ‚Hey, eigentlich sollte ich überrascht oder schockiert sein, aber wer von Engeln und Dämonen entführt wurde, um den Weltuntergang herbeizuführen, ist wohl etwas schwerer zu schockieren, oder?!'

Es klopfte erneut, Madame Destiny schob sich mit einem strahlenden Lächeln an Karla vorbei in den Flur. Diese ließ sich unaufgefordert Alex gegenüber in einen weiteren roten Sessel fallen und schaute sich im Zimmer um. Ihr Blick wanderte von dem wachsverklebten Tisch zu dem Windspiel im Fenster zu einigen Bildern an den Wänden, die einen kleinen, zarten Jungen zeigten.

«Ich bin mir nicht sicher, ob dieses Haus unheimlich cool oder einfach nur unheimlich unheimlich ist», meinte sie als Zusammenfassung ihrer Musterung, ohne Alex dabei anzusehen.

«Wie kommt`s, dass du hier bist?» «Wie kommt es, dass du hier bist?», fragte Karla zurück. Grinsend griff Alex in ihre

Handtasche. «Ein Glückskeks hat mich eingeladen.» Sie zog den Zettel samt hässlicher Visitenkarte aus ihrer Tasche. «Ich habe mich kurz erschreckt, aber dann dachte ich mir: Na ja, es ist wohl nicht das Seltsamste, was wir in den letzten Wochen erlebt haben.» Mit diesen Worten zog Karla eine Postkarte aus der Gesäßtasche ihrer engen Jeans. Sie war ebenso pink, ebenso hässlich, und auch auf ihr stand deutlich in goldener Schrift:

‹Du wirst finden, was du suchst. Wenn du suchst. Ich kann dir helfen. Morgen Mittag 12.00 Uhr – Madame Destiny›.

«Was glaubst du, wer sie ist und was sie vorhat?», flüsterte Alex, doch da bewegte sich der Perlenvorhang erneut und die hübsche Südländerin kam herein. Alex kannte ihren Namen nicht, aber sie erkannte sie sofort wieder. Hinter ihr stand eine kleine, alte Frau, die aber nicht weniger hübsch war. Madame Destiny trat zur Seite und schob die beiden Frauen in das Zimmer.

«Nur herein mit euch, Ladys», flötete sie «Wir warten noch kurz auf Nummer Vier. Möchtet ihr etwas trinken?»

Es klopfte abermals und ein paar Sekunden später führte die Gastgeberin eine verschüchtert wirkende Frau herein. Alex kam sie bekannt vor, aber es dauerte einen Moment, bis sie sich sicher war. Es war die vierte Frau, die mit ihr entführt worden war. Wahrscheinlich, dachte sich Alex, hätte sie sie aber in einem anderen Umfeld nicht erkannt. Auch diese nahm nach Einladung auf einem der roten Sessel Platz. Unbehaglich rutschte sie darauf herum. Als sie Alex' Blick spürte, erstarrte sie wie ein Kaninchen im Scheinwerferlicht. Die alte Dame setzte sich auf ein weiches Sofa unter dem Fenster, lächelte Madame Destiny an und nickte ihr zu. «Kommt deine Mutter auch?» Die Stimme der alten Frau war warm und weich. Madame Destiny nickte und legte sich den Finger auf die Lippen. «Eins nach dem Anderen, Aurora.»

30 MADAME DESTINY

Nur ganz ruhig jetzt, Hans, du hast dich dein ganzes Leben auf diesen Moment vorbereitet!, dachte Madame Destiny. Sie hoffte, die Damen spürten ihre Nervosität nicht. Sie wollte ihnen Sicherheit und Führung geben. Das war ihr Job. Sie setzte also ein strahlendes Lächeln auf: «So, Ladys, schön, dass ihr alle da seid! Ich gehe davon aus, ihr könnt euch denken, warum ich euch sprechen möchte? Ich möchte den Weltuntergang verhindern und vor allem das, was darauf folgen soll», sie machte eine dramatische Pause, doch bevor jemand etwas sagen konnte, sprach sie weiter: «Denn sind wir mal ehrlich, gegen die Apokalypse an sich ist nichts einzuwenden! Ein Neustart könnte unserem Planeten ganz guttun. Nein, meine Täubchen, es geht um das, was folgt! Ihr habt euch vielleicht schon gewundert, wie es dazu kommt, dass eine Dämonin mit zwei Engeln gemeinsame Sache macht? Wenn ihr ein bisschen aufgepasst habt in der Schule und euch mit den Weltreligionen etwas auskennt, sollte euch bewusst sein, dass diese zwei Gruppen nicht gerade dicke

Freunde sind. Die Dämonin Lilith arbeitet nur zum Schein mit den Engeln zusammen und verfolgt ihre eigenen Pläne. Sie und ihre Artgenossen haben nach und nach die Reihen der Engel ausgedünnt, bis sie zu den beiden Leuchten vorgedrungen ist, die ihr kennengelernt habt. Sie bereitet den Weg für die Rückkehr ihres Chefs.»

«Luzifer, der Morgenstern», zischte Sofia düster. Sie blickte über ihre Schulter zu ihrer Großmutter. Auch deren Blick war düster.

«Ganz genau, der Herr der Hölle! Luzifer, meine Täubchen. Gott hat eine längere Auszeit genommen, und Luzifer nutzt die Gunst der Stunde, um zurückzukehren. Der Apokalypse folgt die letzte Schlacht zwischen Himmel und Hölle, Armageddon. Da der Himmel schon von Dämonen infiltriert wurde, haben die himmlischen Horden keine Chance. Die Höllenbewohner werden gewinnen und die Erde übernehmen.»

«Woher weißt du das alles?», fragte Karla skeptisch.

«Oh, Sweetheart, ich bin Madame Destiny! Professionelles Zukunftsauswahlconsulting – ich bin ein Medium. Nein, ich bin ‹das› Medium. Ich sehe die Zukunft aus deiner Handfläche, den Karten und ehrlicherweise auch auf deiner Haut. Du solltest dringend Feuchtigkeitscreme benutzen!»

«Schwachsinn!»

«Oh, eine Skeptikerin? Karla, Karla, das habe ich ja von dir nun wirklich nicht erwartet», Madame Destiny lächelte. «Kleiner Scherz, natürlich habe ich das von dem trotzigen

151

kleinen Mädchen erwartet. Ich kann alles sehen. Deine Vergangenheit, deine Zukunft. Wie sehr es dir weh tut, dass deine Brüder alle weiterziehen, ihre kleine Schwester zurücklassen. Plötzlich fühlst du dich wieder wie damals mit vier, als deine Brüder alle mit ihren Fahrrädern losfuhren und du alleine rotznasig auf dem Hof deiner Eltern bleiben musstest. Außerdem habe ich einen sehr direkten Draht zu jemandem, der sich sehr gut mit der Materie auskennt.»

In diesem Moment hörten sie das Quietschen einer Tür. Hinter Madame Destiny öffnete sich ein Teil der Wand, die offensichtlich eine geheime Tür versteckte. Heraus trat ein Hüne, der den ganzen Raum auszufüllen schien. Seine Haut war schwarz, im Sinne von ‹komplette-Abwesenheit-von-Licht› schwarz. Sein Gesicht war kaum zu erkennen, seine muskelbepackte Brust glänzte wie poliertes Ebenholz und hob sich in einem starken Kontrast von dem weißen Leinenhemd ab, das er zu einer gut sitzenden Jeans trug. Der Mann trat hinter Madame Destiny und legte ihr mit unerwarteter Sanftheit die Hand auf die Schulter.

«Das, meine Damen, ist ein enger, persönlicher Freund von mir. Vor einigen Jahren hatte er eine enge, persönliche Beziehung mit Lilith, die ihr ja bereits kennengelernt habt. Ich nenne ihn Hörni, aber ihr dürft ‹Asrael› zu ihm sagen.»

«Äh.», versuchte Karla, ihre Verwirrung auszudrücken.

«Angenehm.» Die Stimme des Mannes war tief und hallte, als stünde er in einem großen, leeren Saal. «Wenn ihr den

Weltuntergang aufhalten wollt, müsst ihr den Propheten finden. Er ist derjenige, der die Siegel öffnen muss, jedes Siegel führt einen Schritt weiter zu Luzifers Befreiung und eurer Verwandlung in die vier Reiter. Ist diese Verwandlung abgeschlossen, ist sie nicht mehr umkehrbar. Luzifer wird frei sein, der Tag des Jüngsten Gerichts wird stattfinden, der Krieg der Dämonen gegen die Engel wird beginnen. Die Engel werden verlieren, weil Liliths Kollegen heimlich, still und leise die obersten Riegen der Engel ausgelöscht oder eingesperrt haben. Das ist aber im Himmel bisher nicht bekannt. Auch wenn ich mir nicht erklären kann, dass diese geflügelten Nulpen so etwas nicht mitbekommen. Die Welt wird sich in eine zweite Hölle verwandeln», fasste Asrael für alle verständlich zusammen. Absolute Stille legte sich über den Raum, die Frauen schienen kaum zu atmen.

«Wer möchte ein Glas Sekt mit Holunderblütensirup? Den habe ich selbst gemacht», die Stimmung im Raum komplett ignorierend klatschte Asrael seine riesigen Hände zusammen, so dass die massiven Holzmöbel schepperten. Mit einer überraschenden Leichtfüßigkeit stolzierte er aus dem Raum. Noch immer war keine der Frauen in der Lage, etwas zu sagen. Sogar atmen schien schwerzufallen. Lediglich das Klirren der Gläser, mit denen Asrael in die Küche hantierte, durchbrach die Stille. Madame Destiny entschied sich, ihnen einen Moment Zeit zu geben. Einerseits mussten sie noch immer verarbeiten, dass sie auserwählt waren, den Untergang der Welt herbei zu führen sowie die Tatsache, dass Engel,

Dämonen und Wahrsager existierten. Andererseits war es vielleicht auch schwer zu akzeptieren, dass Dämonen ein denkbar schlechtes Timing hatten, um mit ihrem selbst gemachten Holunderblütensirup anzugeben. Madame Destiny räusperte sich und fuhr mit leiserer Stimme fort: «Ich weiß, das ist jetzt ein ziemlicher Schock. Aber eigentlich ist es doch ganz einfach. Wir müssen das Himmel-Hölle-Trio aufhalten und die Schöpfung davor bewahren, in eine riesige Version der Unterwelt verwandelt zu werden.»

«Ja, ja, das scheint ganz simpel zu sein. Kein Problem», sagte Karla trocken. «Warum sollten wir dir überhaupt trauen?? Du und dein sirupkochender Kumpel, ihr seid doch total durchgeknallt!» «Nach dem, was in den letzten Wochen passiert ist, wirkt das hier wohl am wenigsten abgedreht», bemerkte Alex trocken.

Leise meldete sich Maya zu Wort: «Alles ist besser als Lilith. Glaubt mir. Wenn wir nur die kleinste Chance haben, sie aufzuhalten, müssen wir sie ergreifen.»

«Als Allererstes müssen wir den Propheten finden!», stellte Madame Destiny mit ernster Stimme fest. «Und ihr müsst dafür sorgen, dass ihr glücklich seid. Das klingt vielleicht seltsam, aber umso glücklicher ihr seid, umso weniger Macht haben Engel über euch.»

«Was? Also erstens kann ich mir nichts vorstellen, dass mich bei dem ganzen Schwachsinn hier glücklich machen könnte, und wir haben keine Ahnung davon, wie wir einen Propheten finden könnten», Karla raufte sich ihre roten Locken. «Keine von uns ist religiös und kennt sich mit sowas aus.»

«Nein, aber meine Nonna kennt sich aus», sagte Sofia tonlos und blickte ihre Großmutter an, die schweigend auf dem Sofa unter dem Fenster saß. Diese lächelte traurig. «Ja», ihr Flüstern war fast nicht zu hören. «Ja, ich kenne sie. Die Engel. Die Dämonen. Und ich weiß, dass zwischen ihnen nicht zwingend ein Unterschied besteht.»

«Wir müssen jetzt gemeinsam einen Schlachtplan erarbeiten, und zwar schnell. Wir wissen nicht, welchem Zeitplan Lilith und die Engel folgen. Und denkt daran: Ihr werdet wieder gerufen werden. Bald. Beschäftigt die Engel. Lilith wird euch nichts tun. Sie wird euch zwar drohen, aber sie braucht euch.» Madame Destiny schaute sie eindringlich an. «Aber sie kann den Menschen um euch herum weh tun. Trotzdem dürft ihr auf keinen Fall nachgeben! Macht euch glücklich, bleibt stark und wir schaffen das gemeinsam!»

«Super, No pressure», grummelte Karla.

Maya wurde eine Spur blasser und begann zu zittern. Alex legte ihr vorsichtig den Arm um die Schulter.

«Gut», sagte Maya schließlich mit einem kämpferischen Ton in der Stimme, den niemand von ihr erwartet hätte. «Was tun wir also? Gibt es überhaupt etwas, das gegen Engel und Dämonen eingesetzt werden kann? Eine Waffe?»

«Eins nach dem anderen», beschwichtigend hob Madame Destiny die Hände. «Zuerst müssen wir den Propheten finden. Die Engel und Lilith werden ihn auch gerade suchen. Auch er wird in Momenten tiefer Trauer und Verzweiflung für sie anfälliger. Sobald sie ihn haben, können sie ihn die Siegel öffnen lassen, und dann haben wir kaum noch eine Chance.»

In diesem Moment balancierte Asrael ein Tablett voller Sektgläser ins Zimmer. Mit großer Geste verteilte er den perlenden Schaumwein und stellte eine Schale Pralinen auf den Tisch. Unsicher griff erst Sofia nach ihrem Glas, nach ihr auch Karla, Alex und zuletzt Maya. Madame Destiny lächelte: «Danke, Hörni.»

Der Angesprochene beugte sich zu ihr herunter und gab ihr einen sanften Kuss auf die Stirn. In diesem Moment war sie sich mehr denn je bewusst, dass sie diese Aufgabe nicht ohne ihn bewältigen können würde. Asrael war ihr Fels und ihr Retter.

31 VOR CIRCA 25 JAHREN IN DER HÖLLE

Asrael hörte sein Blut in den Ohren rauschen, die Welt um ihn herum wurde dunkel und alles, was er vor sich sah, war die Tür. Die Tür, durch die er musste, um das Kind zu retten, und die von Apollyons Handlangern verstellt war. Dort musste er durch. Komme, was wolle. Mit einem Schrei griff Asrael hinter sich, nahm den massiven Holzstuhl, auf dem Sarah noch vor wenigen Minuten angebunden war, und schleuderte ihn auf Apollyon, die Tür und die Dämonen hinter ihm. Das Büro war nicht sehr groß und hatte nur einen Ausgang. Es konnten also nicht so viele sein. Er musste versuchen, mit ihnen fertig zu werden. Der Stuhl traf Apollyon am Kopf und schleuderte ihn nach hinten. Er stürzte auf zwei seiner Anhänger, die dahinter bekamen die Reste des Stuhls vors Gesicht.

Die Hexe hatte ihre Schrotflinte noch immer im Anschlag und mit der verletzten Sarah im Arm schoss sie auf den Haufen aus Leibern.

Schwarzes Dämonenblut floss auf den Steinboden. Dickflüssig und stinkend. Asrael packte die ersten Dämonen, die er zu fassen bekam, schlug sie mit den Köpfen so hart gegeneinander, dass ihre Schädel barsten, und warf ihre Körper hinter sich. Er war auf fast drei Meter Größe angewachsen und seine Finger hatten sich in lange Krallen verwandelt. So stürzte er sich in das Büro und schlug wild um sich. Er war mal ein Krieger und Mörder gewesen. Und wurde es wieder.

Die Hexe schleppte Sarah hinterher. Der Kampf im Büro war grausamer und schneller vorbei, als er erwartet hatte. Er hatte gerade einem riesigen, echsenartigen Dämon das Genick gebrochen, als sie schon auf dem Flur standen. Asrael warf die Tür zu und stemmte sich dagegen. Noch bevor er fragen konnte, was sie nun machen sollten, murmelte die Hexe kurz und die Tür war verschlossen. Schwer atmend starrten sie sich an. Doch bevor sich Erleichterung ausbreiten konnte, zuckte Sarah zusammen.

«Lilith kommt», flüsterte sie.

«Woher weißt du das?», fragte die Hexe.

157

«Sie hat unaussprechliche Dinge mit mir getan. Immer und immer wieder. Ich werde sie immer spüren, wenn sie in meine Nähe kommt.»

Asrael ging wieder in Kampfstellung, doch Sarah legte ihm sachte die Hand auf den Arm.

«Nein. Das ist eine Nummer zu groß für dich. Sie wird dich in Stücke reißen und dann das Kind. Du musst ihn hier raus bringen. Sie haben zum Glück nicht verstanden, wie wichtig das Kind ist. Er ist mehr als nur ein Prophet. Er ist ein Seher und Heiler. Er kann Gefühle beeinflussen. Das habe ich bemerkt, als ich gesehen habe, wie du auf ihn reagierst. Du musst das Kind vor Lilith schützen! Er wird eines Tages die Welt retten.»

Asrael nickte stumm. Er hatte nicht gewusst, welche Macht das Kind hatte, aber jetzt ergab vieles plötzlich einen Sinn.

«Okay, ich bringe dich nach draußen.», schnaufte die Hexe und wollte Sarah gerade wieder hochziehen.

«Nein. Ich schaffe es nicht nach oben. Und selbst wenn, ich habe mein Zuhause verraten. Wegen mir wissen nun Dämonen aus der Hölle, wie sie in den Himmel gelangen können. Ich brauche eine Chance, das wieder gutzumachen», Sarahs Stimme zitterte. «Ihr geht. Ich verschaffe euch Zeit.»

«Wie ...?», begann Asrael, doch Sarah lächelte grimmig.

«Ich bin nicht immer so lieb und harmlos, wie du mich kennengelernt hast. Ich habe noch ein paar Tricks auf Lager.»

«Nein! Nein. Das erlaube ich nicht», in der Stimme der Hexe schwangen Verzweiflung und Angst mit. Sarah strich ihr sanft

158

übers Gesicht, beugte sich zu ihr herüber und küsste sie sanft auf die Lippen. Dann schob sie die Hexe von sich, nickte Asrael zu, der die Hexe am Arm griff und wegzog. Ohne die Hexe musste sie sich an der Mauer abstützen, um aufrecht stehen zu bleiben.

«Das Kind ist hinten in den Kerkern!», rief Sarah ihnen nach, während sie hinter der Krümmung eines gewundenen Ganges verschwand. Asrael zog die Hexe hinter sich her, die sich gegen seinen Griff wehrte. Bevor sie die Treppe zu den Kerkern erreichten, hörten sie ein durchdringendes, lautes Pfeifen, einen Schrei und sahen dann ein grelles, weißes Licht den Gang entlang kommen. Es breitete sich aus, wie eine physische Masse.

«Was ist das?», fragte Asrael.

«Das war Sarah», flüsterte die Hexe tonlos. Tränen rannen ihr über das Gesicht. «Sie haben sie getötet. Wenn Engel sterben, entweicht all die himmlische Macht aus ihnen. Das ist ziemlich ungesund für Dämonen.»

Asrael fragte nicht weiter. Er wollte nicht mehr wissen. Er wollte nichts mehr in seinem Kopf haben, das er später vergessen wollen würde. Sein Chef, dem er vertraut und zu dem er aufgeschaut hatte, hatte seinen Tod in Kauf genommen. Ohne mit der Wimper zu zucken. Asrael fragte sich kurz, warum ihn das so traf. Apollyon war ein Dämon. Natürlich hatte er das gemacht. Asrael wollte nur das Kind finden und dann die Hölle, sein Zuhause, hinter sich lassen.

Die Gänge, durch die sie rannten, waren leer und verlassen. Als sie endlich den Kerker erreichten, war auch hier auf den ersten Blick niemand. Keine Wächter waren zu sehen und die ersten drei Zellen waren leer. Niemand schien hier zu sein. Asrael spürte einen Stein in seinem Magen. Dann hörte er Gekicher. In der letzten Zelle, die vom Eingang aus nicht zu sehen war, saß das Kind mit zwei Dämonen auf dem Boden und spielte Schnick Schnack Schnuck. Asrael spürte, wie sein Herz aufgeregt begann zu schlagen und fragte sich, wann er das letzte Mal seinen Herzschlag gespürt hatte. Er nahm wieder seine menschliche Gestalt an, in der das Kind ihn auch kannte. Schwarze Haut, die jedes Licht zu schlucken schien, ein muskulöser Körper, braune Augen in einem kantigen Gesicht. Seine verniedlichte Dämonenform wollte er hier nicht zeigen, schließlich musste er sich vielleicht mit Gewalt gegen die Wärter durchsetzen. «Tas war schpitze!», quietschte das Kind vor Vergnügen. Dann sah es Asrael. «Hörni!», rief es, sprang auf und rannte auf die offenstehende Zellentür zu. Das Kind sprang Asrael in die Arme, vergrub seinen Kopf an seiner Brust und begann zu weinen. Die beiden Dämonen, die als Wächter dort sein sollten, saßen etwas verloren auf dem Boden des Kerkers und schauten Asrael an. Die Hexe lud ihr Schrotgewehr nach, doch Asrael schüttelte den Kopf.

«Hey, warum weinst du? Haben sie dir etwas getan?»

«Nein, Hörni, die stzwei Waren liep. Aber tie Pfrau. Tie Pfrau is pöse. Tschön, dass Tu da pist!» Das Kind klammerte sich so fest an Asrael, als wollte es ihn nie wieder loslassen.

«Wir müssen gehen. Schnell», knurrte die Hexe, die noch immer ihre Schrotflinte auf die beiden Wächter richtete. «Habt ihr zwei Hübschen vielleicht einen Tipp, wo wir die Hintertür finden?», fragte sie die beiden scharf.

«Natürlich», sagte einer von beiden, ohne zu zögern, und zeigte auf einen kleinen Gang, der von den Kerkern wegführte. Er schien diagonal zu dem Gang zu verlaufen, aus dem sie gekommen waren. Die Hexe zögerte kurz. Sie hatte mit dieser Antwort nicht gerechnet. Der hilfreiche Dämon lächelte, winkte dem Kind zu und spielte weiter mit seinem Kollegen Schnick Schnack Schnuck.

«Äh, na okay dann», sagte sie zögerlich. Das war sehr unerwartet. Asrael drückte das Kind in seinem Arm fest an sich. Sie liefen in den Gang. Er krümmte sich umeinander wie ein Schneckenhaus und führt leicht bergan. Sie konnten spüren, wie sie die Hölle langsam hinter sich ließen. Plötzlich hörten sie einen schmerzerfüllten Schrei hinter sich. Das waren wohl die Wärter. Das Kind begann zu weinen und klammerte sich noch fester an Asrael.

«Lilith kommt», flüsterte er. Er sah das Kind an, dann die Hexe, und ein Gedanke verfestigte sich in ihm. Sie würde es so nie schaffen, die Hölle zu verlassen. Die Pforte war nicht mehr weit, aber Lilith würde sie einholen. Das spürte er. Er

holte Luft und drückte das Kind an sich. «Du vertraust mir
doch, oder Hans-Peter?»

Das Kind nickte, stumm und mit tränennassen Augen. Es
strich Asrael über die Wange und drückte ihm einen spitzen
Kuss auf die Nasenspitze. Asrael spürte, dass das Kind genau
wusste, was er von ihm wollte. Er umarmte es noch einmal
fest und schob es dann der Hexe in die Arme. «Pass gut auf
ihn auf, hörst du?! Er hat keine Familie mehr. Kümmere dich
um ihn, bis ich zurückkomme.» Sie verstand und nickte
stumm. Mit dem kleinen, knochigen Jungen auf dem Arm
rannte sie weiter. Das Kind winkte ihm weinend über ihre
Schulter zu, bis sie um die nächste Kurve verschwunden
waren. Asrael schluckte den Kloß in seinem Hals hinunter
und rannte schreiend und bei jedem Schritt anwachsend den
Gang wieder hinunter. Auf Lilith zu. Er schloss die Augen,
dachte an Sarah, dachte an das Kind. «Ich werde sie so lange
aufhalten, bis du in Sicherheit bist!»

32 HANS-PETER

Man sollte denken, es wäre traumatisch, bei einer Hexe
aufzuwachsen. Nun, wahrscheinlich verlor alles im Vergleich
zu seinem kurzen Besuch in der Hölle an Schrecken. Er hatte
es gut bei der Hexe, die mit dem gesamten Haus umzog, um
ihn in Sicherheit zu wissen. Zwanzig Jahre war er bei ihr
gewesen, als Asrael, sein Hörni, bei ihnen vor der Tür stand.
Hans-Peter wusste bis heute nicht, wie er sie gefunden

hatte. Er war in einem schlimmen Zustand gewesen, als er vor zehn Jahren hier vor der Tür stand. Aber er hatte überlebt. Anfangs wollte er sich nur vorübergehend bei ihnen verstecken, bis er sich erholt hatte. Aber dann kam alles anders. Hans-Peter hatte sich nicht sofort in seinen Beschützer aus Kindertagen verliebt. Anfangs waren ihm diese Gefühle tatsächlich etwas unangenehm. Doch schon bald war ihnen beiden klar, dass ihre Beziehung jetzt eine andere war. Ungewöhnlich vielleicht und auch nicht immer einfach. Nun lebte er mit Hans-Peter und der Hexe, die scheinbar in ihrem Steinalt-Stadium für immer eingefroren war, zusammen in dem kleinen windschiefen Haus.

Sie waren glücklich.

Bis jetzt.

Jetzt überschattete Lilith wieder ihr Leben.

Hans-Peter befürchtete manchmal, dass sie ihr niemals entkommen würden.

«Weiter im Text, sonst bin zumindest ich tot, bevor wir mit der Planerei fertig sind!» Alle fuhren zusammen, als sie diese Stimme hörten, die die kurze Stille wie ein Schwert durchschnitt. Die Hexe stand in der Tür zum Flur, eine wilde Erscheinung mit voller grauer Mähne, schwarzen Lederhosen und einer speckigen Weste aus dem gleichen Material. Hans-Peter wusste, dass aber vor allem die schwarze Augenklappe und die lange Narbe in ihrem Gesicht die Menschen am meisten erschreckte.

«Du hast Recht», Hans-Peter räusperte sich und schlüpfte wieder in seine Rolle als Madame Destiny. «Also, wir haben verschiedene Möglichkeiten, aber auch ziemlich viele unbekannte Variablen, die wir einkalkulieren müssen.» Niemand war sich wirklich sicher, warum Hans-Peter in Drag besser auf seine hellseherischen Fähigkeiten zugreifen konnte. Es war einfach so und sie hatten auch nicht die Zeit, darüber nachzudenken. In Drag konnte er spüren, was sie brauchen würden, war selbstbewusster und konnte Signale aus anderen Sphären besser erfassen.

«Pah! Unbekannte was?», schimpfte die Hexe. «Das sind einfach ein paar Schwanznasen, die wir in die Luft sprengen werden! Weniger Quatschen, mehr Kawumm!»

«Genau, das habe ich auch gesagt!», Karla lächelte die Hexe grimmig an. Die beiden verstanden sich offensichtlich auf Anhieb.

«Zunächst werden die beiden Damen zusammen mit Asrael eine Möglichkeit finden, die Schwanznasen in die Luft zu sprengen», griff Madame Destiny das Gespräch wieder auf. Die Hexe rollte mit den Augen. Sie war voll in ihrem Element und wartete darauf, endlich auf Konfrontationskurs gehen zu können. Madame Destiny spürte, dass sie sich Sorgen um Aurora machte. Schließlich hatte sie nicht bloß den kleinen Hans-Peter, sondern viele Jahre zuvor auch Aurora bei sich aufgenommen. Die zwei hatten zusammen einiges erlebt, bis Aurora in Deutschland ihren Ehemann kennenlernte. Madame Destiny holte tief Luft und schaute die vier Mädchen an. Sie spürte die Angst, die Verunsicherung, auch die Hoffnung, dass doch alles lediglich ein schlechter Scherz, ein Traum, eine Halluzination war. Es tat ihr weh, sie enttäuschen zu müssen, aber sie hatte keine Wahl. Sie glaubte schon lange nicht mehr, dass eine tröstende Lüge besser war als eine verletzende Wahrheit.

«Also, ich werde mich darum kümmern, den Propheten zu finden. Das könnte kompliziert werden, aber irgendwie bekomme ich das hin. Wenn die Engel ihn vor uns finden, haben wir ein Problem! Und wenn wir seiner zuerst habhaft werden, müssen wir ihn noch immer vor dem Einfluss der Engel schützen.»

«Okay. Klingt ja alles ganz einfach.» Karlas Stimme ließ ihre Resignation hören. Müdigkeit schwang darin. Eine tiefe und verzweifelte Erschöpfung. «Gehen wir davon aus, es läuft alles ideal. Ihr findet eine Waffe, wir haben den Propheten, bevor die Engel ihn haben, was passiert dann? Wie kommen wir aus der Nummer heraus?», fragte Alexandra.

«Das ist eine gute Frage. Wie gesagt, es gibt so einige Unbekannte in dieser Gleichung.», seufzte Madame Destiny.

«Wir müssen sie irgendwo hinlocken, wo wir Engelsfallen aufstellen können», schlug Asrael vor. Er hatte es schon des Öfteren mit Engeln zu tun gehabt. «Dafür brauchen wir Platz und einen Ort, an dem nicht zufällig Menschen vorbei kommen können.»

«Der Wald hinter meinem Haus ist mit Schutzzaubern belegt. Dort kommen keine Menschen durch, wenn ich es nicht will», erwiderte die Hexe.

«An den hatte ich ehrlicherweise auch schon gedacht. Die Lichtung hinter dem Haus, würde sich perfekt eignen.» Madame Destiny spürte, wie es in Asrael arbeitete. Für ihn würde sich ein sehr aufwühlendes Kapitel seines Nichtlebens schließen. Lilith hatte ihn schließlich seinerzeit persönlich in der Hölle eingekerkert und unaussprechliche Dinge mit ihm getan. «Die Engelsfallen werde ich mit Mutter und Aurora vorbereiten», schlug sie daher vor.

«Und was machen wir?», fragte Sofia. Endlich war Leben in ihr. Sie fasste wieder Mut. Jeder Plan war besser als keiner.

«Ihr müsst einen Weg finden, den Propheten zu schützen, sobald wir ihn kennen. Hierher bringen hilft erstmal nichts, denn er bleibt für alle sichtbar. Ich werde einen Sichtschutz vor den Engeln vorbereiten, den ihr verwenden könnt.» Madame Destiny überlegte kurz. «Ich werde etwas Praktisches machen, wie eine Kette oder ein Armband. Bis dahin passt auf euch auf. Ihr müsst dafür sorgen, dass euer Kopf und euer Herz so voll sind mit guten Gefühlen, dass die Engel euch nicht erreichen können. Je unzufriedener, ängstlicher ihr seid, umso einfacher haben es die Engel!»

«Was wird mit uns passieren, wenn … wenn das alles nicht hinhaut?» Maya sprach aus, was die anderen Frauen dachten, aber sich nicht zu fragen trauten, dachte Madame Destiny. Und sie hatte gehofft, die Frage nicht beantworten zu müssen.

166

Sie holte tief Luft. «Also,» sie stockte. Wie ehrlich konnte sie zu den Frauen sein? «Los raus jetzt damit!» Karlas Stimme war laut und zitterte.

«Eure Körper sterben, eure Essenz, Seele, wie auch immer ihr es nennen wollt, wird die Form des Reiters. Quasi die Energie, mit der sie sich materialisieren. Euer Körper stirbt und eure Seele wird übernommen. Von euch bleibt nichts übrig. Ihr verschwindet. Vollständig. Für immer.»
Stille machte sich breit.

33   VOR DEM HAUS

Nachdem sie das kleine, von außen so unscheinbare Häuschen verlassen hatten, standen die Vier noch gemeinsam auf dem matschigen Pfad. Unschlüssig, was sie zueinander sagen sollten. Manche Gedanken sind zu schwer, um sie auszusprechen. Manche Gefühle sind zu groß, um sie zu spüren, und manche Ängste sind zu gewaltig, um sie anzunehmen. Also standen sie da.
Schweigend.
Verloren.
Wartend.
Sofia hielt die Stille als Erste nicht mehr aus und begann, um nicht reden zu müssen, ihr Telefon am ausgestreckten Arm hochzuhalten, damit zu wedeln und sich suchend umzudrehen. «Ich bin mit meiner Oma hergefahren, aber sie bleibt ja jetzt hier zum Engelfallenbauen. Eigentlich wollte

ich ein Taxi zurücknehmen, aber ich kann wohl erstmal keines anrufen», beantwortete sie Karlas fragenden Blick.

«Wenn du möchtest, Sofia,» Alex räusperte sich «kannst du gerne mit mir zurückfahren. Du wohnst doch auch in Kassel, oder?» «Ja, danke. Das wäre nett.» Sie ließ ihr Handy in der Handtasche verschwinden.

«Oh cool, kann ich auch mitfahren?», fragte Karla. «Ich bin mit der Bahn rausgefahren und dann meinem Handynavi nachgelaufen. Da habe ich zurück echt keine Lust drauf.»,

«Kein Problem, aber vielleicht können wir uns ja alle demnächst treffen?», fragte Alex mit Blick auf Maya.

«Ja. Das wäre bestimmt sinnvoll.» Maya klang gequält. Sie brachte es nicht fertig, zu sagen, was ihr auf der Zunge lag. Nämlich ‚Ja, bitte! Sofort. Ich will nicht alleine bleiben, ich habe eine Scheißangst, und ich möchte nicht alleine sein!'

«Hast du denn schon was vor?», fragte Karla. «Wenn sowieso schon drei von uns zusammen zurückfahren, können wir doch auch gleich unser Selbsthilfegruppentreffen daraus machen, oder?»

«Wir haben uns noch gar nicht richtig unterhalten oder vorgestellt! Ich bin Alex, das Laute da ist Karla, und Sofias Namen habe ich auch erst heute mitbekommen.» Sofia schnitt ihr eine Grimasse. «Hast du deine Einladung für heute auch über eine hässliche Visitenkarte bekommen?»

«Ich hatte eine Einladung im Briefkasten.» Maya zog einen Flyer im bekannten pinken Design aus ihrer Hosentasche.

Alex musste lachen. «Grandios. Also meine Damen, wie sieht es aus?»

«Ich habe Zeit, seitdem sich jede Chance auf eine Karriere das Klo heruntergespült hat.» Sofias Lächeln konnte über die Bitterkeit in ihrer Stimme nicht hinwegtäuschen. «Was haltet ihr davon essen zu gehen? Vielleicht Sushi?»

«Nee, Mann! Ich habe zu viel Hunger, um auf kleine Bissen rohen Fisch auf einem Laufband zu warten», winkte Karla ab.

«Steigt ein, wir können unterwegs entscheiden, wo wir was essen, okay?», Alex grinste und schob Maya sanft auf die Rückbank ihres Wagens neben Sofia, die es sich schon so bequem wie möglich gemacht hatte. «Dein Auto können wir später wieder holen. Jetzt bleiben wir erstmal zusammen!»

Karla tippte Alex auf die Schulter. «Ich hab gar kein Geld einstecken, kannst du mir was leihen?»

Bevor diese antworten konnte, rief Sofia von der Rückbank: «Meine Damen, darf ich euch heute zum Essen einladen? Ich habe das Gefühl, ich sollte mein Erspartes im Moment hauptsächlich genießen.»

Karla lachte, während sie sich auf den Beifahrersitz schwang: «Warum beim Essen aufhören! Schmeißen wir die Fünfziger durch den Club! Ich hätte durchaus Motivation, mich betrinken zu gehen.»

«Also, ich kenne dich noch nicht lange», schnurrte Sophia, «aber ich könnte jetzt schätzen, dass du diese Lust öfter hast!»

Sein Bruder würde seinen Plan nicht mehr aufgeben. Egal, was Gabriel sagte oder tat. Das war ihm klar. Aber er musste es weiter versuchen. Es gab keine Alternative und noch war es nicht zu spät. Noch war kein bleibender Schaden entstanden. Sie könnten diesen Erdenpfuhl verlassen und wieder nachhause gehen. Er wollte einfach nur wieder nachhause. In den Himmel, zu seinen Geschwistern. Ja, es war dort langweilig, aber Langeweile war nicht das Schlimmste, was ihnen blühen konnte. Sein Bruder musste zur Vernunft kommen. Irgendwie. Während er überlegte, was er tun sollte, beobachtete er Michael, der auf dem Bett auf und ab sprang, wilde Schläge mit einem Besenstil gegen imaginäre Gegner ausführte und sich in Kampfstimmung brachte. Aus dem Lautsprecher plärrte Katy Perrys «Roar», wieder und wieder und wieder. Michael hatte auf Dauerschleife gestellt. Mitsingen tat er auch. Laut.

«Michael?», versuchte Gabriel, durch den Lärm zu dringen. Michael sang mit großer Leidenschaft und weit abseits der Originaltonlage. Gabriel rollte mit den Augen und schaltete den CD-Spieler aus. «Gabriel, ich brauche meine neue Hymne!», rief Michael entrüstet. Gabriel antwortete nicht. Das schien Michael in seinem Enthusiasmus nicht zu bremsen. Er zuckte mit den Schultern und deutete Gabriels Schweigen als Aufforderung, seine Gedanken zu teilen. «Ich habe übrigens entschieden, zuerst Köln in Brand zu setzen.

Wenn die Stadt mit dem riesigen Dom zuerst brennt, werden die Menschen direkt verstehen, dass die Stunde geschlagen hat. Außerdem,» er wischte sich die Haare aus der Stirn und das durch das Fenster hineinfallende Licht beleuchtete seine Silhouette, so dass er aussah, als würde er von innen strahlen. Früher hatten sie Schläuche voller Glorien, heute mussten sie warten, bis die Sonne richtig stand. Gabriel verabscheute es, auf der Erde zu sein. «...wie gut werde ich aussehen auf einem Berg Leichen meiner Gegner, mit dem Dom im Hintergrund?! Also die Türme mindestens. Die lasse ich stehen.»

«Michael, möchtest du diesen Plan wirklich weiterverfolgen?», fragte Gabriel leise, ohne weiter auf die Ausführungen seines Bruders einzugehen. Michael überlegte kurz: «Also, wir könnten auch eine Stadt mit einem kleineren Dom nehmen. Oder mit einem Münster.»

«Münster?»

«Eine etwas spannendere Stadt könnte es schon sein!»

Sie schwiegen. Natürlich freute es Gabriel, seinen Bruder endlich wieder so voller Motivation und Feuer zu sehen. Aber der Preis, den sie zahlen müssten, war einfach zu hoch. Michael ließ sich aufs Bett fallen, nah neben Gabriel. Seine Stimme war jetzt leiser. «Wir haben keine andere Wahl. Ich ertrage keine weiteren zweitausend Jahre Nichtstun. Und Lilith hat …»

«Lilith ist ein Dämon!», unterbrach ihn Gabriel. «Seit wann sind wir Verbündete von Dämonen? Seit wann magst du Dämonen? Das sind entweder unsere abtrünnigen Brüder und

171

Schwestern oder, noch schlimmer, die über Jahrhunderte gefolterten und pervertierten Seelen dieser haarlosen Affen von der Erde. Die, die du so hasst. Sie sind ein Zufallsprodukt. Abfall. Das, was dabei rauskommt, wenn man niedere Lebewesen noch weiter erniedrigt. Oder Verräter.» Gabriel hatte versucht, diesen Ausbruch zu stoppen, aber es war ihm nicht gelungen. Seine versteckte Verachtung, seine unterdrückte Wut, alles brach aus ihm heraus.

«Wow, Gabriel, beruhige dich.» Michael schien beeindruckt. «Natürlich hasse ich Dämonen genau wie du. Aber eines hast du nicht bedacht: Die Apokalypse wird wahrscheinlich gar nicht stattfinden. Jetzt haben wir alles so lange geheim gehalten, Lilith fühlt sich sicher bei uns. Wenn wir den ersten Reiter freilassen, wird es einen Knall im Himmel geben. All unsere Geschwister werden es mitbekommen! Vater wird zurückkommen müssen! Selbst wenn er nicht gleich kommt, spätestens, wenn es Zeit wird, die himmlischen Heerscharen in die Schlacht gegen die Mächte der Hölle zu führen, wird er zurückkommen. Daran zweifle ich nicht.» Oh. Hatte er seinen Bruder etwa unterschätzt? So viel Überlegung hatte er ihm gar nicht zugetraut. «So oder so, allein die Gedanken an eine ordentliche Schlacht machen mich ganz ... zappelig!» Michael grinste, aber Gabriel war noch immer nicht überzeugt. «Möchtest du wirklich Vaters Zorn erleben, wenn wir ihn so zwingen, zurückzukommen?»

«Mir ist alles lieber, als weiter auf etwas zu warten, das nie kommen wird.»

Gabriel seufzte schwer. Er sah die Entschlossenheit seines Bruders. Die Zurückweisung ihres Vaters traf Michael auf eine Art und Weise, die er zwar nicht verstehen, aber nachvollziehen konnte. Sein Bruder würde den Plan weiter verfolgen, mit oder ohne ihn. Er konnte ihn nur beschützen, wenn er bei ihm blieb und sich damit am Verrat an seinem Zuhause mitschuldig machte.

«Ich weiß, dass du von der Idee nicht begeistert bist, Gabriel. Aber ich bin mir sicher, dass wir den Propheten finden. Ich habe nochmal etwas recherchiert. Also, um ehrlich zu sein, habe ich mir die Propheten-Finde-Anleitung nochmal richtig durchgelesen. Ich weiß jetzt, was wir falsch gemacht haben und wie wir es richtig machen. Wir können sofort beginnen. Und ich wünsche mir sehr, dass du bei uns bist. Ich kann das nicht alleine.»

Gabriel schluckte. Dahin war seine Hoffnung, Michael würde das Interesse verlieren, bevor es ernst wurde. Es wurde ernst. Seine letzte Hoffnung war nun, dass der Prophet ein Vollidiot war.

35   JÜRGEN

Seine Mutter war enttäuscht von ihm. Das war generell erstmal nichts Neues. Seine Mutter war eigentlich immer enttäuscht von ihm. In ihren Augen war er nie so ein guter Mann wie sein Vater. Jürgen erinnerte sich zwar daran, dass seine Mutter ihren Ehemann hasste, als er noch lebte, doch seit seinem Tod wurde er in ihrer Erinnerung zum perfekten

Mann. Zu dem Mann, der Jürgen niemals sein konnte. Nun sagte sie ihm, dass sie nicht bereit war, die 3000 Euro für den Kurs **Alpha-Mann-Methoden für Simps, leicht anwendbar** zu bezahlen.

«Du wolltest doch, dass ich eine Freundin finde!»

«Ich dachte nicht, dass du losziehst und irgendeinem Internetbetrüger Geld in den Rachen wirfst! Was soll das überhaupt sein, ein ‹Alpha-Mann›?»

«Das ist ein Mann, der selbstbewusst ist, eine Familie führen kann und gut bei Frauen ankommt.» Jürgens Stimme war ein Flüstern. Unter dem strengen Blick seiner Mutter fühlte er sich ganz und gar nicht wie ein dominanter Mann. Er fühlte sich wieder so wie damals, mit 13, als seine Mutter ihm verbot, die Badezimmertür abzuschließen, weil er verdächtig viel Zeit darin verbrachte.

«Wenn du einen Kurs brauchst, um dich dominant zu fühlen, dann bist du ganz eindeutig kein ‹Alpha›!» Sie machte ironische Gänsefüßchen in die Luft, während sie das Wort *Alpha* mit einer tiefen Verachtung aussprach, die sie sich nur für ihn aufbewahrte. Sie seufzte. Er spürte ihre Enttäuschung.

«Was war denn mit diesem Mädchen, mit dem du neulich ausgegangen bist? Christine oder so?»

«Chiara», flüsterte Jürgen. Sie rümpfte die Nase.

«Ein furchtbarer Name und eine furchtbare Person. Aber wenigstens ...», ihr Blick traf ihn direkt ins Mark. Eiskalt. «... war sie real.»

«Okay Mama, ich rufe sie an.»

Maya rang nach Luft. Ihre Lungen drückten gegen ihren Rippenbogen. Sie war sich sicher, in den nächsten Sekunden das Bewusstsein zu verlieren, wenn sie nicht sofort einatmen konnte. Ihre Fingernägel krallten sich in die Tischplatte aus dunklem Holz. Dann entschied sie sich, einfach nachzugeben. Der Schluck Wasser, den sie eben hatte trinken wollen, schoss aus ihrem Mund und spritzte über den Tisch. Ein Teil des Wassers kam aus ihrer Nase, sie hustete, rang nach Luft und versuchte, den Schmerz in ihrer Nase zu ignorieren, während sie zeitgleich vom heftigsten Lachanfall ihres Lebens geschüttelt wurde. «Oh, mein Gott, Maya, das kam aus deiner Nase, das ist ja ekelhaft!», kreischte Karla lachend und schnappte ebenfalls nach Luft. Sie saßen in einem Restaurant für eritreische Küche und hatten eine gemischte Platte für vier Personen bestellt. Auch wenn der nette Kellner versucht hatte zu erklären, was denn nun genau in den Schüsseln lag, waren sie sich meist nicht so sicher, was genau sie gegessen hatten. Etwas war auf jeden Fall eine Art Grünkohleintopf, und die Inhalte zweier Schüsseln waren so scharf, dass keine von ihnen es geschafft hatte, zwei Löffel hintereinander in den Mund zu stecken. Dazu tranken sie Bier mit Kaktusfeigenaroma. Das war für Maya ungewohnt, aber letztendlich war alles, was sie in der letzten Zeit erlebt hatte, ungewohnt. Warum also vor Bier mit Kaktusfeigenaroma halt machen? Sie konnte sich nicht daran erinnern, solch einen

Spaß mit anderen Frauen gehabt zu haben. Vielleicht war diese Bindung nur möglich, wenn man gemeinsam von zwei Engeln und einer Dämonin gezwungen wird, den Weltuntergang herbeizuführen. Vielleicht war es aber auch die brennende Ermahnung von Madame Destiny, sich so glücklich wie möglich zu halten. Ob Glücklichsein wirklich nur eine Entscheidung war? Hätte sie ihr ganzes Leben lang so glücklich sein können?

Maya schnappte weiter angestrengt nach Luft und versuchte, ihre Atmung zu beruhigen. Alex und Sofia konnten sich noch immer vor Lachen kaum halten. Das Paar am Nebentisch warf ihnen irritierte Blicke zu.

«Entschuldigen Sie bitte, wir feiern heute.» Sofia wandte sich höflich lächelnd zu ihnen hinüber. «Wir sind heute gemeinsam aus dem Gefängnis ausgebrochen und mussten erstmal was vernünftiges Essen. Sie verstehen das?»

Gequältes Lächeln, das Pärchen drehte sich schnell wieder weg. Sofia kicherte weiter. So viel Albernheit hatte Maya der eleganten Frau gar nicht zugetraut. Ja, sie mussten schon seltsam aussehen von außen. Sie sahen nicht aus, als hätten sie irgendetwas gemeinsam. Hatten sie im Prinzip auch nicht. Das machte den Austausch so spannend.

«Ich weiß ehrlich gesagt nicht, wann ich das letzte Mal so viel Spaß hatte!», keuchte Maya.

Es war warm geworden in Nordhessen. Der April lockte mit einigen sonnigen Nachmittagen und die Kasseler, Kasselaner und Kasseläner strömten in Massen nach draußen. Die grünen Flecken in Kassel, die Karlsaue, der Park an der Goethestraße und der Bergpark waren voller Menschen, die den Frühling genossen. Karla stand vor der Orangerie am oberen Ende des gartenarchitektonischen Kleeblatts des Staatsparks Karlsaue. Das Orange des Gebäudes hob sich strahlend vom blauen Himmel ab. Sie betrachtete die Menschen, die auf der Wiese vor ihr lagen, saßen oder Frisbees warfen. Für einen Nachmittag vergaßen sie alles, nur weil ein paar Sonnenstrahlen das nordhessische Grau verjagt hatten. Sollte sie diese Menschen beneiden oder bemitleiden? Sie alle wussten nicht, was Karla wusste. Dieser Frühling war der letzte, den diese Erde erleben würde. Außer das Hexenhaus-Quartett, sie und Alex hatten den Namen für sich etabliert, würde noch ein Wunder vollbringen. Was, wenn Karla ehrlich zu sich war, doch eher unwahrscheinlich klang. Langsam stieg sie die wenigen Stufen zur Wiese hinab. Der Kies des ordentlich geharkten Wegs knirschte unter ihren Schuhen. Der Geruch von frisch gemähtem Gras stieg ihr in die Nase. Sie hatte vorher nie bemerkt, wie toll dieser Geruch war. Es gab einige Gerüche, die ihr neuerdings ganz besonders auffielen. Staubige Wege nach dem Regen oder das intensive Zitronenduftöl, das ihre Mutter immer in einem

Duftlämpchen mit etwas Wasser verdampfte, wenn ihr Vater wieder Pfeife in der Küche geraucht hatte. Sie liebte vor allem die Kombination aus Zitrone und Pfeifenrauch.

Sie setzte sich in Gras, stülpte ihre Kopfhörer auf die Ohren und streckte ihre Nase in die Sonne. Heute hatte sie den ganzen Tag nichts vor. Wozu auch? Die Welt würde demnächst untergehen. Warum nicht also einfach entspannen? Sie schloss die Augen und drehte die Musik lauter. Die Erinnerungen an das Montreal-Konzert mit ihren Brüdern waren wieder da. Diese Playlist kramte sie immer wieder hervor, wenn sie etwas Ruhe, etwas Positives brauchte. Sie fühlte sich wie auf Nadeln. Entspannung war schwierig, wenn man auf das Ende der Welt wartete. In all der Zeit, die seit ihrem ersten, zufälligen Zusammentreffen mit Alex verstrichen war, hatte sie nicht wieder eine so lange Ruhepause gehabt. In unregelmäßigen Abständen fanden die Frauen sich unvermittelt in den leeren, weißen Raum befördert, wo die Engel sie schon das erste Mal hingeschickt hatten. Es war immer ein Gefühl, als würde sich von einer Sekunde auf die andere das ganze Universum herumdrehen. Karla war es satt. Jetzt wollte sie diesen Moment Auszeit einfach genießen.

Plötzlich spürte sie ein bekanntes Kribbeln in den Fingerspitzen. Nicht schon wieder! Bevor ihr alle Flüche, die sie gerne hätte loswerden wollen, einfielen, spürte sie eine Faust in ihren Eingeweiden, die sie vom Boden hoch- und quer durch die Realität zerrte. Sie wusste, wo sie war. Dazu musste sie ihre Augen nicht öffnen.

Sie nahm die Kopfhörer ab. Alex stand im Bademantel vor ihr.

38   ALEX

«Verdammt nochmal!», mit ihrer Zahnbürste in der Hand stand Alex nicht mehr in ihrem Badezimmer, sondern im Himmel. Schimpfend wollte sie den Zahnpastaschaum auf den makellosen Boden spucken, doch dieser löste sich schon in der Luft in Nichts auf. In ihrem flauschigen rosa Bademantel und passenden Hausschuhen stand sie dort und suchte nach einem geeigneten Ort für ihre Zahnbürste. Sie überlegte einen Moment, ob Michaels Augenhöhle nicht der perfekte Ort war, atmete tief durch und entschied sich dagegen. Karlas Aggressionspotenzial färbte langsam auf sie ab. Sie hatte gesehen, wie Karla eines Morgens, als die Engel sie aus einer Bar hergezappt hatten, Michael einen Barhocker, den sie passenderweise in der Hand hatte, über den Schädel zog. Es hatte ihn nicht sonderlich beeindruckt. Zudem war Alex nicht bereit, ihre lange Zeit der Gewaltlosigkeit für ihn zu opfern. Leise vor sich hin knurrend steckte sie ihre Zahnbürste in die Tasche des Bademantels, während sie sich mit dem anderen Ärmel den Schaum aus den Mundwinkeln wischte. Sie schlurfte hinüber zu dem Tisch, an dem Sofia und Karla bereits saßen.

«Morgen», knurrte Karla.

«Hey Bella.» Sofia hatte ein bitteres Lächeln aufgesetzt, sie war wohl schon länger hier. Gelangweilt zündete sie sich eine Zigarette an. In diesem Moment materialisierte sich Maya vor ihnen.

«Och nö», seufzte sie schicksalsergeben, bevor sie zu ihnen herüber kam. Alex musste schmunzeln. Das war wohl die heftigste Reaktion, die von Maya kommen konnte.

«Du solltest nicht rauchen», sagte Maya gerade zu Sofia und schaute sie vorwurfsvoll an. «Die Dinger sind schrecklich ungesund.»

«Momentan ist es wahrscheinlicher, dass die beiden Herren da vorne mich umbringen, nachdem ich die halbe Menschheit ausgerottet habe, bevor die Zigaretten es tun.» Nach diesen Worten wandte Sofia sich an Michael, der auf einem weißen Ledersessel saß: «Scusi, mächtiger Zerstörer, was ist mit dem Catering? Ein bisschen Frühstück sollte doch wohl drin sein, oder?» Michael bedachte sie mit einem vernichtenden Blick, der sie wohl tatsächlich pulverisiert hätte, wenn Gabriel ihn nicht mit einem ermahnenden und furchtbar gekünstelten Hüsteln zur Räson gebracht hätte. Alex verkniff sich ein Lachen. Michael war ein hervorragendes Ziel, um Frustrationen abzubauen. Darin waren sich die Frauen einig. Er ließ sich herrlich schnell auf die Palme bringen, konnte ihnen aber nichts tun. Schließlich waren sie ja auserwählt. Mit säuerlicher Miene ließ der Erzengel mit einem kleinen Fingerzeig einen weiteren Tisch erscheinen. Auf ihm stapelten sich innerhalb von Sekunden bunte Cupcakes, bizarr belegte Brötchen und Kaffeekannen. Das Vorbild für sein Tischdekor war offensichtlich der verrückte Hutmacher aus ‚Alice im Wunderland'. Engelsmagie war schon faszinierend. Michael konnte inzwischen opulenteste Frühstücksbuffets zaubern, nachdem sie ihm erklärt hatten, dass Fisch, Feigen und Wein nicht mehr als ausgewogene Mahlzeit galten. Leider hatte er es trotz ständiger Bitten nicht für nötig gehalten, sie mit Vorwarnung her zu zappen oder sich an einen festen Zeitpunkt für die Treffen zu halten. Alex nahm sich einen Cappuccino und einen Schokoladenmuffin. Wenn schon Weltuntergang, dann bitte wenigstens mit Schokolade. Gabriel hatte indes eine Schultafel erscheinen lassen, vor der er nun auf Michaels güldenes Flammenschwert gestützt stand, das während des Unterrichts als Zeigestock herhalten musste. Er hatte die Rolle des Lehrers übernommen. Sie kam ihm zu. Er war schließlich der Verkünder, der Botschafter Gottes. Michael hockte schmollend auf seinem Sessel, die Beine unter das Kinn gezogen. Hauptsächlich wollte er sein Schwert zurück, vermutete Alex. Gabriel hielt sich währenddessen demonstrativ sein Unterrichtsskript vor das Gesicht. «Ich kann es kaum erwarten, wenn endlich die finale Schlacht beginnt und ich mein Schwert wiederbekomme», grummelte Michael. «Früher war mehr Gemetzel!» Gabriel ignorierte ihn, was Alex schade fand. Den beiden beim Streiten zuzuschauen, war immer wieder amüsant.

«Also meine Damen, wir beginnen den heutigen Unterricht und wiederholen zunächst das, was wir in den letzten Stunden

181

bereits erarbeitet haben!» Gabriel stellte das Schwert ab und erhob beide Hände. Ein heller Schein leuchtete aus seinem Inneren heraus. Plötzlich schien seine Stimme aus allen Ecken des Raumes zu kommen und seine Augen flackerten wie Feuer. «Ich berichte Euch von der Offenbarung, die Johannes erhielt. Dies ist die Offenbarung Jesu Christi, die ihm Gott gegeben hat, seinen Knechten zu zeigen, was in der Kürze geschehen soll! Und er hat sie gedeutet und gesandt durch seinen Engel zu seinem Knecht Johannes, der bezeugt hat das Wort Gottes und das Zeugnis von Jesu Christo, was er gesehen hat. Selig ist, der da liest und die da hören die Worte der Weissagung und behalten, was darin geschrieben ist; denn die Zeit ist nahe.»

Karlas Hand schnellte nach oben. Das Licht erlosch um Gabriel und er knurrte: «Ja?»

«Welche Zeit soll nah sein?», fragte Karla mit gespielt ratlosem Gesicht.

«Äh… na die Zeit des Weltunterganges!»

«Aber diese Zeit wurde ja gar nicht genau spezifiziert. Woher wollt ihr denn wissen, dass die gemeinte Zeit, die Zeit ist, den Weltuntergang herbei zu führen? Es könnte ja auch eine andere Zeit nah sein!»

Gabriel rollte mit den Augen. ‹Für ihn mussten wir ein Haufen kompletter Idioten sein,› dachte Alex. ‹Gut so, warum sollte er es einfach haben.›

«Gibt es darüber einen Test? Werden wir benotet?», fragte Sofia, mit fast aufrichtigem Enthusiasmus.

«Also …»

«Und wenn wir durchfallen, müssen wir nicht mehr mitmachen?», schoss Alex hinterher. Sie verkniff sich ein Lachen.

«Was? – Doch!»

Karla kaute auf ihrem Stift herum. «Also können wir gar nicht durchfallen?»

«Äh … nein ...», Gabriel wirkte regelrecht verzweifelt.

Die Frauen kicherten. Albernheiten in diesen vollkommen absurden Momenten waren wertvoll. Seit vier Monaten suchte Madame Destiny nach Wegen, die Engel in die Flucht zu schlagen, den Propheten zu finden, ihn vor den Engeln zu verstecken und wer weiß was noch. Alex befand sich in einem steten Wechsel aus Hoffnung und ... dem Gegenteil davon. Gleichzeitig schlich sich die Frage in ihren Kopf, ob diese Welt es überhaupt wert war erhalten zu werden. Vielleicht war ein Neustart gar keine schlechte Idee. Der aktuelle Status war ganz und gar nicht quo! Im Gegenteil. Die Erde war, ganz neutral betrachtet, ein kack Ort. Aber ihre Zweifel hatte sie bisher noch nicht mit den anderen besprochen.

Gabriel hatte sich inzwischen von dem Fragenmarathon erholt und fuhr fort, als wäre nichts passiert. Er hatte die ersten Absätze der Johannes Offenbarung schon gefühlte tausendmal vorgelesen. Immer in der Hoffnung, dass es die Frauen erleuchten und inspirieren würde. Das war bisher nicht passiert. Gabriel war aber so in sich, seinen Glanz und sein Verkündertum versunken, dass ihm gar nicht auffiel, dass die

183

Frauen nach den ersten Störungen nicht mehr zuhören. Michael hörte sowieso nicht zu und versuchte, die Frauen zu ignorieren. Das war ihnen mehr als recht. Auch wenn Alex immer häufiger Zweifel überkamen, ob sie das Ende der Welt überhaupt verhindern wollte, sie hatte mit ihren Freundinnen noch nicht darüber gesprochen und behielt diese Gedanken für sich. Sie beobachtete Karla dabei, wie sie auf einer ihrer roten Strähnen herumkaute, während sie nachdachte. Vielleicht war die Erde doch gar kein so schlechter Ort, dachte sich Alex, während sie Karla zuhörte, die ihre Strähne zum reden aus dem Mund nahm, nur um direkt danach weiter darauf herumzukauen.

«Okay, Mädels, das wird langsam albern», begann sie. «Wir können nicht die nächsten Jahre alle paar Tage hier her gezappt werden, nur weil niemand vorankommt. Sobald der Prophet gefunden wurde, geht es uns an den Kragen und wir sitzen hier und drehen Däumchen.»

«Ich habe auch keine Lust, dauernd Bibelnachhilfe zu bekommen», raunte Sofia. «Ich weiß nur nicht, was wir machen können, um dem zu entgehen.»

«Und selbst wenn der Prophet morgen gefunden würde, wie um alles in der Welt halten wir ihn – sollten wir ihn denn als erste finden - davon ab, auf die Stimme eines Engels Gottes zu hören?», fragte Maya leise.

«Ich hätte da eine Ahnung.» Karla lehnte sich zurück, reckte sich und dabei streckte sie ihre Brust demonstrativ nach vorn. Maya blickte sie irritiert an. Karla zog eine Augenbraue nach oben. Es dauerte einen Moment, bis bei Maya der Groschen fiel.

«Du meinst, wir sollen ihn …?»

«Wir tun alles, was nötig ist, um unseren Arsch und die Welt zu retten!», sagte Karla entschlossen. «Und was ist der schnellste und effektivste Weg, einen Typ davon abzuhalten, irgendwas rund um sich herum wahrzunehmen? Titten!»

Alex schüttelte sich. «Oh, bitte nicht solche Klischees. Wir können nicht einfach arschwackelnd vor ihm 'rumlaufen und davon ausgehen, dass das die Stimme Gottes übertönt.»

«Hast du meinen Arsch in einer engen Jeans gesehen?»

Alex lachte auf und spürte gleichzeitig, wie sie rot wurde. Sie hatte Karlas Arsch in einer engen Jeans gesehen. «Ja, der ist selbstverständlich extrem beeindruckend. Aber wie lange willst du vor ihm arschwackeln? Zudem können wir uns zunächst auf die Kette verlassen, oder?»

«Mhm», Maya kaute auf ihrer Unterlippe, «wir müssen ja auch nah genug an den Propheten 'rankommen, um ihm die Kette geben zu können und ihn im Anschluss an einen sicheren Ort zu bringen.»

Sofia blies den Rauch aus der Nase. Karla nahm ihr die Zigarette aus den Fingern und nahm ein paar tiefe Züge. Sie reichte Sofia die Zigarette zurück, die mit angeekeltem Blick ablehnte und sich lieber eine Neue anzündete.

«Und dann?», Alex schüttelte verständnislos den Kopf, «sollen wir ihn etwa mit nachhause nehmen und abfüllen?

Das klingt wie ein Drehbuch eines ganz, ganz schlechten Pornos!»

«Ganz schlechte Pornos haben gar keine Drehbücher.» Karlas Wissen war wenig hilfreich.

«Hast du eine andere Idee?», fragte Sofia, eindeutig in der Hoffnung, dass Alex tatsächlich eine andere Idee hatte.

«Nein. Aber ich hoffe, mir fällt bald eine ein. Ich denke nicht, dass wir viel Zeit haben. Michael ist schon ganz ungeduldig. Er redet dauernd davon, dass er Luzifer endlich im allerletzten Kampf gegenüberstehen will. – blablabla. – Ich verstehe das Meiste nicht von dem, was der Typ da erzählt.»

«Alle Überlegungen helfen uns nicht, wenn die Engel den Propheten vor uns finden», bemerkte Maya leise.

«Ich glaube auch, dass wir einen Plan B brauchen. Was ist, wenn der Prophet die Kette nicht tragen will oder wir ihn nicht festhalten können?» Karla hatte ihre Stirn in Falten gelegt.

«Was ist, wenn dem Propheten etwas passiert?», fragte sie laut in Gabriels Vortrag hinein.

«Wie meinst du das?», fragte der Verkünder, etwas irritiert, dass er unterbrochen wurde.

«Naja, Menschen sind schwach und verletzlich, nicht so wie ihr. Ihr seid schön und stark und unzerstörbar! Aber jetzt stell dir mal vor, dem Propheten stößt etwas zu!» Karla schaffte es sogar, so etwas wie Besorgtheit in ihre Stimme zu legen.

Gabriel lächelte milde. «Keine Sorge! Wenn dem Propheten etwas zustößt, wird ein Neuer berufen. Es gibt tausende

186

Propheten, überall auf der Welt, die nur auf ihren Einsatz warten.» Er lächelte zufrieden und blickte in Karlas gequältes Gesicht, die sich ein schiefes Grinsen abringen konnte.

«Super Idee!», zischte Alex. «Wolltest du dem Propheten abends auflauern und ihn kalt machen?»

«Kalt machen – das klingt aus deinem Mund aber furchtbar gefährlich. Ich wollte einfach unsere Optionen ausloten». Karla schaute unschuldig. «Wenn wir ihn finden, an einen sicheren Ort locken, ihm die Kette überziehen, was dann? Wir haben dann immer noch einen Typen bei uns, der keine Ahnung hat, was los ist. Wir werden ihn irgendwo einsperren müssen, bis wir eine Möglichkeit haben, den Bann der Engel nachhaltig zu brechen.»

«Letztendlich ist doch alles, was wir hier tun nur eine Verzögerungstaktik. Mehr nicht. Wir zögern das Unvermeidbare weiter hinaus, in der Hoffnung, dass irgendjemand kommt und uns rettet. Vielleicht müssen wir uns damit abfinden, dass niemand kommen wird.»

«Wow Alex, du kleiner Sonnenschein!» Karla lachte zu laut und strich Alex über die Wange. Das fühlte sich gut an und plötzlich hoffte Alex, sie würden einen anderen Ausweg finden.

Die Unterrichtsstunde ging weiter.

Sie wischte sich die Lachtränen aus dem Augenwinkel, als ihr Telefon auf dem Tisch vibrierte. Die vier Frauen saßen wieder zusammen beim Abendessen. Sofia hatte zum ersten Mal seit Ewigkeiten gekocht und ihre neuen Freundinnen eingeladen. Sie hatte einen der teureren Weine auf den Tisch gestellt. So lange sie zur Untätigkeit verdammt waren, wollten sie wenigstens Spaß haben. Inzwischen war es Juni und eine seltsame Gewöhnung an ihre Situation hatte sich eingestellt. Alles konnte passieren in den nächsten Tagen, Wochen oder Monaten. Es gab keinen Grund mehr, die guten Weine aufzuheben. Sofia sah auf ihr Handy. Zuerst wollte sie es ignorieren, denn sie war sich sicher, dass es wieder Andrè war, doch auf dem Display erkannte sie Madame Destinys Nummer. Aufgeregt signalisierte sie den Anderen ruhig zu sein. Sie hatte etwas Mühe, sich gegen die Lautstärke durchzusetzen. «Klappe jetzt! – Ja?» Sofia setzte sich kerzengerade auf. Sie nahm ab und Madame Destiny begann zu sprechen, ohne auch nur auf ein ‚Hallo' zu warten. Sie klang atemlos.

«Es ist so weit. Wir haben den Propheten gefunden. Ihr müsst euch beeilen und ihn abholen, bevor die Engel ihn finden. Es muss jetzt schnell gehen. Versteckt ihn. Asrael und die Hexe brauchen noch etwas Zeit, um unseren Gegenschlag vorzubereiten. Aber sie sind auf gutem Weg. Denkt an das Amulett.»

«Okay.», Sofia atmete schwer aus. Sie spürte ihren Herzschlag unter der Zunge. Der Rotwein rumorte sauer in ihrem Magen. «Wo?»

«Moment, ich schicke dir seinen Standort. Macht euch gleich auf den Weg.» Ein Hoch auf die moderne Technik! Sofia legte auf, sah die anderen an. Alle wussten, was jetzt passieren musste. Es ging los.

«Wir wissen, wo der Prophet sein wird. Also, was wollen wir tun?», fragte Sofia tonlos und nahm einen großen Schluck aus ihrem Weinglas.

«Was ist, wenn wir ihn wirklich einfach ... ausschalten?», fragte Karla. Doch ihre zitternde Stimme stand in deutlichem Kontrast zu dem Versuch, kalt und abgebrüht zu wirken.

«Das Thema hatten wir doch schon. Wer von uns sollte ihn denn ausschalten? Ich glaube nicht, dass eine von uns zu so etwas geeignet ist. Zum Glück, möchte ich hinzufügen», sagte Alex ruhig, während sie Karla die Hand auf den Unterarm legte. «Außerdem hilft es nichts. Die Engel suchen eben den Nächsten.»

«Okay, dann also der andere Plan. Wir lenken ihn ab! Wir sind vier attraktive Frauen. Wir sollten es schaffen, ihn zu Alex in die Wohnung zu locken, oder?», beschloss Sofia. Die anderen drei schwiegen. Es war eindeutig nicht viel Begeisterung im Spiel. «Beruhigt Euch, bloß nicht so enthusiastisch. Ich habe ablenken, nicht ablecken gesagt.»

Karla prustete los. Der Wein schoss in einer Tröpfchenfontäne über den Tisch. «Hoffen wir, dass nicht eher Asrael sein Typ

ist, sonst haben wir Frauen sowieso schlechte Chancen.»
Maya war von sich selbst überrascht, dass sie in dieser
Situation einen Scherz machen konnte. Vielleicht war es der
Wein, vielleicht die Tatsache, dass sie sich mit den anderen
Frauen so wohl fühlte. «Eigentlich kann ich echt dankbar
sein, dass die Engel uns zusammengebracht haben.
Abgesehen von der blutrünstigen Dämonin und dem
Weltuntergang, ist das der beste Abend meines Lebens.» Sie
hatte lauter gedacht, als sie es geplant hatte. Karla nahm Maya
liebevoll grob in den Arm, fast in den Schwitzkasten und gab
ihr einen festen Kuss auf den Scheitel.

«Na dann mal los, ihr drei Granaten! Verführen, bewusstlos
schlagen und dann in den Keller sperren. Klingt doch nach
einem soliden Plan.»

40   JÜRGEN

Er schlurfte durch die Dunkelheit. Seine Fußspitzen schliffen
über den schlammigen Grund. Er war nicht mehr in der Lage,
sie zu heben. Bei jedem zweiten Schritt stolperte er und fiel
zu Boden. Am liebsten wäre er liegen geblieben. Aber er
stand auf und schleppte sich weiter. Den Kopf gesenkt, mit
der Körperspannung eines nassen Sacks, die Hände fast auf
dem Boden schleifend. Er würde seine Seele verkaufen für ein
warmes Bett mit einem Eimer daneben. Nie wieder, das
schwor er sich, würde er so viel trinken! Aber schließlich tat
man das doch, wenn eine Beziehung endete, oder? Ein
richtiger Mann betrank sich in diesen Fällen. Nein, ein

richtiger Mann wäre nicht verlassen worden. Schon gar nicht von einer Frau, die er eigentlich gar nicht haben wollte. Wahrscheinlich würde sich ein ‚echter Mann' auch nicht von seiner Mutter dazu zwingen lassen, mit dieser Frau zusammen zu sein.

Er hatte gewusst, dass ihn mit seiner Freundin, nein Ex-Freundin, nicht unbedingt Liebe verbunden hatte. Jedenfalls nicht von ihrer Seite. Von seiner Seite auch nicht, aber man konnte schließlich nicht alles haben. Er hätte Chiara nicht anrufen sollen, egal wie sehr seine Mutter ihn bedrängte, dass irgendeine Freundin besser war als gar keine Freundin. Er mochte sie zwar, also nicht unbedingt ihren Charakter oder die Tatsache, dass sie keinerlei Humor hatte, der über ‚mein Partner ist doof und alle Politiker auch' hinausging, aber man konnte ja nicht alles haben. Es nervte ihn auch, ihr so viele Geschenke machen zu müssen. Sie bestand darauf. Chiara war schlicht furchteinflößend, wenn sie ihren Willen nicht bekam. Sein Vater hatte ihm sein Geld hinterlassen mit den Worten «Lege es sinnvoll an», und was gab es Sinnvolleres als die Liebe? Oder wenigstens das Verhindern von Einsamkeit. Nun hatte Chiara ihn für einen anderen Typ verlassen. Das war im Prinzip okay, sollte der sich mit einer Frau herumschlagen, die wahrscheinlich Freddy Krueger Albträume bereitete. Er hatte es satt, diese Wutanfälle aushalten zu müssen. Seit sie wusste, dass seine Mutter sie nun duldete, war sie noch schlimmer als vorher. Jetzt hatte sie ihn verlassen, und er war in einer Bar gelandet. Keiner coolen, schicken Bar, in die es einen hippen, jungen Mann verschlagen würde. Aber in die Kategorie wollte er sich auch nicht einordnen. Die kleine Eckkneipe in der Nähe des Bahnhofes seiner Kleinstadt hieß ‚Zum zerbrochenen Krug‘, und die Inneneinrichtung war ebenso deprimierend wie der Name. Die eingebauten Sitzecken bestanden aus dunklem Eichenfurnier, das an den Ecken abgeplatzt freie Sicht auf die Sperrholzplatten bot, moosgrünem Stoff, Messingbeschlägen und den Bierausdünstungen tausender breiter Männerhintern, die in den letzten Jahrzehnten darauf gesessen hatten. Jürgen hatte diese Kneipe nicht gewählt, weil sie so einladend war, sondern weil sie deprimierend genug war für seine Zwecke. Zudem konnte er sicher sein, dort auf niemanden zu treffen, den er kannte. Außerdem war sie gerade da. Der Wirt hatte ihn „Jungchen‘ genannt und ihm irgendwann nichts mehr ausgeschenkt, weil er der festen Überzeugung war, Jürgen würde ihm «alles vollwürgen». Der Reim zwischen Jürgen und würgen hatte den Wirt und die Stammbesetzung der Kneipe den halben Abend hindurch amüsiert.

Als er aus der Kneipe stolperte, hatte er einen alten Mann vorschlagen hören: «Sollten wir dem Jungchen nicht lieber ein Taxi bestellen? Der kommt sonst vielleicht auf die Gleise. Denkt nur an den Lokführer, der damit leben muss!»

«Schau mal auf die Uhr! Es ist nach zehn. Da bekommen wir kein Taxi mehr, außerdem ...» und mehr hatte Jürgen nicht hören können. Er war losgewankt in die grobe Richtung, in der er sein Zuhause vermutete.

Die Zuggleise boten ihm Orientierung, halfen ihm, geradeaus zu laufen. Abends braussten in großen Abständen die Intercitys aus dem Süden nach Hamburg durch, doch solange er nicht direkt auf den Gleisen lief, sollte er sicher sein. Als er diesen Gedanken gerade fertig gedacht hatte, tauchte ein helles Licht in der Ferne auf. «Wow, da ist schon einer!» Er lehnte sich an einen Baum, der in sicherer Entfernung von den Gleisen stand, und wartete, dass der Zug an ihm vorbeirauschen würde. Vom Geradestehen wurde ihm schlecht und schwindelig, so schloss er die Augen und atmete tief durch. Die Augen zu schließen war schlimmer. Eine gefühlte Ewigkeit später blinzelte er durch ein Augenlid, um zu sehen, wo der Zug geblieben war. Das helle Licht schien sich nicht weiter auf ihn zubewegt zu haben. Er öffnete die Augen. Das Licht leuchtete inzwischen heller, obwohl es nicht näher zu sein schien. Das war seltsam, aber er spürte keine Angst. Eher eine Ruhe, die er schon lange nicht mehr gespürt hatte. Er hatte das Gefühl, von dem Licht angezogen zu werden. Das Blut in seinen Ohren rauschte. Sein nächster, sonderbarerweise recht klarer Gedanke war: «Scheiße, jetzt werde ich von Aliens entführt!» Alles um ihn war Frieden und Ruhe. Wie in Trance bewegte er sich auf das Licht zu, und alles in Zeit und Raum löste sich in ein warmes Nichts auf.

Plötzlich spürte er jemanden neben sich. Eine raue Frauenstimme sagte: «Hey, was treibst du so allein?» Das Licht erlosch im selben Moment. Er wurde sich bewusst, dass er mitten auf den dunklen Bahngleisen stand, fühlte sich wie aus einem Traum gerissen und atmete schwer. Fast war er sich schon sicher, dass er sich die Stimme eingebildet hatte, da legte sich eine warme, weiche Hand auf seine Schulter. «Hey, ist alles in Ordnung mit dir?» Er drehte sich um und erblickte eine der schönsten Frauen, die er je gesehen hatte. Mit dem Licht war auch die Ruhe verschwunden, die er empfunden hatte. Seine Trunkenheit war dafür wieder zurück. Das Schwindelgefühl traf ihn wie einen Schlag in die Magengrube. Er sackte zusammen und landete auf seinen Knien im Matsch.

«Mensch Junge, was ist denn los?»

«Äh ...», Jürgen nahm zur Kenntnis, dass sein Gehirn keine vernünftige Antwort formulieren würde. Er war nie wirklich gut mit Worten gewesen.

«Ach du Armer, du bist ja eiskalt», sagte sie, während sie ihm beruhigend über den Arm strich, «Wie wäre es, wenn du dich zunächst etwas aufwärmst. Ich wohne hier ganz in der Nähe!»

«Äh, ... ja», immerhin ein Wort. Er wurde besser. Sie grinste ihn an: «Ich gehe davon aus, dass du nicht hauptberuflich Dichter bist, oder?»

41 DRUMHERUM

Einige Meter weiter stand Gabriel wie vom Donner gerührt auf den Bahngleisen. Was war los? Er war so auf sich selbst konzentriert, dass er im ersten Moment gar nicht begriff, was los war. Er hatte noch nie einen Propheten während einer Verkündung verloren. Sogar die Glorien waren aufgefüllt. Sein inneres Licht hatte hell geleuchtet wie ein Ultra LED Spot. Der Prophet war verschwunden, wie konnte das nur passieren? Jetzt musste er ein neues Wunder herbeiführen, sich etwas anderes einfallen lassen. Zum Himmel aber auch, dabei hatte er sich so in Schale geworfen. Er war so in seinen Ärger versunken, dass er den IC von Konstanz nach Hamburg gar nicht bemerkte, bevor dieser ihn erfasste, überrollte und unter seinen Metallrädern zermalmte. «Ach, das passt mir jetzt aber gar nicht», dachte Gabriel. Engel waren zwar unsterblich, konnten Verletzungen schnell heilen und empfanden keine Schmerzen wie die Menschen, aber es fühlte sich trotzdem äußerst unangenehm an, und seine schöne, neue, weiße ‹Gottes-Stimme-Robe› war kaputt. Diese hatte er sich extra zu diesem Anlass von Coco Chanel persönlich anfertigen lassen. Hinter einem Baum standen Karla, Sofia und Maya. Sie beobachteten, wie Alex den völlig verstörten Jungen an die Hand nahm und zu ihrem Auto führte. «Wow. Sie macht das besser, als ich erwartet hätte», staunte Karla. Sie spürte einen kleinen, aber stechenden Schmerz in ihrer Brust. Mit einer Hand strich sie ihre roten Locken hinters Ohr, nahm mit der anderen Sofia die Zigarette aus den Fingern und zog gierig daran. Mit einem leicht angewiderten Blick winkte Sofia ab, als Karla ihr die Zigarette zurückgeben wollte. Karla zuckte mit den Achseln. War es eben jetzt Ihre. «Ich hoffe nur, es klappt, und wir können den Propheten beschäftigen, bis wir aus der Nummer herauskommen», seufzte Maya leise.

«Das wird schon. Madame Destiny findet eine Lösung! Sie hat es versprochen», Sofia murmelte das vor allem, um sich selbst Mut zu machen. Denn auch sie fragte sich, wie lange sie den Propheten würden verstecken müssen. Sie hatte keine Ahnung, wann Madame Destiny und Asrael eine Lösung finden würden.

«Du meinst, ihr Lustknabe aus dem Kellergeschoss wird sich etwas einfallen lassen,» grinste Karla.

«Oder auch das. —- Oh Gott, jetzt habe ich Bilder in meinem Kopf.» Sofia schüttelte sich.

Jürgen war sich absolut nicht sicher, was gerade passiert war. Das lag nicht nur an der Tatsache, dass er schrecklich betrunken war, sondern auch an der vollkommenen Absurdität der Gesamtsituation. Es war mitten in der Nacht. Er stolperte betrunken über Bahnschienen, wurde fast von Aliens entführt und traf danach eine bildschöne Frau, die ihn in ein Schnellrestaurant auf einen Kaffee einlud. So etwas passierte doch nicht in echt! Als er Alex gegenüber saß, merkte er, wie schwer es ihm fiel, gerade nach vorn zu schauen, ohne dabei zur Seite umzufallen. Er hatte viele andere Dinge gefühlt in den letzten Stunden. Wut, Verwirrung, Schwindel, Verwirrung, Übelkeit, plötzliche Erleuchtung und dann wieder Verwirrung. Im Moment war ihm aber hauptsächlich speiübel. Der Kaffee rumorte in seinem Magen. Ihm gegenüber strich sich die Frau über ihre langen, honigblonden Haare hinters

Ohr, eine Strähne legte sich in die kleine Kuhle zwischen ihrem Hals und ihrer Schulter. Jürgen konnte nicht aufhören, auf ihre Haare und diese Kuhle zu starren.

«So», Alex räusperte sich und streckte den Rücken durch, worauf sich ihre Brüste unter dem schwarzen Pullover hoben und senkten. Er versuchte, nicht dorthin zu starren. Er hasste glotzende Typen und schämte sich für sein Geschlecht, wenn er gaffende Männer sah. Jetzt gerade hatte er mehr Verständnis für seine Geschlechtsgenossen.

«Was, um Himmels Willen, hast du da draußen getrieben? Warum stehst du auf den Zuggleisen? Weißt du nicht, wie gefährlich das ist?», die Standpauke kam unerwartet. Die folgende kurze Pause war wohl eher dazu gedacht, kurz Luft zu holen, nicht um eine Antwort zuzulassen. Das merkte Jürgen gleich. Moralpredigten hatte er sich schon mehr als genug eingefangen. «Du hättest tot sein können! Und ganz durchgefroren bist du auch. Trink deine Schokolade aus. Ich bringe dich nach Hause.»

«Okay», mehr brachte Jürgen nicht heraus.

Da beugte Alex sich über den Tisch zu ihm herüber, als hätte sie etwas vergessen zu sagen und lächelte ihn auf eine Weise an, die durchaus, mit etwas Phantasie, als verführerisch hätte bezeichnet werden können. «Oder möchtest du mit zu mir kommen?» Jürgen spürte einen fast schon schmerzhaften Druck in seinen Lenden, gemeinsam mit dem altbekannten Gefühl der Verwirrung. Was passierte hier mit ihm? So viele unterschiedliche Signale! Versuchte sie gerade, ihn

197

abzuschleppen? Schlagartig fühlte er sich ein wenig nüchterner als vorher. Verstand er ihre Signale überhaupt richtig? Wie peinlich wäre es, wenn sie ihm lediglich einen Platz zum Schlafen anbieten wollte, er aber direkt ans Vögeln dachte? Was sagte das über ihn? Seine nächste Frage war, ob er denn in seinem Zustand überhaupt dazu in der Lage wäre, eine einigermaßen stabile Erektion zustande zu bekommen. Er gab lieber keine Antwort und überlegte kurz ob dieser ganze Stress es überhaupt wert war ausgehalten zu werden, für drei Minuten Arbeit, einen kurzen Orgasmus und anschließendes, peinliches Schweigen.

«Kommst du?», fragte Alex leicht genervt. «Du warst gerade irgendwie abwesend.»

«Oh, ja. Sorry. Ich habe nachgedacht.»

«Ist alles okay mit dir?»

«Ja. Alles super!», keuchte Jürgen. Er war kreidebleich im Gesicht und zitterte.

«Du siehst im Moment nicht unbedingt super aus.»

«Ja, das höre ich öfter.» 40   Am nächsten Morgen

In der Kneipe hatte Jürgen mehrere Biere und dazu je ein bis zwei Kurze getrunken. Sein Gehirn schwamm daraufhin selig trüb in einem Meer aus Alkohol und hatte sich der Tatsache erfreut, dass seine Funktionsfähigkeit drastisch heruntergefahren war. Dennoch war der Traum gekommen. Der Traum, der Jürgen fast jede Nacht quälte. Es saß in einer grotesk verzerrten Version des Wohnzimmers seiner Mutter. Es war eindeutig ihr Wohnzimmer. Kalt und pompös diente es dem Zweck, Besucher zu beeindrucken. Es war kein Zimmer, das tatsächlich bewohnt werden sollte. In seinem Traum war es noch einschüchternder als in Wirklichkeit. Trostlos wirkte es. Wie eine Wüste. Eine Wohnzimmerwüste. Auf jedem Sims, jedem Regal standen silbern gerahmte Bilder. Aber nicht von ihm, ihrem Sohn oder seinem verstorbenen Vater. Bloß von den Yorkshire Terriern, von denen seine Mutter immer mindestens einen besaß. Sie hechelten ihm schadenfroh aus den Bildern entgegen. Der Liebe seiner Mutter sicher, die er sich nie verdienen konnte. Dieser Teil seines Traumes entsprach der Realität, weswegen er oft nicht sicher war, ob er auch tatsächlich träumte. Fast jede Nacht fand er sich in diesem Wohnzimmer wieder, sah das enttäuschte Gesicht seiner Mutter. Enttäuschung gepaart mit Ekel. Als hätte sie in eine enttäuschend saure Zitrone gebissen. Nur, dass er diese enttäuschend saure Zitrone war. Sein Mund war trocken. Seine Zunge lag schwer in seinem Mund und fühlte sich an, als würde sie aufplatzen. Das war neu. Der Durst war kaum auszuhalten. Er nahm die Glaskaraffe, die immer auf dem Wohnzimmertisch stand und schenkte sich Wasser ein. Gierig trank er in großen Schlucken und stellte leider zu spät fest, dass es Salzwasser war. Während er hustete und spuckte, verwandelte sich das Gesicht seiner Mutter in eine angewiderte Fratze. Er keuchte und spürte, wie der letzte Tropfen Flüssigkeit aus seinem Körper verschwand. Sein Kopf begann schmerzhaft zu pochen. Das war der Moment, in dem er aufwachte. Das Wohnzimmer

199

seiner Mutter war zwar weg, nicht aber der Durst und das Pochen in seinem Kopf. Er versuchte, gegen das Aufwachen anzukämpfen, hielt die Augen mit aller Macht geschlossen. Außerhalb seiner Augenlider lauerte das Böse, in Form von Tageslicht. Es kam gar nicht in Frage, jetzt die Augen zu öffnen. Er war doch kein Masochist. Eine ganze Weile lag er so da, die Augen fest zusammen gekniffen. Doch dieser unsägliche Durst trieb ihn zum Handeln. Ob er wohl mit geschlossenen Augen ins Bad zum Wasserhahn kommen würde? Da fiel es ihm ein. Er war gar nicht zuhause. Also musste er doch die Augen öffnen. Kein Licht konnte so schmerzhaft sein, wie dieser Durst es war. Vorsichtig öffnete erst das eine, dann das andere Auge. Er hatte sich geirrt. Das Licht schmerzte mindestens gleich viel. Vor ihm stand ein Couchtisch aus honigfarbenem Kiefernholz mit schwarzen Metallbeschlägen, darauf hellblaue Kerzen auf einem silbernen Tablett. Darunter ein bunter Webteppich auf hellem Parkett. Ein Bücherregal, auch aus Kiefer. Weiße Wände. Vanillefarbene Gardinen. Ein Regal voller DVDs, Lego und Kino-Popcorneimern mit Filmmotiven, die er nicht erkannte, stand ihm gegenüber.

Das war eindeutig nicht seine Wohnung. Er setzte sich auf. Zu schnell für sein Gehirn, das der abrupten Bewegung nicht im gleichen Tempo folgen konnte. Jürgen musste kurz warten, bis es aufhörte, in seinem Schädel hin und her zu schwappen und endlich wieder einrastete. Wo war er? Warum lag er auf einem Sofa? Und warum hatte er das Gefühl, ihm würde ein

Handrührgerät durch das Ohr geschoben? Die Erinnerung traf ihn wie ein Hammerschlag in die Magengrube. Er war im Tal der Loser! Im Club der einsamen Herzen, Sektion Kassel, Nordhessen, Deutschland. Verlassen von seiner Freundin, ausgelacht von anderen Losern und sogar in der Lage zu verhindern, von einer hübschen Frau erfolgreich abgeschleppt zu werden. Dass sie ihn mit zu sich nachhause genommen hatte, musste auf der Punkteskala wenigstens etwas zählen, aber er lag definitiv nicht neben ihr! Er hatte die volle Punktzahl des Oberverliererwettbewerbes erreicht und sein Preis war ... Scham und Schande? Vielleicht hätte er doch den Alpha-Mann Kurs buchen sollen, doch schon bei dem Gedanken daran, kam ihm sauer Erbrochenes die Speiseröhre hinauf. Er lauschte in die Wohnung. Hier war niemand außer ihm. Das war schon ganz gut. Vielleicht könnte er sich einfach hinausschleichen und sich so die Peinlichkeit ersparen, auf seine Retterin zu treffen. Aber erst musste er etwas trinken. Vorsichtig bewegte er seinen Kopf, um sich zu orientieren. In Alex' Wohnung gab es keinen klassisch deutschen Hausflur, sondern die Eingangstür führte direkt ins Wohnzimmer. Ein Garderobenständer und ein Schuhschrank aus Kiefernholz standen neben der Tür, das Sofa mit dem Rücken dazu. Dazwischen lag ein weiterer bunter Teppich. Pflanzen in den Zimmerecken. Eine geschlossene Tür. Sie musste wohl ins Schlafzimmer führen. Daneben stand eine weiße Tür offen. Jürgen konnte das Badezimmer erkennen. Ein Badezimmer. Mit Wasserhahn. Nur leider in mindestens fünfundzwanzig Kilometer Entfernung am anderen Ende des Zimmers. Er seufzte. Diesen Weg würde er sicher nicht überleben. Neben dem Bücherregal an der Wand ihm gegenüber gab es noch eine Tür. Das war sicher die Küche. Sie schien ebenfalls unheimlich weit entfernt, aber näher als das Bad. Fest entschlossen, etwas gegen seinen Durst zu tun, ließ er sich vom Sofa gleiten und kroch auf die Küchentür zu. Dort war das Spülbecken. Vorsichtig zog er sich hoch. Der Wasserhahn! Süße Verheißung! Er hielt seinen Mund darunter, drehte das Wasser auf. Das hatte leider zur Folge, dass ihm in der nächsten Sekunde Wasser aus Mund, Nase und dabei in sämtliche angrenzenden Nebenhöhlen lief. Außerdem hatte er sich das T-Shirt eingesabbert. Ein Glas stand abgewaschen auf dem Tropfblech und starrte ihn an. Er nahm es vorsichtig, ließ Wasser hinein und trank in gierigen, aber kleinen Schlucken. Vier Mal füllte er das Glas, bis er sich endlich wieder einigermaßen menschlich fühlte. Erschöpft setzte er sich auf den gefliesten Fußboden. Was war gestern überhaupt passiert? Sein Kopf puckerte noch immer, aber es wurde langsam besser. Er erinnerte sich an Chiara, die Kneipe, viel Bier und alte, dicke Männer. Und dann? Er saß in seinen Boxershorts und eingesabbertem T-Shirt auf dem Küchenboden einer fremden Frau, die ihn an den Bahngleisen aufgelesen hatte. Welche Frau nahm denn einfach einen Typen von den Bahngleisen mit? Die musste ja irre sein. Er erinnerte sich daran, dass er in ihrem Auto mitgefahren war. Schon im Auto war er, trotz seiner Nervosität, fast eingeschlafen und, nachdem er sich die Treppe hochgeschleppt hatte, dort auf der Couch zusammengebrochen. Was sollte er jetzt tun? Gehen? Kaffee kochen? Eine Dusche wäre nicht schlecht. Vielleicht würden seine Kopfschmerzen danach etwas besser? Vorsichtig zog er sich an der Spüle hoch und tapste langsam ins Bad. Der Weg war lang und beschwerlich. Ein Blick in den Spiegel zeigte das Ausmaß der Katastrophe. Seine Augen waren eingefallen, eher wässrig als himmelblau wie sonst. Seine Haut war grau, die Haare verklebt. Doch etwas anderes fiel ihm im Spiegel auf. Etwas, das er vorher nicht bemerkt hatte. Eine Kette. Eine Kette um seinen Hals, die er nicht kannte. Vorsichtig streifte er sie sich über den Kopf, um sie genauer zu betrachten. Ein seltsamer Anhänger an einer silbernen Kette. Wo kam die her? Da zog ein helles Licht seinen Blick auf sich. Plötzlich und vollkommen unerwartet. Er vermutete, dass es wehtun würde. Aber tatsächlich schienen seine Schmerzen sogar zu verschwinden. Es war ein schönes, ein warmes Licht, und er spürte, wie es ihn zu sich zog.

Als das Licht erlosch, stand er in Alex' Wohnzimmer. Wie war er aus dem Bad hierher gekommen? Zu seinen Füßen sah er die leblose Alex. Er bemerkte auf den ersten Blick, dass ihr Oberkörper sich nicht hob oder senkte. Sie atmete nicht. War sie tot? Warum war sie tot? Warum war er nicht im Bad? Wo kam Alex überhaupt her? Was war eigentlich los? Er blickte auf seine Hände. Sie hielten ein riesiges, altes, in Leder gebundenes altes Buch. In den Händen. Es hat sieben schwere

203

Siegel, von denen eins geöffnet war. Seine Finger waren schwarz. Seine Ohren klingelten. «Was? Woher? Warum?», er drehte sich um sich selbst in der Hoffnung, dass er hinter sich etwas finden würde, was die ganze Sache erklären könnte. Aber da war nichts. Außer Alex' leblosem Körper in ihrer sonst makellosen Wohnung.

«Alex? Alex, bist du da?», Hämmern und Rufen an der Wohnungstür. Er blickte auf den leblosen Körper, dann wieder zur Tür.

«Och, nö.» Wie sollte er das erklären?

42   KARLA

Bis Sofia endlich den Ersatzschlüssel für Alex' Wohnung aus ihrer Handtasche gefummelt hatte, war Karla beinahe heiser. Sie trommelte, trat und klopfte gegen die Tür. Sie spürte eine Angst in sich aufsteigen, die ihr vollkommen fremd war. «Sie antwortet nicht! Sofia, warum antwortet sie nicht?» Nachdem sie gegen fünf Uhr morgens von Alex gehört hatten, waren alle Versuche, sie zu erreichen, erfolglos gewesen. «Und warum scheint die Sonne nicht mehr?», fragte Maya leise. Maya stand hinter Sofia und Karla, ließ die beiden machen, versuchte, nicht im Weg zu stehen. Sie wussten alle, was passiert war. Der Prophet hatte das Siegel geöffnet und somit den Weltuntergang gestartet. Obwohl er bei Alex vor Gabriel geschützt hätte sein sollen. Aber keine von ihnen traute sich, es aussprechen.

«Wir hätten sie nicht alleine lassen dürfen. Wir hätten bei ihr bleiben müssen.»

Endlich hatten sie die Tür geöffnet und drängten sich in die Wohnung. Sie hörten leises Wimmern aus dem Wohnzimmer. Sie sah Alex auf dem Boden liegen, Karlas Kopf begann zu hämmern, sie würde gleich aufstehen. Gleich. Jeden Moment. Alles andere ergab einfach keinen Sinn. «Jürgen! Was ist …», Sophia stand neben ihr, starrte auf den Boden, dorthin wo Alex Blick nicht mehr hinwandern wollte. Sie wollte Alex dort nicht sehen. Also starrte sie ihn an. Dort stand er – der Prophet, trug nur eine Jeans, war barfüßig, und seine aschblonden Haare standen ihm struppig zu Berge. Sein schlanker, sehniger Körper glänzte vor Schweiß. Er hätte fast sexy aussehen können, wenn er sich nicht immer wieder um die eigene Achse drehen und vor sich hin wimmern würde. In seinen Händen hatte er ein großes, in Leder gebundenes Buch. Als Karla endlich ihre Sprache wiedererlangte, stellte sie eine Frage, auf die sie keine Antwort wollte oder brauchte: «Was ist hier passiert?» Der Prophet schaute sie mit schreckensweiten Augen an und stammelte: «Ich weiß nicht.» Er besah sich das Buch in seinen Händen, als würde er es zum ersten Mal sehen. Mit einem spitzen Schrei ließ er es fallen. «Keine Ahnung!», keuchte er, um anschließend zu fragen: «Wer seid ihr denn?»

«Jetzt hör mal zu», Karla stürmte, Zeigefinger voraus, auf Jürgen zu. In diesem Moment hörten sie einen markerschütternden Lärm. Eine Mischung aus dem Kreischen eines Raubvogels und tiefem Donnergrollen.

«Wa-Wa-Wa?», stotterte der Prophet. Karla, Sofia und Maya schauten sich an, dann rannten sie aus Alex' Wohnungstür, die Stufen des breiten Treppenhauses hinunter zur Haustür hinaus auf die Straße. Jürgen stolperte hinter ihnen her. Die Wilhelmshöher Allee war eine breite vierspurige Straße, die von der Kasseler Innenstadt nach Westen führte und so einen freien Blick auf Kassels Wahrzeichen bot, das Schloss Wilhelmshöhe. Auf dem dahinter aufragenden Berg stand die kupferne Statue des griechischen Halbgottes Herkules, die sich wie eine krumme Speerspitze in den grauen Himmel zu bohren schien. Über ihr braute sich gerade wie im Zeitraffer eine tiefschwarze Wolkenwand zusammen. Als würden sie sich im Kampf umschlingen, wanden sich die Wolken, bis sie eine durchgehende Decke bildeten. Blitze zuckten daraus hervor, aber nicht zur Erde, sondern breiteten sich in der Wolkenwand aus, die sich daraufhin zu einem Ring formten. Sie hörten Schreie und Weinen um sich herum.

«Wa-Wa-Wa», Jürgen schaffte es nicht, zum letzten Buchstaben des Wortes vorzudringen. Oben, in der Wolkenwand, hatte der Blitz ein weites Loch gebildet, aus dem ein riesiges weißes Pferd mit qualmenden Nüstern und rot glühenden Hufen wie durch einen Reifen hinaus sprang. Es war so riesig, dass sie jedes Detail an ihm erkennen konnten. Auf ihm saß eine Figur. Riesenhaft. Beide schienen aus Nebel zu bestehen. Ein Pferd und seine Reiterin. Eine

Frau mit langen, wehenden blonden Haaren, auf denen eine goldene Krone saß. Sie hielt ein Schwert in der Hand. Es war unverkennbar Alex, aber doch ganz anders, sie hatte nichts warmes oder menschliches mehr an sich. Das Pferd bäumte sich auf. Für einen Moment sah es so aus, als würden seine mächtigen Hufe die Erde berühren und alles unter sich zerschmettern. Aber es blieb in der Luft, galoppierte in die gegenüberliegende Wolkenwand hinein, dann waren sie verschwunden. Der Himmel glänzte in einem unwirklichen Grau. Nicht das Himmelsgrau, das an Regentagen zu sehen ist, sondern ein glattes, helles Grau, als hätte jemand eine Plane über die Stadt gespannt. Maya weinte leise und klammerte sich an Sofias Arm. Um sie herum standen Menschen, die stumm in den Himmel starrten oder weinten. Ein kleines Mädchen, höchstens fünf Jahre alt, stand mit schreckensweiten Augen neben ihnen, panisch an ihre Mutter geklammert. Mit nacktem Oberkörper, barfuß, das Buch fest in der Hand stand Jürgen bleich und steif neben Karla. Diese packte ihn unsanft am Arm und zog ihn zurück in Alex' Wohnung. Der Prophet protestierte nicht, sondern stolperte hinter ihr her, bis in die Wohnung. Alex' lebloser Körper lag im Wohnzimmer. Karla gab sich Mühe nicht hinzusehen. Inzwischen waren auch Maya und Sofia angekommen. Maya schluchzte leise vor sich hin. Sofia griff Alex unter die Achseln und zog sie ins Schlafzimmer.

«Was machst du da?», zischte Karla.

«Wir können sie ja wohl kaum so liegen lassen, oder?» Tränen liefen Sofia über das Gesicht. Alex war zwar größer und muskulöser als Sofia, doch das hielt die kleine Italienerin nicht davon ab, die tote Freundin weiter zu ziehen. Karla ertrug den Anblick nicht mehr, ergriff Alex' Füße und half, sie ins Schlafzimmer zu tragen. Sie legten sie aufs Bett und deckten sie zu. Sie sah aus, als würde sie schlafen. Karla spürte einen Kloß in ihrem Hals und Tränen, die gegen ihre Augen drückten. Sie spürte Sofias Hand auf ihrer Schulter. Sie musste nichts sagen. Es gab nichts, was sie sagen konnte.

43   AM ABEND ZUVOR

Sie hatten Mühe, Jürgen in die Wohnung zu bringen. Nachdem er in Alex' Auto eingeschlafen war, zogen, schoben und schubsten sie ihn die Treppe hinauf in Alex' Wohnung. «Puh, war das ein Akt!», Sofia, die auch verschwitzt noch immer fabelhaft aussah, strich sich eine Strähne aus der Stirn. Karla fiel auf, dass Maya den Propheten genau begutachtete. «Vielleicht sollten wir ihm das T-Shirt und die Hose ausziehen?» Karla lachte über Mayas Vorschlag. Nicht bösartig, aber das von ihr zu hören war schon lustig. Maya lief knallrot an. «Nur damit er es angenehmer hat. Mensch Karla!»

«Schon klar, schon klar. Dann ziehen wir ihn aus, aber wehe ich sehe hier problematisches Verhalten, liebes Fräulein!» Maya knuffte sie in die Seite. Nachdem sie Jürgen schlafbereit auf der Couch hatten, standen sie noch einen

Moment untätig und vor allem unschlüssig nebeneinander. «Ihr könnt ruhig nachhause und euch ausschlafen», sagte Alex schließlich. «Wir müssen hier nicht alle rumstehen und einen betrunkenen Typen beobachten.» Sofia tauschte einen wissenden Blick mit Alex aus, die hellrosa anlief. «Komm Maya, ich fahre dich nach Hause.» Ohne auf Zustimmung zu warten, schnappte sie Maya am Ärmel und zog sie mit sich aus der Wohnung. Karla blieb mit Alex und dem schlafenden Propheten alleine zurück. Sie überprüfte gerade den Sitz des Amulettes um seinen Hals, als sie Alex hinter sich spürte.

Die Luft knisterte. Karla hatte das schon einige Male bemerkt, wenn sie mit Alex zusammen war. Sie ließ das Amulett los, richtete sich auf und drehte sich langsam um. Alex stand vor ihr, so nah, dass sie ihre Körperwärme spüren konnte. Ohne etwas zu sagen, beugte Alex sich vor, griff Karlas Hände, führte sie an ihre Lippen und küsste ihre Fingerspitzen. Karla lief ein Schauer über den Rücken. Sie strich Alex sanft über die Lippen, die Wange, vergrub dann ihre Hand in ihren Haaren, während ihre Gesichter sich wie in Zeitlupe einander nährten. Karla konnte Alex Gesichtscreme riechen und schloss die Augen. In diesem Moment kotzte Jürgen laut auf den Fußboden vor der Couch. Neben den Eimer, den Alex ihm hingestellt hatte.

44 KARLA

Sie hätte da bleiben sollen. Nicht nur verlegen lachend Alex helfen die Sauerei zu entfernen. Zugegeben, wenn man das

Erbrochene eines anderen Menschen aufwischt, fühlt man sich danach nicht sonderlich in sexy Stimmung, aber jetzt war der Moment vorbei und würde nie wiederkommen. Alex würde nie wieder aufwachen. Karla würde nie erfahren, ob sie beide eine gemeinsame Zukunft hätten haben können. Sie stand noch immer an Alex' Bett, mit Tränen in den Augen und einer Wut im Bauch, die sie gleich verschlingen würde. Sie musste diese Wut rauslassen, ablassen, irgendjemanden an den Kopf werfen. Sie drehte sich um und stürmte aus dem Zimmer. «Was ist hier nur los?», hörte sie den Propheten stammeln.

«Du bist los, Freundchen! Das da draußen, das ist deine Schuld!» Die Locken standen ihr vom Kopf, sie sah aus wie die Medusa und ihr aggressiv wedelnder Zeigefinger war gefährlich nah an Jürgens Augen. «Na, na, Bella. Mach' dem Jungen nicht noch mehr Angst», sagte Sofia, die an Alex' Küchentisch saß, vor sich ein Glas mit Wasser. «Es ergibt wenig Sinn, ihm Angst einzujagen. Du siehst doch, dass er sowieso schon völlig verstört ist. Außerdem ist dieses Schlamassel nicht seine Schuld und auch nicht unsere.» Sie zündete sich eine Zigarette an. «Du weißt, wer Schuld hat.» Jürgen blickte verzweifelt in die Runde. Er wusste nicht, wer Schuld hatte. Er hatte sich die Frage auch gar nicht gestellt. Und er fand es schwierig, darauf eine Antwort zu suchen. Er war einfach froh, dass Sofia ihn sanft anlächelte. «Wie heißt du?»

«Jürgen», erwiderte er leise. «Ich glaube, es wäre angebracht, dir zu erklären, was vor sich geht», setzte Sofia an. Karla war nicht glücklich damit, dass sie ihn hier mit einbezog. Aber Sofia sprach weiter: «Du, wir und die arme Alex sind unfreiwillig Teil einer himmlischen Verschwörung geworden, mein Lieber. Zwei Erzengel und eine Dämonin haben beschlossen, dass jetzt der perfekte Zeitpunkt ist, um das Jüngste Gericht stattfinden zu lassen. Dein Name stand in einer Prophetenkartei», dabei betonte sie das Wort ‹Kartei› besonders, «und wir wurden durch sowas wie die himmlische Zufallslotterie ausgewählt, uns nacheinander in die vier Apokalyptischen Reiter zu verwandeln. Keiner weiß, wer wann dran ist. Das wäre wohl zu einfach. Jedes Mal, wenn du eines der Siegel an dem dicken Buch öffnest, das du da so fest umklammert hältst, verwandelt sich eine von uns. Sind wir alle vier Reiter, wird das Jüngste Gericht über die Erde hereinbrechen. Klar soweit?»

45   JÜRGEN

Er öffnete und schloss seinen Mund wie ein Fisch im Aquarium. Was sollte er auch sagen. Schließlich verstand er gar nichts. Klar war ihm auch nichts. Weder die Propheterei und wieso er das übernehmen sollte, noch das Buch mit seinen Siegeln oder warum diese Frauen apokalyptische Reiter waren. Von seiner Rolle beim Weltuntergang zu schweigen. Zwanzig Minuten später lag er in

Embryonalstellung auf dem Fußboden. Tränen und Rotz liefen ihm über das Gesicht. Niemand schien sich daran zu stören, sie ließen ihm seine Zeit und er wäre sicherlich irgendwann dankbar dafür, dachte er sich. Sofia blickte aus dem Fenster in das bedrohliche Grau des Himmels. «Plötzlich ist es so echt», sagte sie leise. Sie sah zu Karla.

«Sobald er ...», sie nickte mit dem Kopf zu ihm. Ihr Gesicht drückte vor allem Mitleid aus. «Sobald er das nächste Siegel öffnet, werden wir, eine nach der anderen, genau so enden wie Alex. Sie war erst der Anfang, beinahe harmlos. Der erste Reiter symbolisiert Sieg, Reinheit und Gerechtigkeit. Der zweite Reiter auf dem roten Pferd bringt Tod, Blut und Krieg. Stell dir vor, was dann erst los ist.»

Karla blickte sie finster an. Sagte aber nichts. Sie zappte sich durch alle Fernsehkanäle. Die rauchenden Überreste des Kölner Doms waren überall auf Sendung. Manche Sprecher stammelten etwas von einem vermeintlichen Anschlag unbestimmter Terroristen. Mit einem Schrei warf sie unvermittelt die Fernbedienung gegen die Wohnzimmerwand, sprang auf und lief wie ein Tiger im Käfig hin und her.

.«Wir müssen etwas tun! Wir müssen unbedingt etwas tun! Den Propheten ablenken, hat ja nun nicht wirklich funktioniert.» Karlas Augen wurden plötzlich riesig. Sie rannte zu ihm herüber, packte ihn an den Schultern und schüttelte ihn, bis er sie ansah: «Wo ist die Kette?»

«Welche Kette?», fragte Jürgen verwirrt.

«Die bekackte Kette, die Alex dir heute Nacht übergezogen hat, als du bombenvoll auf ihrer Couch geschlafen hast, du Hampel!»

«Oh, äh ...», Jürgens Augen wanderten zum Badezimmer.

«Zieh! Die! Scheiß! Kette! An!», Karla brüllte wie ein wilder Stier. Schnell rappelte er sich auf, rannte ins Bad und zog sich die Kette wieder über den Kopf. Auch wenn er nicht verstand, warum. Mit Karla war gerade sicher nicht zu spaßen. Sofia zog an ihrer Zigarette und rieb sich das Nasenbein. Sie sah aus, als hatte sie Kopfschmerzen. «Maya, sei so lieb und mach Musik an. Bitte. Ich muss etwas anderes hören.»

Maya klappte Alex' Laptop auf, der auf dem runden Esstisch in einer Nische des Wohnzimmers stand. Sie öffnete Alex' Musikabspielprogramm. Maya klickte einfach auf Play. Es war ihr egal, was sie hörten, solange sie etwas anderes hörten als Schreie. Alex Playlist war ein wildes Potpourri an Genres. Jürgen stand noch immer in der Badezimmertür und besah sich diese unwirkliche Szene. Sofia entzündete eine zweite Zigarette direkt an der Ersten. Karla ließ sich seufzend auf einem der Esszimmerstühle nieder. Jürgen schlurfte zu ihnen herüber. Die Kette trug er in der Hand. Karla wollte ihn gerade wieder anschnauzen, als sie sah, wie sich seine Augen in mittelgroße Unterteller verwandelten. Dann hörte er Maya hinter sich aufschreien. Lilith stand mitten im Raum. Sie lächelte die drei Frauen und Jürgen fröhlich an. «Na Mädels, wie fühlt ihr euch? Ist das nicht aufregend? Schritt eins ist getan! Bravo! Ich bin stolz auf euch. Michael und Gabriel sind momentan schwer beschäftigt, wie ihr vielleicht wisst.» Sie zeigte auf den Fernseher, während sie sich zu Jürgen umdrehte. «Oh, der kleine Prophet ist auch da! Wie nett. Eigentlich solltet ihr nicht miteinander fraternisieren, aber inzwischen ist das ohnehin egal. Die Sache läuft.» Sie behielt ihr Lächeln, als sie den nächsten Schritt auf Karla zuging. «Freust du dich denn auch schon? Ich habe Gerüchte gehört, dass du als Nächste dran bist.» Karlas Gesicht drückte eher das Gegenteil von Freude aus. Sie machte mit erhobener Faust einen schnellen Schritt auf Lilith zu, doch bevor sie der Dämonin zu nahe kommen konnte, färbten sich deren Augen blutrot und sie machte eine abwehrende Geste. Von einer unsichtbaren Kraft wurde Karla gegen die Wand geschleudert, wo sie nach Luft ringend hängen blieb. Mit angstgeweiteten Augen griff sie sich an den Hals und schnappte nach Luft.

«Na, na, na! Wer wird denn so aggressiv werden, Menschlein.» Liliths Stimme klang verzerrt, tief und grauenerregend. Sie fletschte die Zähne. Statt des perlweißen Colgatewerbungslächelns hatte sie jetzt gelbe Reißzähne im Mund. Jürgen hatte das Gefühl, sein Herz müsse jeden Moment stehen bleiben.

«Glaubt ihr denn tatsächlich, ihr armseligen, kleinen, erbärmlichen Ausreden von Lebewesen könntet mich verarschen und euch aus eurer Verantwortung winden?» Sie ließ Karla fallen und drehte sich zu Maya und Sofia um. Jetzt erschien und klang sie wieder ganz normal menschlich, als sie zu den beiden wie zu einem kranken Pferd sprach: «Kommt schon Mädels, ihr werdet mich doch nicht im Stich lassen! Erst musste ich diesen idiotischen Engel auf meine Seite ziehen, alles planen und euch einseifen. Ihr werdet mir keinen Strich durch die Rechnung machen, nur weil ihr Muffensausen habt.» Sie war innerhalb eines Wimpernschlages direkt vor Mayas Nase. Diese schrie erschrocken auf. «Ich kann auch anders, meine Damen!», sie lächelte. Es wirkte eher wie ein grausames Zähnefletschen. Mayas Augen wurden so groß vor Angst, dass sie aussah wie ein Lemur. Jürgen wollte irgendetwas tun, aber er war absolut unfähig, sich zu bewegen. Lilith gab Maya einen sanften Kuss auf die Nasenspitze und winkte den Frauen noch einmal zu und verschwand. Maya holte tief Luft. Karla rappelte sich keuchend vom Boden hoch. Finster sah sie ihre Freundinnen an: «Wie bescheuert sind wir eigentlich, dass wir uns die ganze Zeit mehr vor den Engeln gefürchtet haben als vor der Dämonin?»

Als hätte es auf ein Stichwort gewartet, klingelte Sofias Telefon. «Es ist Madame Destiny», sagte sie und nahm ab. Jürgen konnte nicht hören, um was es ging, als Sofia einen Zettel und Kugelschreiber aus ihrer Handtasche zückte. Sie schrieb schnell etwas auf, verabschiedete sich und legte auf.

«Okay, wir haben einiges zu tun», fasste sie das Telefonat für die anderen zusammen. «Maya, du bleibst mit Jürgen hier. Karla und ich fahren in den Baumarkt und besorgen ein paar Sachen, die wir für die Engelsfalle brauchen werden. Meine

Oma ist bei Madame Destiny, wir müssen loslegen. Es muss schnell gehen.»

«Ich möchte mitkommen und helfen!», protestierte Maya.

«Du musst auf Jürgen aufpassen. Er darf die Kette nicht mehr abnehmen. Das muss sein. Nimm», Sofia gab Maya einen Zettel. «Das ist der Schutz gegen Dämonen, den wir vor zwei Minuten gebraucht hätten! Male ihn an die Tür. Dann kann sie wenigstens nicht wiederkommen. Wir holen euch, wenn wir fertig sind. Das kann wohl ein paar Stunden dauern, aber Madame Destiny meint, der Transport wäre am gefährlichsten.» Mit diesen Worten schob sie Karla aus der Tür und zog diese kraftvoll hinter sich ins Schloss. Es wurde seltsam still. Blut rauschte in Jürgens Ohren. Die einzigen Geräusche in dem Raum war Mayas Schnaufen und der Gesang irgendeiner Boyband aus den 90ern. Maya seufzte und klappte den Laptop zu.

46 MAYA

In diesem Moment übernahm Mayas Pflichtbewusstsein. Ihre Angst, ihre Unruhe, ihr Bedürfnis, weinend über Alex' toten Körper zusammenzubrechen, verkrochen sich gemeinsam in einen hinteren Bereich ihres Kopfes. Jetzt war es an ihr, hier zu funktionieren. Alles andere musste sie später fühlen. Maya nahm einen weißen Lackstift aus Alex' Schreibtischschublade und malte das Symbol auf dem Zettel an die Tür. Dann an die Fenster. Wahrscheinlich war das jetzt sinnlos, aber solange sie etwas tat, musste sie nicht fühlen. Ihr Blick fiel auf den am

Boden zusammengerollten Jürgen. «Möchtest du einen Tee oder Kaffee?», fragte sie, da ihr sonst nichts einfiel, was sie zu diesem Häufchen Elend hätte sagen können.

«Eine Kopfschmerztablette wäre super», seufzte er zögernd. Er sah wirklich bemitleidenswert aus. Fast hätte Maya vergessen, dass er für Alex' Zustand verantwortlich war. Irgendwie jedenfalls. Maya verschwand ins Bad, als sie das starke Bedürfnis spürte, ihm in die Rippen zu treten. Er lag direkt dort. Es bot sich an. Der Gedanke erschreckte sie ein bisschen. ‚Ich bin keine aggressive Person', dachte sie sich, als sie in Alex' Badezimmerschrank nach Kopfschmerztabletten suchte. ‚Bisher jedenfalls nicht. Wer weiß, was noch passiert. Wer weiß, was ich noch tun muss'. Der Gedanke machte ihr Angst. Was würde passieren, wenn sie gezwungen war, sich und ihre Freundinnen zu verteidigen? Tränen drückten gegen ihre Augen, versuchten sich ihren Weg nach draußen zu bahnen. Sie schluckte, drehte den Hahn auf und ließ das kalte Wasser in ihre Hände fließen, um es sich dann über ihr Gesicht laufen zu lassen. Sie atmete tief durch. Jürgen war nicht ihr Feind, erinnerte sie sich. Er war hier ebenso Opfer. Sie nickte ihrem Spiegelbild zu, um sich selbst zuzustimmen. Mit einem angestrengten Lächeln und Steinen im Bauch ging sie zurück ins Wohnzimmer, um Jürgen eine Tablette und ein Glas Wasser zu reichen. Er setzte sich auf, nahm beides entgegen und lächelte sie schief an. Ein nettes Lächeln, stellte Maya fest, es sah wesentlich besser aus, als sein verkatertes, zerzaustes und ziemlich verwirrt dreinblickendes Gesamtbild erst vermuten ließ. Sie lächelte zurück und spürte einen ungewohnten Kloß im Hals. Nachdem er die Tablette heruntergeschluckt hatte, stand Jürgen auf. Er streckte sich, blickte kurz an die Decke, atmete hörbar aus und sah Maya direkt an. Ein schüchternes Lächeln huschte über sein Gesicht.

«Sorry, wie war dein Name nochmal?»

«Muss dir nicht leidtun. Ich bin Maya.»

«Tut mir leid, dass du als Babysitter hierbleiben musst.»

«Is´ schon okay. Wir hängen da ja alle gemeinsam drin.»

«Das ist der verrückteste Tag meines Lebens», sagte er und fuhr sich mit den Händen übers Gesicht. «Ist es okay, wenn ich jetzt duschen gehe? Dann fühle ich mich hoffentlich etwas weniger wie ein überfahrener Waschbär. Vielleicht kannst du mir danach nochmal in Ruhe erklären, was genau los ist? So in ganzen Sätzen? Ich hoffe sehr, dass ich alles falsch verstanden habe bisher.» Er grinste verlegen, entschuldigend, bittend und Maya nickte stumm. Etwas in ihr wehrte sich dagegen, ihn nett zu finden.

«Danke. Deine rothaarige Freundin ist wirklich etwas ... gruselig», er grinste schief, etwas verschämt und verschwand ins Bad. «Nimm die Kette nicht ab!», rief Maya ihm noch hinterher, dann hörte sie Wasser rauschen. Maya konnte nicht anders, als sich Jürgen unter der Dusche vorzustellen. Sie schüttelte den Kopf, um diesen Gedanken zu vertreiben. Das war jetzt wirklich unpassend. Ihr Kopf summte und eine lähmende Müdigkeit kroch ihre Beine hoch. Sie ließ sich auf die Couch fallen, schloss für einen Moment die Augen und versuchte, nicht darüber nachzudenken, was wohl als Nächstes passieren würde. Sie musste kurz eingedöst sein, denn sie schreckte hoch, als sie spürte, wie sich jemand neben ihre Füße setzte.

«Entschuldige. Ich wollte dich nicht wecken.» Jürgen lächelte sie schief an, während er sich seine aschblonden Haare mit einem quietschgrünen Handtuch abtrocknete. Er trug Alex' rosa Bademantel. Seine Wangen färbten sich rot, als er Mayas Blick sah. «Ja, ich weiß, es ist irgendwie geschmacklos, einfach ihre Sachen zu nehmen, aber Alex hatte es mir gestern angeboten, und meine Sachen sind total schmutzig», vor lauter Nervosität verhaspelte er sich etwas.

«Ist schon okay. Das sollte nicht vorwurfsvoll wirken, ich hab nur ...», sie stockte. Die bloße Erwähnung von Alex' Namen trieb ihr die Tränen in die Augen. Sie setzte sich auf. «Es ist bloß... du siehst wirklich albern in dem Bademantel aus.»

Jürgen lachte, und auch Maya musste lachen, dann weinte sie. Es war eine so überwältigende und verwirrende Mixtur an Gefühlen, die aus ihr herausbrach. Sie weinte, lachte, schluchzte, zitterte. ‚Ich verliere den Verstand', dachte sie. Jürgens Hilflosigkeit stand ihm ins Gesicht geschrieben.

«Sorry.», schniefte Maya. «Es ist alles so absurd! Jedes Mal, wenn ich glaube, ich habe mich an die Situation gewöhnt, passiert wieder etwas, das mich vollkommen aus der Bahn wirft.»

«Seit wann, äh,... seit wann ist das schon so? Ich meine, seit wann schlagt ihr euch mit dieser Sache 'rum?» Sie sah ihm an, dass er sie trösten wollte, aber nicht recht wusste, wie. Er legte seine Hand auf ihre, nahm sie wieder weg, legte sie wieder hin. «Seit Januar. Das ist eigentlich gar nicht so lange. Aber es fühlt sich trotzdem an wie eine Ewigkeit. Ich kann mich gar nicht mehr daran erinnern, wie es vorher war. Wie mein Leben vorher war.»

«Mhm. Du vermisst es bestimmt, oder?»

«Ich weiß nicht. Es sind auch gute Sachen passiert. Ohne den Mist hätte ich die Anderen nicht kennengelernt. Aber nun, nachdem das mit Alex passiert ist ...» Es war seltsamerweise sehr einfach für sie, sich vor Jürgen zu öffnen, der noch immer mit einem grünen Handtuchturban in Alex rosa Bademantel neben ihr saß.

«Es tut mir so leid, Maya. Ich verstehe immer noch nicht, was los ist. Aber ich weiß, dass es mir leid tut, dass du das alles durchmachen musst!» «Mir tut es auch leid, dass du das durchmachen musst. Für dich muss es ja noch schlimmer sein. Ich hatte wenigstens Zeit, mich ein bisschen daran zu gewöhnen.»

«Kann man sich denn an sowas gewöhnen?»

Wieder musste sie lachen, während sie Tränen über ihre Wangen laufen spürte. Dieser Tag war einfach zu viel. Sie konnte nicht aufhören, zu lachen oder zu weinen oder beides gleichzeitig, als sie spürte, wie nervös Jürgen neben ihr war.

«Kann ich ...? Äh ...» Jürgen rutschte etwas näher an sie heran. Er sah aus, als wolle er sie umarmen, doch er saß noch immer zu weit entfernt. Es hätte sich jemand zwischen sie setzen können. Bequem. Dann streckte er seinen Arm aus und strich ihr sanft tröstend mit der Hand über ihren Oberarm. Sie legte dankbar ihre Hand auf seine. So saßen sie eine Weile. Maya in der einen, Jürgen in der anderen Sofaecke, während er unbeholfen seine Hand auf ihrem Arm liegen ließ. Allmählich musste ihm der Arm schwer werden, dachte Maya. Das konnte nicht bequem sein. Sie spürte das Zittern in seiner Hand.

«Sorry, das muss unbequem für dich sein.» Sie wischte sich die Tränen aus den Augenwinkeln. «Ich glaube auch nicht, dass ich weiter weinen kann. Ich habe das Gefühl, ich bin vollkommen leer geweint.» Sie rang sich ein Lächeln ab. «Danke, dass du nicht weg gegangen bist.» «Kein Problem.» Jürgen grinste wieder schief. Er nahm seine Hand von ihrer Schulter. Er streckte sich, und zog dann endlich den hässlichen, grünen Handtuchturban vom Kopf. Er fuhr sich durch das aschblonde Gestrubbel. Maya konnte nicht genau sagen warum, aber in diesem Moment spürte sie einen Stein in der Magengegend, der in einem lauten Kribbeln explodierte, so dass sie fast zusammengezuckt wäre. Zuvor hätte sie nicht einmal sagen können, ob ihr Jürgen gefiel, aber jetzt sah sie ihn anders. Noch immer waren sie fast einen Meter voneinander entfernt, doch die Luft zwischen ihnen flimmerte. Maya vergaß alles um sich herum. Ihr Blick wanderte von seinen hellblauen Augen zu seinen Lippen. In ihrem Kopf war kein Platz mehr für Angst oder Wut. Sie dachte daran, wie es sich anfühlen würde, seine Lippen auf ihren zu spüren. ,Ich hätte nicht gedacht, dass sich Stress und Trauma positiv auf meine Libido auswirken würde', dachte sie, als sie langsam versuchte die Entfernung zwischen ihnen zu verringern. Seine Hand glitt in Zeitlupe ihren Arm hinauf, über ihre Schulter, ihren Hals, zu ihrer Wange. Unglaublich schnell und unerträglich langsam waren sie auf dem Sofa näher zueinander gerutscht, nur noch wenige Zentimeter Luft trennten sie voneinander.

Mit lautem Schlag schwang die Wohnungstür auf.

«Alter, was is'n das?» In Karlas Stimme schwang Fassungslosigkeit und Schreck mit.

«Maya passt auf den Propheten auf.» Sofia klang eher belustigt, während Jürgens Augen sich wieder in Untertassen verwandelten und Maya fühlte Hitze in ihrem Gesicht aufsteigen, das wahrscheinlich gerade die Farbe eines Feuerwehrautos annahm. Karla blickte aufgebracht zwischen den beiden hin und her, schnalzte missbilligend mit der Zunge. Sie schien sich aber doch auf Wichtigeres zu besinnen und zischte: «Whatever! Kommt! Wir müssen los. Sofia hat ein Auto.»

Die Fahrt aus Kassel hinaus war still und unangenehm. Karla hatte sich auf die Rückbank des Autos, das Sofia sich von André geliehen hatte, zwischen Maya und Jürgen gesetzt und taxierte ihn mit bösen Blicken. Alex' lebloser Körper hing auf dem Beifahrersitz im Sicherheitsgurt. Jürgen rutschte nervös hin und her. Das Amulett trug er um den Hals und das dicke Lederbuch lag, in eine Decke eingewickelt, auf Mayas Schoß. Sie hatte sich nicht getraut, Jürgen anzusehen, seitdem Karla und Sofia in Alex' Wohnung gestürmt waren. Karla war wütend und sie konnte es verstehen. Sie alle wussten, dass sich zwischen Alex und Karla eine besondere Beziehung geformt hatte und sie hätte fast mit dem Mann geknutscht, der für Alex' Tod mitverantwortlich war. Bei dem Gedanken spürte Maya wieder Röte in ihrem Gesicht aufsteigen. Hätte er sie geküsst? Vielleicht hatte sie auch nur die Situation falsch gedeutet. Er schaute sie sehr angestrengt nicht an. Anstatt sich schlecht zu fühlen, fragte Maya sich, wie es wohl wäre, ihn zu küssen. Später. Wenn Karla nicht zwischen ihnen saß.

47   IM HEXENHAUS

Sie waren endlich angekommen und in Sicherheit. Aber die Erleichterung blieb aus. Hans-Peter hatte die Tür nicht in ihrer Arbeitskleidung geöffnet, sondern trug Jeans und ein ausgebleichtes Led Zeppelin T-Shirt. Ohne Perücke und Make-up sah Madame Destiny aus wie ein blasser Mathematikstudent. Die Stimmung war anders. Angespannt. Gereizt. Asrael schenkte wieder Sekt mit selbst gemachtem Holunderblütensirup und Minzblättern aus. Ohne Lächeln. Gleiche Geste, andere Stimmung. Müde und abgekämpft saß Madame Destiny jetzt in ihrem Sessel.

Asrael schob seinen massigen Körper an ihnen vorbei zur Küche, nur um wenige Sekunden später mit einem dampfenden Backblech voller Muffins zurückzukommen. Er trug keine Ofenhandschuhe, aber die Hitze schien ihm nichts auszumachen. Mit vollendeter Kellner-Verbeugung stellte er das Blech mitten auf den Tisch. «Ich könnte noch ganz schnell einen Erdbeerguss aus Frischkäse und Puderzucker für die Muffins machen, wenn ihr möchtet. Das hebt die Laune.» Nachdem er nicht mehr im aktiven Dämonendienst war, hatte er seine Vorliebe fürs Kochen und Backen entdeckt.

«Na klar, Asrael,» Sofia sah ihn spöttisch an, «die Welt geht unter, und deine Kumpels wollen unser Zuhause in die Hölle verwandeln, aber Erdbeercreme auf den Muffins würde definitiv den Tag retten.»

«Wunderbar», seine blitzweißen Zähne strahlten in seinem nachtschwarzen Gesicht. Mit Schwung fegte er aus dem Raum.

«Ladys, ich sehe zwar nicht so aus, aber ich habe ganz gute Nachrichten, nicht supergut, aber okay», seufzte Madame Destiny. «Wir sind mit den Engelfallen fast so weit. Wir haben es fast geschafft. Außerdem haben wir eine Waffe gefunden, um sowohl die Engel als auch Lilith fürs Erste unschädlich zu machen. Sofias Oma und die Hexe arbeiten gerade daran. Wir können noch nicht sofort losschlagen, aber in den nächsten Tagen. Wir brauchen nur noch ein kleines bisschen Zeit.» Zeit. Gerade Zeit war etwas, das sie nicht hatten. Sie hatten es fast geschafft, eine Möglichkeit sich zu wehren war zum Greifen nah! Sie konnte es spüren. Ein Kribbeln in ihrem ganzen Körper. Sie würde Lilith endlich in den Arsch treten, ihre Bio-Mom rächen. Sie waren fast soweit. Aber nur fast.

«Was können wir tun, um euch zu helfen?» «Sofia, ich glaube, momentan ist es am wichtigsten, euch drei und den Propheten vor den Engeln und Lilith zu schützen. Solange sie an euch nicht herankommen, kann ihr Plan nicht voranschreiten. Hier seid ihr sicher. Das Haus ist mit Schutzzaubern und Abwehrflüchen belegt. Hier kommt niemand rein, der es nicht darf. Also werdet ihr auch hierbleiben. So lange wie es eben dauert.»

In diesem Moment sprintete Asrael mit einem Spritzbeutel und verteilte rosafarbene Creme auf den Muffins, während er mitteilte: «Ich habe oben die Zimmer für euch gerichtet. Fühlt euch ganz wie zuhause!» «Danke, Asrael.» Maya spürte in diesem Moment, wie müde sie war und der Sekt hatte sie benommen gemacht. «Möchtest du keinen Muffin?», rief Asrael ihr hinterher, als sie über eine breite, knarzende Treppe mit blauem Geländer in das Obergeschoss stieg. Ihr Körper fühlte sich an wie Blei. Jeder Schritt war schmerzhaft anstrengend. Endlich entdeckte sie an einer dunkelgrünen Tür mit weißen Blumen darauf einen Zettel mit ihrem Namen. Im Zimmer stand ein Himmelbett mit weichen hellblauen Kissen, in die Maya sofort sank und in einen traumlosen Schlaf fiel.

Er lag wach in seinem Zimmer und versuchte, den vergangenen Tag zu verarbeiten. Kaum zu glauben, was alles so in vierundzwanzig Stunden passieren konnte. Er hatte seine Freundin verloren, war betrunken von einer anderen Frau mit nachhause genommen worden, hatte sie aus Versehen umgebracht und war nun eingeschlossen in einem Haus mit ihren drei Freundinnen, zwei Hexen, einem Dämon und einem Wahrsager in Frauenkleidern. Draußen ging die Welt unter, und zwei durchgeknallte Engel waren auf der Suche nach ihm. Das war sicherlich der dritt- oder vierttraumatischste Tag in seinem Leben, dachte er sich. Er hatte nicht versucht, seine Mutter anzurufen, und war sich inzwischen sicher, dass er das auch nicht mehr tun würde. Sollte er darüber traurig sein, dass er angesichts des Weltunterganges nicht die Nähe seiner Mutter suchte?

Vielleicht.

Aber er war es nicht.

Er empfand eher Mitgefühl für die Dämonen, die in Zukunft seine Mutter in der Hölle foltern würden. Er konnte ihr dauerenttäuschtes Gesicht schon vor sich sehen: «Die einzige Folter hier, sind eure armseligen Versuche, mich leiden zu lassen.» Seine Gedanken kamen immer wieder zurück zu dem Moment auf der Couch neben Maya. Zu der Erinnerung, die noch immer dafür sorgte, dass sein Bauch sich in einen Ameisenhügel verwandelte. Dem Moment, als seine Lippen nur wenige Millimeter von ihren Lippen entfernt waren. Er setzte sich im Bett auf und fuhr sich mit der Hand durch die Haare. Vielleicht sollte er zu ihr gehen? Worauf wartete er? Der Weltuntergang stand bevor, wahrscheinlich. Er würde nicht mehr viele Chancen haben, Maya zu sagen ... ja was eigentlich? Dass er sie für jemanden, den er erst seit einem Tag kannte, echt gut fand und den kurzen Moment auf der Couch echt schön fand? Das war doch albern. Er fiel zurück in sein Kissen. ‚Jetzt oder nie', hämmerte es in seinem Kopf. ‚Wer weiß, was morgen ist'. Er drehte sich um und zog sich seine Decke unters Kinn.

49   KARLA

Sie wollte nicht allein sein. Sie konnte jetzt nicht allein sein. Asrael hatte Alex' leblosen Körper aus dem Auto heraus ins Hexenhaus getragen und in einem der Zimmer abgelegt. Madame Destiny hatte versucht, ihr zu erklären, was mit Alex geschehen war. Sie war nicht nur tot, ihre Seele war aus ihrem Körper gerissen und gestohlen worden. «Es tut mir so leid, Karla. Wenn wir die Apokalypse verhindern, oder sie erfolgreich durchgeführt wird, wird ihre Seele einfach verschwinden. Sie löst sich auf, in die purste Form von Energie, die es in diesem Universum gibt. Alex' Essenz, alles, was sie ausgemacht hat, ist nicht mehr da. Sie wird nie die nächste Stufe ihrer Existenz in diesem Universum erreichen», Madame Destiny hatte ihre Hände gehalten und gerade als Karla sie anschreien wollte, dass sie an diese ganze spirituelle

227

Scheiße nicht glaubte, legte sich Asraels riesige Hand auf ihre Schulter. Alle Wut verschwand aus ihrem Körper, alle Kraft, aller Halt und sie brach weinend zusammen. Jetzt lag sie in ihrem warmen, weichen Bett und weinte in ihr Kopfkissen. Karla konnte sich nicht daran erinnern, wann sie das letzte Mal so geweint hatte. Oder überhaupt. Vielleicht als Kind? Sie wusste es nicht. Sie weinte um ihre Freundin, um alles was noch zwischen ihnen hätte sein können, um sich, um die Welt, um Sofia, um Maya, sogar um Jürgen. Ein Klopfen an der Tür ließ sie aufschrecken. «Karla, bist du wach?» – Sofias Stimme. Gerade als Karla antworten wollte, sie solle sie in Ruhe lassen, ging die Tür auf. «Ich hab mir Sorgen um dich gemacht.» Karla schwieg. Es gab keine Worte. Sofia setzte sich zu Karla aufs Bett und strich ihr über die Haare. Das tat gut. Nähe tat gut. Während ihre Freundin ihr sanft den Rücken kraulte, weinte Karla in ihr Kopfkissen, bis keine Tränen mehr kamen. Dann saß Sofia neben ihr. Keine Worte. Es gab keinen Trost. Nichts, was sie hätte sagen können. Aber sie war da und das war genug.

50   IM HEXENHAUS

Es wurde langsam eng in dem kleinen Haus am Waldrand, das innen zwar mehr Platz bot, als von außen zu erahnen, aber anscheinend immer noch nicht genug für so viele Menschen und andere Wesen. Jürgen schlich die meiste Zeit durch die Gänge und stammelte jedes Mal wirres Zeug, wenn man ihn ansprach. Karla saß die meiste Zeit in dem Zimmer, in das sie jetzt Alex Körper gelegt hatten. Niemand wusste, was mit diesem Körper jetzt passieren würde. Würde er den Weg aller menschlichen Körper gehen, oder, durch die spezielle Form ihres Todes, vielleicht nicht? Madame Destiny hatte sich entschlossen, diese Frage nach dem bevorstehenden Kampf zu untersuchen. Falls sie konnte. Nun standen sie alle im Wohnzimmer versammelt. Auf dem runden Tisch standen alle Phiolen und Fläschchen, die sich in dem kleinen Häuschen am Wald finden ließen. Madame Destiny besah sich das Chaos. Die Hexe und Aurora hatten sie in Wäschekörben aus dem Keller nach oben gebracht. Im Moment saßen die beiden alten Frauen auf dem Sofa unter dem Fenster in der Sonne. Beide sahen erschöpft aus. Sofia saß neben ihrer Großmutter, ihren Kopf auf der Schulter der kleinen, zierlichen Frau, die ihr sanft über die Wange strich.

«Also, erstmal die guten Nachrichten. Wir haben uns von einem befreundeten Priester herkömmliches Weihwasser besorgt. Das könnt ihr ohne Probleme gegen Lilith einsetzen, sobald wir sie in der Falle haben. Aber das hier ...», Madame Destiny zeigte auf eine Gruppe kleiner Phiolen, die mit einem rosa Kreuz markiert waren, «das hier ist das Allerwichtigste. Umgedrehtes Weihwasser!»

«Umgedrehtes Weihwasser?», fragte Jürgen, wenig beeindruckt.

«Ja, umgedrehtes Weihwasser.»

«Das ist ein bescheuerter Name.»

«Okay. Entschuldige die Namensgebung, aber ich habe mich fälschlicherweise darauf konzentriert, deinen knochigen Hintern und die ganze Welt zu retten! In Zukunft werde ich mich mehr um ein anständiges Productprofiling und Marketing kümmern!» Madame Destinys Stimme war überaus gereizt. Jürgen trat einen Schritt zurück. «T'schuldigung», murmelte er kleinlaut. Maya nahm eine der Phiolen in die Hand und besah sich die klare Flüssigkeit. «Wie funktioniert es?»

«Je nach Konzentration fügt es den beflügelten Ärschen Schaden zu. Ein Tropfen aus einer gefüllten Wasserpistole, und es tut schon weh. Ein paar Tropfen mehr, und es kann sie verletzen. Halbe-Halbe mit normalem Wasser gemischt macht es sie garantiert bewusstlos.»

«Und pur?», fragte Maya leise, «Dann heißt es Bye-Bye Birdie», sagte Madame Destiny finster.

Maya dachte an Alex' leblosen, kalten Körper auf dem Wohnzimmerfußboden, an die panischen Menschen, das weinende, kleine Mädchen am Straßenrand. «Gut», sagte sie entschlossen.

«Also, wir gehen den Plan noch einmal gemeinsam durch», sagte Madame Destiny «Gabriel wird wieder versuchen, Jürgen zu finden und ihn in eine Trance versetzen, um ihn zu zwingen, das nächste Siegel zu öffnen. Das bedeutet, er wird zu uns kommen. Wahrscheinlich zusammen mit den anderen. Ich denke, die Lichtung hinter meinem Haus ist der beste Ort, um auf sie zu warten. Wir werden

Engelbeschwörungsformeln und Dämonenfallen dort aufbauen, um sie an der Flucht zu hindern. Sobald sie da sind, und bevor Jürgen in Gabriels Bann ist, werden wir die Engel mit dem umgedrehten Weihwasser ausschalten. Asrael hat mir einen Bannspruch verraten, mit dem ich Lilith kampfunfähig machen kann.»

Sie sah jedem Einzelnen in der Runde in die Augen. «Ihr wisst, dass Lilith gefährlich ist. Ich kann nicht garantieren, dass wir das alle unbeschadet überstehen. Vor allem dir nicht, Jürgen. Wenn alles verloren scheint, ist unsere einzige Lösung, die Verbindung zwischen Jürgen und Gabriel zu unterbrechen.»

Karla zuckte betont gleichgültig, mit den Schultern. «Das sollte doch kein Problem darstellen, oder?»

«Du musst ihm nicht gleich den Hals umdrehen, Karla. Bewusstlos schlagen ginge auch», sie wandte sich dem Propheten zu: «Du kannst aber auch die bei dir tragen,» und drückte Jürgen eine Phiole mit einem X in die Hand.

«Wenn du das trinkst, löst es die Verbindung. Ich weiß aber nicht, was es mit dir macht. Vielleicht nichts, vielleicht tötet es dich. Vielleicht Schlimmeres.»

Maya schüttelte den Kopf. «Es muss doch anders gehen.»

«Es geht hier gerade um das Ende der Welt! Wenn es knapp wird, ist er dran!», zischte Karla sie wütend an. Jürgen wurde rot, band sich aber die Fläschchen mit Paketschnur an den Gürtel. Die Knoten waren mit zwei Fingern leicht zu lösen, würden aber gut halten. Ein Hoch auf die Jahre bei den Pfadfindern!

«Heute Abend geht es los. Ruht euch jetzt nochmal aus. Esst was. Tut euch etwas Gutes. Es ist wichtig, dass ihr mit guter Stimmung in diesen Kampf geht, damit die Engel euch nicht manipulieren können. Ich weiß es ist schwer, aber tut alles, um euch heute Abend gut zu fühlen!»

Betretenes Schweigen füllte den Raum. Madame Destiny atmete ein, als wolle sie noch etwas sagen, schüttelte dann den Kopf, griff Asraels Hand und zog ihn hinter sich her nach oben, in ihr Zimmer.

«Na, was die beiden tun, um sich gut zu fühlen, wissen wir jetzt», stellte Sofia trocken fest. Karla schnaufte und Maya spürte wieder Hitze auf ihren Wangen. «Ich gehe mich auch nochmal hinlegen», stammelte sie und schlich die Treppe nach oben.

51   JÜRGEN

Er lag auf seinem Bett und starrte an die Decke. An Schlaf war nicht zu denken. Seufzend schwang er die Beine aus dem Bett. Was jetzt? Da hörte er ein leises Quietschen. Er schaute auf und sah, wie sich die Klinke an der Tür bewegte. Kälte schoss durch seinen Körper. Doch als sich die Tür öffnete, stand Maya dort im Türrahmen.

«Ich konnte nicht schlafen.»

«Ich auch nicht.»

Unsicher setzte sie einen Fuß in sein Zimmer. Dann noch einen.

«Willst du reden?», fragte er. Dankbar lächelte sie ihn an und schloss die Zimmertür hinter sich. Er rutschte auf der Bettkante etwas zur Seite und sie setzte sich neben ihn. Eine Weile saßen sie dort schweigend. Zögernd ergriff er ihre Hand.

«Ich habe echt Angst», sagte sie leise.

«Ich auch.»

«Es tut gut, dir das zu sagen.»

Jürgen wusste nicht, woher er den Mut nahm. Vielleicht war es die Aussicht auf den drohenden Weltuntergang, vielleicht der gewalttätige Angriff eines Dämons vor einigen Tagen, wer weiß. Er führte Mayas Hand, seine Finger in ihre verschlungen, an den Mund und küsste ihre Fingerspitzen.

«Ich habe keine Ahnung, wie es weitergeht. Aber ich verspreche dir, dass ich nicht zulassen werde, dass dir dasselbe passiert wie Alex.»

«Das ist lieb von dir, aber ich bin mir nicht sicher, ob das in deiner Macht steht.»

Jürgen seufzte, während er mit dem Daumen Mayas Handrücken streichelte. Ihre Finger blieben ineinander verschlungen, wie Oktopusse im Liebesspiel. Sie schwiegen. Es gab nicht viel zu sagen.

«Darf ich bei dir bleiben? Ich will heute nicht alleine sein», fragte Maya schließlich. Er nickte. Jürgen hatte einen unsicheren Frosch im Hals. Nebeneinander sanken sie auf

Jürgens Bett. Er zog ihr die Decke bis zu den Schultern und schmiegte sich von hinten an sie. So lagen sie, schliefen nicht, dösten nur, er wollte so bleiben. Genau so, bis man ihn holte, um in einem aussichtslosen Kampf das Lockmittel für zwei Engel und eine Dämonin zu sein. Wenn die Welt endete, dann war hier der Ort, an dem er seine letzten freien Minuten verbringen wollte.

Etwas kitzelte in seiner Nase. Mayas Haare hatten sich wie ein Fächer ausgebreitet und lagen quer über seinem Gesicht. Er sog ihren Duft ein, spürte die Wärme ihres Körpers an seinem. Ihr Rücken war an seinen Bauch gepresst und im Halbschlaf zog er sie fester an sich. Er hörte sie leise Seufzen, während er sein Gesicht an ihren Hinterkopf schmiegte. Sie löste sich aus seiner Umarmung und drehte sich um, so dass sie einander zugewandt lagen.

«Hey», flüsterte sie, ihr Gesicht so nah an seinem, dass er ihren Atem spürte.

«Hey», antwortete Jürgen und küsste sie sanft auf ihre Nasenspitze. Er hatte sich noch nie einer Frau so schnell so nahe gefühlt. Sie schloss die Augen und er spürte, wie ihre Lippen seine Lippen suchten. Er konnte die Wärme ihrer Lippen spüren. Jürgens Bauch schlug Purzelbäume. Jetzt war endlich der Moment, auf den er, seit Tagen gewartet hatte. Endlich war es soweit. Er würde sie küssen und alles würde gut werden!

In diesem Moment flog die Tür auf. «Aufgewacht! Es geht los!», dröhnte Asraels Stimme aus dem Flur.

234

«Äh. Okay», antwortete Jürgen über Mayas Kopf zurück.

«Ich denke, wir gehen wohl besser», flüsterte Maya, krabbelte aus dem Bett und verließ sein Zimmer. An der Tür drehte sie sich lächelnd um. «Bis später»

52 DIE GUTEN

Asrael schulterte einen enormen Rucksack und nickte ihnen stumm zu, als er das Haus verließ; er würde die Engelfallen aufstellen, sich aber im Hintergrund halten müssen, sobald Madame Destiny die Dämonenbeschwörungen begann. Maya atmete tief durch. Sie hat ein mulmiges Gefühl, ahnte, dass dieser Abend nicht gut ausgehen würde. Andererseits war das auch keine Überraschung, wenn man sich mit Engeln und Dämonen anlegte. Sofia saß bei ihrer Großmutter und sprach leise mit ihr. Die Hexe kam herein. Sie trug mehrere Waffengürtel um die Hüften, in denen Messer und Munition steckten. Eine Schrotflinte und eine Armbrust trug sie auf dem Rücken. Sie funkelte böse aus ihrem verbliebenen Auge hervor. Sie warteten auf ein Zeichen von Asrael und mit jeder verstrichenen Minute stieg die Anspannung. Madame Destiny stand am Küchenfenster und starrte stumm in den Wald hinaus. Ihr Unterkiefer war so angespannt, dass man hin und wieder das Knirschen ihrer Zähne hörte. Nach einer Weile gesellte sich die Hexe zu ihr und legte ihr sanft die Hand auf den Rücken.

«Etwas stimmt nicht», flüsterte Madame Destiny ihr zu. Die Hexe nickte nur. «Kommt mit, außer Jürgen. Du bleibst im

Haus mit Aurora, sie dürfen dich nicht in die Finger bekommen, bis wir mit den Vorbereitungen fertig sind!» Sie duldete keine Widerrede und führte den Trupp durch die Küche, die Hintertür und den Garten zum Waldrand. Madame Destiny blieb stehen und lauschte in die aufkommende Dunkelheit – es war absolut still. Nicht einmal die typischen Geräusche eines Waldes in der Dämmerung waren zu hören. Unheil lag in der Luft. Jürgen stand an der Tür und schaute ihnen hinterher. Die Haare in seinem Nacken stellten sich auf. Die Stille war ohrenbetäubend, physisch spürbar, erschlagend, lähmend. Unerträglich. Plötzlich hörten sie Asrael schreien. Seine tiefe Stimme drang aus dem Wald hervor. Eine Mischung aus Schmerz und Angst. Madame Destiny beschleunigte ihre Schritte, rannte schließlich auf den Waldrand zu, verschwand zwischen den Bäumen. Maya, Karla und Sofia blieben kurz unschlüssig stehen. Was auch immer diese Angstschreie bei Asrael ausgelöst haben könnte, sie waren nicht unbedingt scharf darauf, es herauszufinden. Schließlich war es Karla, die trotzig den Kopf schüttelte und auf das Dunkel zwischen den Baumstämmen zuschritt. «Kommt ihr?», rief sie den anderen beiden zu, ohne sich umzudrehen. Sofia seufzte schicksalsergeben, packte Maya am Ärmel und zog sie hinter sich her auf den Waldrand zu. Sie kämpften sich durch das Unterholz, immer einem schwachen Lichtschein folgend, der durch die Bäume brach. Dem Schrei hallte nur wieder diese gespenstische Stille nach. Es schien, als hätte jemand den ganzen Wald auf lautlos

236

gestellt. An der Lichtung angekommen war das Erste, was sie sahen, die Engelsfalle: Ein Kreis gespickt mit allerhand obskuren Symbolen, der mit weißer Sprühkreide auf dem Waldboden gezeichnet war. In der Mitte des Kreises saß Michael im Schneidersitz, das Kinn auf seine linke Hand gestützt. Er schien gelangweilt und beleidigt, gerade so, als wäre er das letzte Kind, das in die Fußballmannschaft gewählt worden war. Offensichtlich funktionierte die Falle. Maya sah sich suchend um. Sie konnte weder Madame Destiny noch Asrael sehen. Die Stille war ohrenbetäubend, sie schien den Wald und all seine Bewohner zu verschlingen. Als auf der anderen Seite der Lichtung einige Zweige knackten, drehten sich die drei Frauen ruckartig um. Lilith trat aus dem Wald. Sie schleifte etwas hinter sich her. Es war Asrael. Blutverschmiert, tot oder bewusstlos. Ohne, dass es ihr Probleme zu bereiten schien, warf Lilith vom Waldrand den leblosen Körper in die Lichtung hinein.

«Ich habe da etwas gefunden. Gehört das Euch?», fragte sie süffisant in Richtung der Frauen. Sie schien Madame Destiny nicht zu sehen, die sich mit wutverzerrtem Gesicht von der Seite anschlich, ausholte und Lilith einen armdicken Ast mit voller Wucht gegen den Kopf schlug. Einem Menschen hätte das den Schädel zertrümmert oder das Genick gebrochen. Lilith nicht. Sie schien es kaum zu bemerken. Betont langsam drehte sie sich zu Madame Destiny um und klopfte sich demonstrativ pikiert einige Holzspäne von der Schulter. «Ach komm schon», zischte sie, eher genervt als wütend. Mit der rechten Hand machte sie eine blitzschnelle Wischbewegung. Madame Destiny flog durch die Luft, knallte gegen einen Baum, rutschte am Stamm hinunter und blieb am Boden liegen. Maya, Karla und Sofia standen mit weit aufgerissenen Augen da, starrten die Dämonin an. So war das nicht geplant gewesen. «Ach Mädels, das ist doch albern. Dass so ein Tölpel wie Michael auf eine Engelsfalle reinfällt, okay geschenkt», Lilith klang gelangweilt.

«Hey!», kam ein entrüsteter Einwurf aus der Mitte der Engelsfalle, in der Michael inzwischen aufrecht stand.

«Ach, halt den Rand, du geflügelter Vollidiot», keifte Lilith ihn unvermittelt an. «Du kannst da getrost sitzenbleiben und versauern. Ich habe keine Verwendung mehr für dich.»

«Aber für mich, oder?», donnerte eine Stimme zwischen den Bäumen hervor. Gabriel trat aus dem Wald heraus, umhüllt von einem hellen Schein. Hinter ihm lief Jürgen wie ein Schlafwandler. Wie hatte er ihn aus dem Haus bekommen? Und wo war Aurora?, schoss es Maya durch den Kopf. Sofias blasses Gesicht stellte dieselbe Frage. «Ich habe den Propheten. Du wirst meinen Bruder freilassen, oder der Prophet stirbt. Jetzt und hier! Ein einziger Reiter bringt dir nichts, und du wirst nie alleine den neuen Propheten finden.»

«Nein!», brüllte Maya. Ohne zu überlegen, rannte sie über die Lichtung. Weder Lilith noch Gabriel schienen sich für sie zu interessieren, niemand nahm Notiz von ihr.

«Maya! Komm zurück!», schrie Sofia.

«Lass mich! Wir haben noch eine Chance», rief diese über die Schulter zurück. Ihre Hand umschloss fest die kleine Wasserpistole mit dem umgedrehten Weihwasser. Keineswegs sicher, ob es so funktionieren würde, wie sie dachte, musste sie es dennoch probieren. Im Augenwinkel nahm sie eine Bewegung wahr: Karla schlich am Waldrand entlang. Sie versuchte wohl, sich Lilith von der Seite zu nähern.

Jürgen stand zitternd von dem hellen Licht umgeben in Trance hinter Gabriel. Maya rannte auf die beiden zu und brüllte so laut, dass sie sich vor sich selbst erschreckte: «Ey! Gabriel, schau mal!» Ein cooler actionfilmmäßiger Einzeiler wäre jetzt natürlich super gewesen, aber so schlagfertig war sie leider nicht. Sie zielte mit ihrer Wasserpistole auf Gabriel und drückte ab.

Der erste Wasserstrahl traf ungefähr einen Meter vor Gabriel auf den Boden. Dieser schaute verdutzt auf das versickernde Wasser, dann auf Maya mit einem großen Fragezeichen im Gesicht. «Oh», Maya spürte, wie sie rot im Gesicht wurde. Sie ging langsam zwei Schritte auf Gabriel zu, der noch immer verwirrt dreinsah und schoss erneut. Dieses Mal traf sie. Genau zwischen seine Augen. Gabriel schrie auf, Maya schoss wieder, traf ihn wieder ins Gesicht. Schreiend schlug er beide Hände vor die Augen. Sie hörte Michael wütend hinter sich aufschreien und Liliths dunkles Lachen.

«Danke, Maya, sehr schön!» Im nächsten Moment schrie auch sie auf. Karla und Sofia hatten sie mit je zwei Phiolen richtig gedrehtem Weihwasser überrascht. Maya wollte gerade aufjubeln, als sie sah, dass Lilith nicht wie Gabriel zu Boden ging. Sie schien nicht geschwächt wie Gabriel, sondern sie verlor lediglich ihre menschliche Form. Vor Mayas Augen wuchs Lilith auf fast drei Meter an, ihre Hände verwandelten sich in Klauen, ihr Gesicht in eine verzerrte Fratze, die doch entfernt an einen Menschen erinnerte.

Hinter sich hörte Maya ein entsetztes Stöhnen. Gabriel lag auf dem Boden, das Licht um ihn herum flackerte. Jürgen schien kurz zu sich zu kommen, Maya spürte einen Kloß in ihrem Hals, als ihre Blicke sich trafen. «Was hast du nur getan, Mensch?», schrie Gabriel sie an. Sein Gesicht schien zu zerlaufen wie Wachs.

Das Monster, das mal Lilith gewesen war, und jetzt doch mehr sie war, als je zuvor, streckte sich grausam lachend aus. «Hahaha, danke Menschlein. So ist das viel bequemer!» Mit zwei schnellen Schritten sprang sie über die Lichtung, Maya huschte ins Unterholz.

Mit ihren langen Armen griff Lilith nach Gabriel, der wimmernd auf dem Boden lag, die Hände vor dem Gesicht. Sie schloss ihre Krallen um seinen Oberkörper, während Michael am Rande der Engelsfalle verzweifelt schrie, sie solle ihn loslassen. Gabriel war zu schwach, um sich zu wehren. Sie hielt ihn in ihren Klauen und schüttelte ihn. «Los, Engelchen! Die letzten Reiter warten auf dich.» Das Licht, das ihn und auch Jürgen umgab, flackerte immer mehr. «Du kannst mich nicht töten, Schlange», sagte er müde und schlaff.

«Nein, aber ich kann dir wehtun. Sehr, sehr schlimm wehtun.» Gabriel stöhnte, holte tief Luft. «Probier's doch, Schlange», zischte er. In diesem Moment erlosch das Licht gänzlich, als hätte Gabriel seine Macht einfach ausgeschaltet. Jürgen fiel nach vorn auf die Knie, hielt sich kurz aufrecht, sah Maya in die Augen und sackte in sich zusammen. Vor Wut schreiend schüttelte Lilith Gabriel heftig, bevor sie ihn zu Boden krachen ließ. Mit zwei schnellen Schritten war der riesige schwarze Dämon bei Michael. Mit einer Kralle zerkratzte sie den äußeren Kreis der Engelsfalle, griff sich den Erzengel und hielt ihn hoch in die Luft.

«Gabriel, Engelchen», knurrte sie mit einer tiefen, verzerrten Stimme. «Tu es, oder ich mache deinen Bruder zu meinem persönlichen Spielzeug.» Sie bohrte ihre Krallen in Michaels Brustkorb. Jeder Mensch wäre sofort tot gewesen. Für einen Engel musste es schmerzhaft sein, denn Michael schrie auf und wand sich in ihrer Hand. «Lass ihn los!», brüllte Gabriel verzweifelt.

«Dann tu, was ich von dir will!», ihre Stimme war ein grausames Flüstern. Lilith musste nicht mehr laut werden. Sie hatte gewonnen, und alle wussten es. Gabriels Licht brannte wieder auf, erfasste Jürgen, der augenblicklich wieder glasige Augen bekam und sich marionettenhaft aufrichtete. Mit einem Wischen durch die Luft holte Gabriel das Buch herbei und drückte es dem Propheten in die Hände, der das zweite Siegel in einer einzigen fließenden Bewegung öffnete. Ein Schrei! – Karla sank zu Boden. Sofort danach brach Jürgen das dritte

Siegel, Sofia fiel leblos zu Boden. Donner grollte. Der inzwischen dunkle Nachthimmel schien sich weiter zu verdunkeln. Langsam zog ein roter Schein über den Himmel, der nichts mit dem Rot eines Sonnenaufgangs gemein hatte.

Maya schluckte. Sie war die Nächste, und es gab nichts, das sie dagegen hätte tun können.

53   MAYA

Schon als ihre Freundinnen niedergestreckt wurden, war sie über die Lichtung zu ihnen gerannt. Verzweifelt betrachtete sie die leblosen Körper von Karla und Sofia, versuchte, ihnen nicht in die leeren Augen zu blicken, während sie langsam über ihre Freundinnen hinweg stieg. Der Himmel brannte blutrot. In einiger Entfernung sah Maya Jürgens Rücken. Er war über das Buch gebeugt und sie konnte erkennen, wie er mit sich rang, versuchte, sich gegen die Macht des Erzengels zu wehren, wie seine Muskeln sich anspannten und lösten. Gabriels helles Licht strahlte ihr entgegen, schmerzte in ihren Augen. Das Gesicht des Engels war beinahe schlohweiß, seine Augen weit aufgerissen. Es sah aus, als wäre er komplett vom Licht verschluckt oder bestünde aus ihm. Lilith hielt seinen Bruder wie eine Stoffpuppe in der Hand. Das Licht Gabriels ließ Maya nicht einfach weiter vorwärtskommen. Es war, als würde sie durch tiefen Matsch waten. Maya stemmte sich dem Licht entgegen wie einem starken Wind und schob sich Schritt für Schritt näher. Sie spürte die Hitze, die auf ihrer Haut glühte. Endlich hatte sie

Jürgen erreicht, umklammerte seine Schultern und hielt sich gleichzeitig daran fest, schüttelte ihn, rief seinen Namen.

Nach einer Ewigkeit drehte er sein Gesicht zu ihr. Seine Augen waren pupillenlos weiß, seine Lippen flüsterten Worte, die sie nicht verstand und sie sah, wie seine Hände langsam das letzte lederne Band lösten.

«Jürgen», flüsterte sie wissend, dass ihre Worte ihn nicht erreichen konnten. Langsam beugte sie sich zu ihm und strich mit ihren Lippen über seine. Sie spürte, wie Tränen ihre Wangen hinab rannen und auf sein Gesicht tropften. Sanft strich sie ihm über seine krumme Nase, und mit der anderen Hand löste sie eine der letzten Phiolen von seinem Gürtel.

«Entschuldige», murmelte sie leise. Im nächsten Moment ließ sie den Inhalt in seinen Mund laufen. Das Licht um ihn erlosch. Das plötzliche Fehlen des weißen Strahlens ließ ein Vakuum zurück, das spürbar schien. Maya konnte es in ihrem Bauch fühlen. Seine Augen wurden wieder normal, er sah sie für einen kurzen Moment an. Wortlos sackte er auf dem Boden zusammen. Hinter sich hörte sie einen gellenden Aufschrei. Es war Gabriel, um den das Licht ebenfalls erloschen war. Für Maya sah es aus, als wäre das Licht zurück in Gabriels Körper geschossen und würde ihm dort quälende Schmerzen bereiten. Ungläubig sah der Erzengel Maya an, bevor er ebenfalls in sich zusammensackte und auf dem Boden liegenblieb. Maya erblickte Liliths dunkle, riesenhafte Gestalt an der leeren Engelsfalle, Michael wie leblos in ihren

Klauen. Vor Wut schreiend warf sie diesen nun auf den Körper seines Bruders.

«Was hast du getan, Mensch», sie spie das Wort ‹Mensch› regelrecht aus, voller Verachtung und Ekel. Mit drei schnellen Schritten war sie bei Maya, packte diese an der Kehle. Maya röchelte und rang nach Atem, während Lilith sie in die Luft hob und langsam ihre mächtige Faust fester um ihren Hals schloss. Maya strampelte, versuchte mit ihren Füßen Halt zu finden, um sich dem Griff der Dämonin zu entziehen. Doch sie hatte keine Chance. Sie wartete darauf, dass sie ihr Leben vor ihren Augen ablaufen sah, denn schließlich passierte so etwas doch so vor seinem Tod. Doch es passierte nichts. Die Schmerzen in ihrem Hals strahlten in ihren ganzen Körper aus. Ihre Augen fühlten sich an, als würden sie jeden Moment aus den Höhlen springen. Sie spürte ihr Herz in den Schläfen pochen und das Blut rauschte ihr in den Ohren. Verzweifelt versuchte sie, Luft einzusaugen. Vergeblich. Schließlich wurde ihr klar, dass sie jetzt sterben würde. Es war eher eine ruhige Erkenntnis, die Panik blieb aus. Sie blickte auf die Dämonin herab, die sie durchdringend mit ihren leuchtend roten Augen anstarrte. Doch Maya wollte nicht, dass das der letzte Anblick in ihrem Leben war. Sie hatte es geschafft, die Engel waren gestoppt, die Welt gerettet, auch wenn alle ihre Freundinnen tot waren, konnte diese ganze Aktion durchaus als Erfolg gewertet werden. Dann hörte sie ein Knacken, das klang, als würde ein Bulldozer über eine Straße voller Nussschalen fahren. Sie wusste sofort, dass dieses Knacken aus ihr heraus kam. Maya schloss die Augen. Mit ihrem letzten Gedanken versuchte sie sich, an ihren schönen Erinnerungen festzuhalten. Sie dachte an Sofias ansteckendes Lachen, an Karlas wilde, doch liebevolle Art, an Alex' Humor und sie dachte an Jürgen. Wie es wohl gewesen wäre ihn zu küssen? So richtig? Dann wurde die Welt um sie herum schwarz. Ein spitzer Schrei, wie man ihn von einem Amazonenstamm erwartet hätte, holte sie zurück. Sie öffnete die Augen und sah, dass Liliths Gesicht sich wieder zu dem eines Menschen zurückverwandelte. Die Dämonin sah verwirrt aus. Maya spürte, wie sich der Griff um ihren Hals lockerte, gierig sog sie Luft in ihre schmerzenden Lungen. Liliths Hand sank kraftlos zu Boden und Maya mit ihr. Sie schlug hart auf dem Boden auf und blickte zu Lilith hoch, die wieder auf eine menschliche Größe geschrumpft war. Dennoch sah sie nicht völlig aus wie ein Mensch. Blut sickerte aus ihrem Mund, nicht rot und klebrig, sondern eher schwarz und dick wie flüssiger Teer. Lilith schaute Maya an, ungläubig, verwundert. Lilith folge Mayas Blick, der an dem Stück rostigen Metalls hängenblieb, das ihr aus dem Brustkorb ragte. Langsam fiel Lilith auf die Knie, schloss die Augen und kippte schließlich langsam zur Seite. Hinter ihr ragte Madame Destiny auf. Sie atmete schwer und stützte sich auf die Hexe.

«Ich habe es dir doch gesagt Kind, ein Pfahl aus einem alten Kruzifix ist 1a fürs Dämonentöten», grinste sie grimmig und mit einer gehörigen Portion Genugtuung in der Stimme.

Angewidert hob Madame Destiny den Blick von Liliths Körper und würgte: «Oh, mein Gott! Wie e-kel-haft!» Sie starrte auf die Pfütze aus teerigem Schlamm, in dem Lilith sich langsam auflöste. Langsam kam Asrael auf Madame Destiny zu. Sein linker Arm hing kraftlos herunter, breite Wunden zogen sich quer über seinen Oberkörper. Zärtlich legte er seinen intakten Arm um Madame Destinys Schulter, zog sie zu sich heran und küsste sie, erst sanft, dann leidenschaftlich. Sie schlang ihre Arme um ihn, löste sich von seinen Lippen und legte ihre Stirn an seine.

«Mir reichts jetzt, Hörni», flüsterte Madame Destiny so leise, dass Maya es kaum hörte.

«Mir auch», brummte er.

«Geht es dir gut, Mädchen?», hörte Maya die raue Stimme der Hexe. Maya versuchte aufzustehen, doch sie konnte ihre Beine nicht bewegen, sie spürte auch ihre Arme nicht. Sie lag so auf der Seite, so wie sie aus Lilith Armen gefallen war, und spürte sich nicht mehr. Panik ergriff Besitz von ihr. Sie schnappte nach Luft, ihr wurde schwindelig, eine undurchdringbare Schwärze machte sich vom Rand ihres Sichtfeldes vor ihren Augen breit. Aus der Ferne hörte sie Madame Destiny ihren Namen rufen und ein Schluchzen. Schnelle Schritte, noch jemand rief ihren Namen, eine Hand an ihrem Gesicht. Das war Jürgen. Seine Lippen auf ihrer Stirn.

Weinen.

Dann war Stille.

54   ZUM SCHLUSS

Sie erwachte, wieder in dem weißen, endlosen Raum. Was für ein Déjà-vu, dachte sie. Neben ihr kniete ein alter Mann in einem weißen Anzug. Mit leuchtenden braunen Augen in olivfarbenem Gesicht sah er sie an.

«Hallo, Maya. Wie fühlst du dich?», fragte er, als würde er die Antwort längst wissen.

«Gut!» Maya war überrascht. Sie fühlte sich gut. Das war seltsam. Vorsichtig setzte sie sich auf, wider Erwarten funktionierte das ohne Probleme. Sie blickte sich um, der Mann reichte ihr die Hand, um ihr aufzuhelfen. Er lächelte sie warm an. Langsam wurde es Maya mulmig. Sie hatte so eine Vermutung, wo sie war, aber wollte diesen Gedanken nicht laut aussprechen.

«Doch, genau da bist du.»

Der Typ konnte also Gedanken lesen. Na super. Bloß nicht an etwas Peinliches denken, wie nackte Männer beim Ringen oder...

«Vielleicht sollte ich lieber versuchen, deine Gedanken woanders hinzulenken», lächelte der Mann. «Darf ich mich vorstellen, junge Dame? Ich bin Petrus. Ich bin sowas wie die Nummer drei, nach Vater und Sohn auf den Chefsesseln. Ich bin außerdem gekommen, um mich bei dir zu entschuldigen.»

Maya blickte ihn verdutzt an. Sie hatte zwei Erzengel angegriffen, vermutlich getötet, und laut ihrer Oma gab es viele andere Gründe, warum sie sich sicher war, nach ihrem Tod in die andere Richtung geschickt zu werden.

«Du bist ein guter Mensch. Selbstlos, nett und hast keinem anderen Menschen willentlich Leid zugefügt. Das ist doch schon etwas!» Petrus legte ihr die Hand auf die Schulter. «Und dir wurde Unrecht getan. Ich bin hier, um mich zu entschuldigen, und werde versuchen, das wieder gut zu machen.»

Hinter ihm tauchten Gabriel und Michael auf. Sie sahen aus wie zwei Schuljungen, die beim Rauchen hinter der Turnhalle ertappt worden waren.

«Um diese Zwei kümmern wir uns jetzt hier intern. Du darfst wieder zurück, wenn du möchtest. Wir haben den Schaden, den die zwei Holzköpfe angerichtet haben, wieder aufgeräumt.»

Maya konnte sich nicht wirklich freuen, sie war zu verwirrt.

«Was ist mit Alex, Karla und Sofia? Was ist mit Jürgen?»

«Sie werden aufwachen und sich an nichts erinnern. Genau wie du. Ihr werdet dort sein, wo die Engel euch das erste Mal besucht haben.»

Maya schluckte. «Wir werden uns an nichts erinnern, was passiert ist?»

«Nein.» Petrus Stimme ließ keine Diskussion zu. Sie hörte außerdem die Verwunderung, die ihr zeigte, dass er die Frage selbst schon gänzlich absurd fand. Alles in Maya sträubte sich gegen diese Vorstellung. Aber sie wusste, dass sie wohl kaum eine Alternative hatte.

«Wieso nicht?» Mayas Frage konnte man den Trotz und Unwillen über die himmlische Entscheidung anhören. «Warum nicht?», Petrus schien gleichermaßen verwirrt wie belustigt. «Möchtest du die schrecklichen Sachen, die dir widerfahren sind, nicht vergessen?»

«Doch», Maya atmete tief durch. «Natürlich. Ich möchte vergessen, dass mir gerade eben von einem drei Meter großen Dämon das Rückgrat gebrochen wurde, ich möchte den Anblick von Alex' totem Körper vergessen. Ich möchte all das Blut und die Schreie vergessen. Wenn Menschen in echt sterben, sieht das nicht aus wie im Film. Geschlossene Augen und ein unversehrter Körper. Menschliche Körper platzen und verbrennen und verteilen Blut, Knochen und Eingeweide überall. Sie stinken. Ich möchte den Geruch von verbrennendem Menschenfleisch vergessen, und den Anblick von Hennings offenem Brustkorb, der Farbe seiner Lungenflügel. All das will ich vergessen. Aber ich will nicht vergessen, was ich getan habe. Ich habe Leben gerettet und ...», ihre Stimme brach, sie begann zu weinen. Petrus legte ihr väterlich tröstend den Arm auf die Schulter.

«Ich weiß. Aber all das Große, das du geleistet hast, ist doch immer in dir. Vielleicht findest du es wieder. Vielleicht findest du sogar deine Freunde wieder.»

Sie hatte keine Kraft mehr, etwas zu sagen. Petrus berührte sie sanft an der Stirn, und es war Dunkelheit.

Maya wachte in ihrer winzigen Wohnung auf. Wie jeden Morgen. Allein. Nicht einmal eine Katze hatte sie, obwohl es ein gut zu ihr passendes Klischee gewesen wäre. Allerdings war sie gegen Katzenhaare allergisch. Ihr Schlafzimmer war so winzig, dass sie nur einen schmucklosen Bettrahmen hineingestellt hatte. Ihr Bett stand direkt unter dem einzigen Fenster des Raums. Dort hinaus konnte sie auf die umliegenden Felder und Weiden sehen. Jetzt im Januar war alles grau, matschig und trostlos. Sie hatte ihren Schrank, den sie schon in ihrem Kinderzimmer hatte, im Flur aufgestellt, da im Schlafzimmer kein Platz war. Wenn sie durch den engen Flur gehen wollte, musste sie sich an dem Ungetüm aus kieferfurnierbeklebtem Sperrholz vorbei quetschen. In der kleinen, fensterlosen Küchennische am Wohnzimmer machte sie sich einen schwarzen Tee und einen Toast mit Aprikosenmarmelade. Sie mochte es nicht, wenn der Essensgeruch durch die Zimmer zog, deswegen kochte sie darin nicht. Wahrscheinlich hätte sie aber auch nicht gekocht, wenn sie Fenster gehabt hätte. Sie aß Toast und mindestens dreimal in der Woche holte sie sich vom Asia-Imbiss unten im Haus das gleiche Gericht: Gebratene Nudeln mit Hühnerfleisch und Erdnusssauce. Sie hätte gern einmal etwas anderes ausprobiert, aber inzwischen hatte sie die Nudeln so oft bestellt, dass die kleine dauerlächelnde Frau hinter dem Tresen fragte ‹Ah, Nudeln mit Huhn und Erdnuss›, sobald sie Maya sah. Und Maya nickte jedes Mal, obwohl sie sich vornahm, ‹Nein› zu sagen.

250

Auf dem Weg nach draußen stieß sie sich, wie jeden Morgen, den Ellenbogen an dem riesigen Schrank im Flur und suchte ihren Haustürschlüssel, der nie da lag, wo er liegen sollte. Sie fand ihn auf ihrem Nachttisch.

Ein letzter Blick in den Spiegel, bevor sie das Haus verließ, wie jeden Morgen. Deprimierend, wie jeden Morgen.

Sie fuhr von Fritzlar aus über die Landstraße Richtung Schwalmstadt. Die Stimmen im Radio schnatterten belanglos vor sich hin, und Maya fühlte sich, als wäre ihr Kopf mit einem nassen Brötchen gefüllt. Sie fühlte sich so dumpf, dass sie den Drang unterdrücken musste, ein konstantes Brummen von sich zu geben. Hintergrundgeräusche für einen Hintergrundmenschen. Sie war sich der Belanglosigkeit ihres Seins durchaus bewusst, sie wusste allerdings nicht, ob sie deswegen verzweifeln sollte, oder ob es nicht einfach doch ‹normal› war. Sie hatte sich schon früh entschieden, diese graue Eintönigkeit als den Zustand anzunehmen, in dem sie eben lebte.

Das war ihr Leben.

So würde es bleiben.

Und nichts würde es ändern.

Nichts.

MARIE-CHRISTIN SPITZNAGEL

Geboren im West-Berlin der 80er Jahre, in Zeiten der Hausbesetzer und Punks, begann die Autorin schon früh eigene Geschichten zu erfinden und später aufzuschreiben. Ein ausgeprägter Hunger nach ausgefallenen Geschichten und fantastischen Erzählungen ließ sie Bücher, Gedichtbände, Filme und Serien verschiedenster Genres verschlingen. Einflüsse aus Science-Fiction, High Fantasy und (campy) Horror sind bis heute in ihren Büchern, die sich auf einer feinen Linie zwischen absurder Komödie und ungewöhnlichem Horror bewegen, präsent.

In ihrer Jugend und frühem Erwachsenenalter lebte sie zeitweise in Kassel, London, Bielefeld und Konstanz, um sich dann mit Mann und Kindern in Kassel und später der nordhessischen Provinz niederzulassen. Diese Gegend spielt auch in „Die Apokalypse ist nicht das Ende der Welt" eine entscheidende Rolle. 2019 verschlug es sie dann in die Region Hochrhein/Südschwarzwald, ein Ort, der dann wohl in einem der nächsten Bücher wichtig werden wird.

Mehr Informationen über weitere Schreibprojekte und/oder Lesetouren auf www.marie-spitznagel.de oder bei Instagram unter @frauspitznagel

Der Illustrator Felix Grundhöfer ist zu finden unter www. felixgrundhoefer.ch und bei Instagram @felix.grundhoefer

Die Fotografin Kathrin Newman ist zu finden unter www.kathrinnewman.com und bei Instagram @kathrinnewmanphotography